你好，

HELLO 1978

1978 下

连谏 —— 著

浙江出版联合集团
浙江文艺出版社

目　录

CONTENTS

CONTENTS

第十四章
刀尖上跳舞的吴莎莎

1

很快,杜沧海前脚被抓,吴莎莎后脚就跟高干子弟孙高第好上了的事就传遍了挪庄。

赵桂荣捶胸顿足,好几天没出门,杜建成一支又一支地抽烟,末了,拍着桌子恨恨地说:"我早说什么了?!"

在孙高第家住了两个晚上,第三天,吴莎莎下班回来,大吴坐在院子里的马扎上抽烟,家里的门锁着。

从她进院,大吴就冷眼看着。她掏出钥匙,刚要开门,却发现门上的锁换了,也就是说大吴彻底不打算要她这女儿了。

吴莎莎站在门口,低着头掉泪。大吴朗声说:"人这辈子,自己没法挑爹娘,自己亲生的儿女也没法下手挑,但是可以不要,尤其是那种让父母无颜见街坊邻居的闺女!必须断绝父女关系!"

这要以往,大吴和吴莎莎闹矛盾,总有街坊邻居过来劝和,而且都是站在吴莎莎这边,但这一次没有,大家都默不作声地看着大吴把她骂了个狗血喷头,又默不作声地看吴莎莎灰头土脸地走了。

约莫吴莎莎走远了,有人问大吴:"和莎莎断绝了父女关系谁给你钱花?"

大吴大言不惭地说父女关系可以断绝，但吴莎莎的工资他还得领，不能便宜了孙高第那个下流坏。

总之，世上的真理，永远掌握在大吴手里。

吴莎莎无家可归，只能寄居在孙高第家。

在孙高第家住到第五天上，孙高第的爸爸出差回来了，冷不丁见家里多了个年轻好看的女人，吓了一跳，把孙高第叫出去，问怎么回事。孙高第就说是他女朋友。

孙高第他爸说："以前听都没听你提过，怎么就冒出个女朋友，这也太突然了，何况还住到了家里！"

孙高第瞭着天空，不说话，一副你爱咋咋的，这女人我要定了的样子。孙高第他爸担心儿子太年轻，怕被社会上乱七八糟的人骗了，就问吴莎莎底细。孙高第给问得不耐烦了，就说吴莎莎是他高中同学，追了好几年都没追上，这好不容易追上了，他们应该替他高兴才是，怎么这么多事？

孙高第他爸心事重重地去了孙高第的姥姥家。和孙高第妈一说，孙高第他妈就疯了，说孙高第中了邪了，青岛多少好闺女他不要，偏偏和大粪场旁边的挪庄嫚较上劲了。

青岛人对发自内心尊重的未婚女孩，称呼闺女。这种感觉，就像称呼某家的大家闺秀为小姐。但对泼生泼长的乡野丫头，大都称呼嫚。这一声嫚里，透着一点点的轻慢不上心。

孙高第和丁胜男好的时候，孙高第他妈就不喜欢丁胜男，觉得她不自重。丁胜男的不自重表现在经常来找孙高第，也知道孙高第他妈不喜欢她，所以，如果孙高第没下班，她也不进来，就站在孙高第家的门外，看天看地看走路的人，一片树叶都能看上半天。孙高第下班回来了，她老远就迎上去，抱着孙高第的胳膊往家走，进门的时候，和孙高第他妈打招呼，就像刚进宫的小宫女看见了威严有范儿的老资格嬷嬷，这让孙高第他妈越发不待见她，觉得到底是小门小户大杂院小胡同里出来的嫚，全然一副上不了大台面的样子。丁胜男还有一点让她特别不能忍受的就是，每次跟孙高第回家，就一头扎进孙高第房间不出来了，用不了多一会儿，房间里就传出来哼哼唧唧的声音，不用看她也知道里面在干什么，就觉得丁胜男简直是贱到了家。

孙高第他妈不觉得孙高第和丁胜男睡也有孙高第的责任。虽然，人是孙高第领进门的，睡也是他亲自睡的。可孙高第他妈觉得，男人嘛，就这样，年轻的时候，身子里烈火熊熊的，恨不能满大街扑人，丁胜男自己送上门来，孙高第要能把持住，他就不是男人了，要好，还得是女人能把住了裤腰带。就气，对丁胜男没好脸，总觉得是她把孙高第勾引坏了。

孙高第他妈越这样，丁胜男就越觉得自己应该对孙高第更好一点，说不准哪天就把他妈给感动了，结果孙高第他妈的那颗心还没让她焐热乎，自己进去了，为这，孙高第他妈高高兴兴地请全家去下了顿馆子，说得祝贺祝贺。但孙高第多少还有点良心，当他知道被自己填到黑窟窿里那笔钱是丁胜男挪用的公款，震惊得不行，也愧疚过。他妈见他不高兴，问怎么回事。孙高第就说了，结果他妈把他骂了一顿，说是你让丁胜男去挪用的公款？孙高第摇头。孙高第他妈就又骂，说如果丁胜男进去以后，交代挪用公款的钱是给他用了，警察肯定会来追赃，可他已经把钱填黑窟窿里去了，拿不出来，到时候说不准他也得进去，他还愧疚个屁，这明明就是丁胜男成心坑他！孙高第吓出一身冷汗，赶紧把出于人道主义也得去看看丁胜男的念头按死了。

可现在，孙高第又搞了一个挪庄的女朋友，还光明正大地领到家里同居了，孙高第他妈真是气得发疯，连卧病在床的老妈也不管了，出门就往家跑，走到半路，想起了孙高第和丁胜男，她那么拦都没用，如果不是丁胜男自己作死犯了事，说不准早晚有一天就缠磨得孙高第跟她结婚了。所以，这一次，她得策略点，先探探吴莎莎的底才好，想来想去，就想到了何晓萌，同学了三年，谁家什么情况，她肯定了解。

何晓萌一听吴莎莎这么快就跟孙高第同居了，吃了一惊的同时，有点鄙夷她，觉得她和丁胜男有点像，为了嫁一个火车站东的高干子弟，不要脸不要皮的，这杜沧海才进去呢，她就和孙高第滚一床上去了。因为心里有了鄙夷，对孙高第他妈说吴莎莎的时候，嘴上也没留情，甚至还添了些刻薄恶毒。孙高第他妈一听吴莎莎这家庭出身，气得一口老血差点就当场喷了。

如果她不看好丁胜男，只是因为丁胜男没脸没皮，现在她不能接受吴莎莎，就像世家公子的亲妈不能接受儿子要娶个烟花女子做正房!

从何晓萌家出来,孙高第他妈回想,阻拦孙高第和丁胜男失败的原因就是她太要面子,心太软,当然,孙高第和丁胜男最后没成,这得感谢公安局把丁胜男抓起来,并不是她阻挠成功。这一次,吴莎莎比丁胜男还恶劣,所以无论如何,面慈心软都要不得了。

孙高第他妈一回家,把孙高第和吴莎莎叫了出来,她威严地坐在沙发上,审视着吴莎莎,又看看孙高第,说:"高第,你选吧,在这个女人和你妈之间,你只能选一个。"

孙高第看看面如纸色的吴莎莎,又看看母亲,一把拉过吴莎莎的手说:"我要吴莎莎。"

孙高第他妈就指着大门口说:"好,我就当没你这儿子,从今往后,你不要喊我妈;在这个家里,我也不想再看到你。"说完,看也不看吴莎莎,起身就回卧室了,砰地关上了门。

吴莎莎知道,孙高第他妈自始至终没正眼看过她一眼,也没和她说过半个字,其实是在用无视的方式表达对她的蔑视。

2

杜家人,除了郭俐美都无法理解吴莎莎为什么会如此神速地投向孙高第的怀抱。

当然,郭俐美理解吴莎莎,也完全是阴暗的揣度,说:"就吴莎莎这种女人,有什么真感情可言?以前和杜沧海好,还不是看在钱的分上?她虽然上班了,可工资是她爸领,自己兜里永远毛干爪净的。咱家沧海有钱,人也大方,敞开了口袋让她抓钱花,她当然热热乎乎地往上贴;可眼下,沧海进去了,家也抄了,除了苦,没得图了,她不赶紧找下家就不是她奶奶的孙女了!"

赵桂荣想替吴莎莎说两句话,说她不是这种人,可吴莎莎和孙高第好了,铁一样的事实戳在眼珠子上,让她除了叹气就是生气,再也没了别的招。

郭俐美又一副见过大世面的样子感叹说:"树倒猢狲散,大概就这么个意思吧。"

杜建成听着扎耳朵,就拍拍桌子,说:"以后这个家里,谁也不许提'吴莎莎'这三个字!"

杜沧海的案子,还在调查取证阶段,罪名没定,也还没判决,吴莎莎掉转感情的船头,怎么会跟闪电一样?杜天河也很困惑,他去拘留所看杜沧海,杜沧海对未来并不乐观,让杜天河给吴莎莎捎一句话,别等他了。杜天河看着他,老半天才说,她没等。

杜沧海以为听错了,问杜天河他进来几天了。杜天河说十天了。杜沧海点点头,自言自语说:"十天不算长,她等得起,可万一判我十年呢?她不就耽误了?"

杜天河一阵难过,说:"我已经告诉你了,她没等你,在你进来的当天她就和孙高第好了,都搬一块去住了。"

杜沧海使劲晃了晃脑袋,这会儿,他不是以为自己听错了,而是以为在做梦,晃完脑袋,又使劲拍了几下自己的脸,说:"哥,开玩笑你也得靠点谱,莎莎怎么可能跟孙高第?她最讨厌他了。"

杜天河怕他难受,就没再强调吴莎莎的事。只告诉他别急躁,为了他的事,梁所长这几天忙得神龙见首不见尾,现在看,走私罪名有希望不成立,但涉嫌贩私是脱不掉的,好在不知情的情况下贩私,不算犯罪,也就没收非法所得,拘留十五天完事。

杜沧海问父母怎么样。杜天河说挺好,他们的父亲还和以前一样,每天下午就去云南路三角地的小公园花坛那儿找人下军棋,好像他的小儿子杜沧海不是进了派出所,而是去外地进货了,过不了几天就能回来。

杜天河这么说,本是为了不让杜沧海担心父母。可杜沧海听到这里,却像个眼窝子浅的孩子似的,眼圈一下子红了。

其实,这一次,杜建成心里真没底,更不知道走私是个什么罪名,就像1966年的时候,平时挺好的人,被一群小年轻揪出来就扣上大帽子敲锣打鼓地游街,你说他们犯了啥罪?不是过去家里有钱的,就是多读了几本书的。钱是人家凭能力赚的,书是凭脑子读的,咋就成罪了?这理跟谁讲去?没人跟你讲理,罪只能自己遭。所以,杜沧海要从单位上下来做生意,他一千个一万个不愿意,就是"文化大革命"的时候亲眼看有钱人遭罪看怕了。杜沧海倔,他拦不下,这不,到底还是出事了。

这几年,杜沧海挣了钱,他们家的日子比街坊邻居不知高出去多少截,怕招人嫉恨,他和赵桂荣都小心谨慎得很,菜和水果,只吃应时应季的,穿也不讲究,街坊邻居谁家有需要,也和以前一样伸手帮忙,但很克制分寸,决不盖过别人的风头,尤其是老华。

老华虽号称侠盗,但心眼不大,满心满脑子要当挪庄最牛逼最仗义的人,谁要表现得比他还牛逼仗义,他肯定得给他亏吃,还是那种明的,让你没法说没法道。

老华这种人,好防,无非是不愿意让别人比他更像个道德高尚的人。有一种更可怕的,是见不得别人日子过得比自己好。一旦觉得别人比自己过得好,或是比自己幸福,他就像受到了塌天一样的欺负,能背后使绊子就背后使绊子,背后使不了绊子就逢人提你就说你不好,也挺没意思的,好端端的,就像让人给诅咒了。所以,在挪庄过了快六十年,杜建成总结出来的人生哲学就是:把日子过舒服了就好,别显山露水、别掐尖,"泯然众人矣"的幸福,最踏实。

可是,挪庄人依然知道他家日子过发了。

老华每每在街上见了他,总是挺着他瘦瘦的胸脯,背着手,绝不主动打招呼。杜建成不计较,每次见了,满脸笑容地主动打招呼,说华兄弟,吃了? 再要么就是华兄弟,哪儿去? 老华总用带了浓重鼻音的威严声音说吃了或是去打牌。老华的人生,总是在偷和打牌之间徘徊,打牌输光了就去偷,偷来钱就去打牌输掉,形成一个完全封闭的循环。有人不忿,跟杜建成说:"三哥,你比老华大,用得着先跟他打招呼?"

杜建成就笑笑,宁得罪君子不得罪小人,但只在心里想想,或是回家跟赵桂荣絮叨两嘴,在外面绝不露半个字。也有人说老华,说:"老华啊,三哥比你年长,咋每次都要他跟你打招呼?"老华就把瘦瘦的胸脯又往天的方向耸了耸,说:"我老华,别的没有,硬骨头还有二两,他家有钱就了不起啊? 不给惯毛病!"

有人把老华的话学到杜建成跟前,杜建成就笑,不说老华半个不字,就说老华侠义,有风骨,咱挪庄没人比得上。杜建成知道,这样的闲话,就像柳絮,在人的口风里转来转去的,早晚有吹到当事人耳朵里的时候,果然,因为杜建成嘴上对老华的服气,老华从没半夜往杜建成家门上抹过大便。

是的,老华自诩有原则,奉行"兔子不吃窝边草",不偷挪庄人,所以挪庄人若是得罪了他,他的报复方式就是半夜提着粪桶往人家门上抹大便。

很多时候,杜沧海看不惯杜建成对老华的忍让,觉得这是助长老华的嚣张。杜建成就说你懂什么。现在,这句话,果然应验了,杜沧海被派出所带走,整个挪庄街上,说什么的都有,好听的没有,难听的不缺,最多的还是庆幸,庆幸自己安分守己,没眼馋人家挣钱去做生意,这不,有钱的是他,遭罪的也是他。

这些,杜建成知道,可出事的,是自己儿子,他的辩解除了招人嗤笑,啥用没有,说得再好听,再在理,不就是护犊子吗?不好说什么,那些好的孬的沾着风带着刺的话他就装没听见,每次上街,都脚步匆匆的,不卑不亢地仰着头,嘴角挂着一抹笑,好像正奉了赵桂荣的命去买肉,心里,却汪着一大泡辛酸泪。

这时,抬举着老华的作用就显出来了。

老华自诩是个仗义的,从来用不着他、还比他年长的杜建成尊了他这么些年,老华心里感念着呢,觉得是回老杜家一个礼的时候了,在街上每逢听谁在幸灾乐祸幸亏挣钱挣进了派出所的那人不是自己,老华破口就骂,骂人是猪,一天到晚没个鸟事,看见长肥的那头被主人拎去宰了,就幸灾乐祸自己是个瘦子,要脸吗?别忘了,是猪就有被宰的时候,区别就是张三宰在河滩上、李四宰在柏油马路上!你们幸灾乐祸个鸡巴!杜沧海见的那世面,你们活十辈子也见不着!

直把人骂得讪讪的,哑巴了,老华才算完。当然,像老华这么高调的人,是不会做幕后英雄的,每一次骂完了人,就会去杜建成家邀功,说:"三哥,那个谁谁谁满嘴胡咧咧,被我骂得气儿都喘不上来。"杜建成心里老泪纵横,就说:"华兄弟啊,这时候,就你还能为我家说句话。"老华就抽出一支烟卷来,点上,边抽边吐着唾沫骂,说:"这些人,就是典型的红眼病。你家盛极一时的时候,好听的一笸箩一笸箩地往外搬;可在心里,都伸长了脖子等着呢,等你家倒霉了,他们就拿唾沫当石头往井里落!"

杜建成承认老华说得没错,可这么大的挪庄,众口铄金,他能怎么着?只能像老华说的那样，挺起腰杆，别趴下，以前怎么样活现在还怎么样活，坚决不让孙子们看了笑话去。

所以，杜建成每天拎个马扎子去云南路三角地的小公园找人下棋，下到傍晚回家吃饭，路上见着熟人，和以前一样打招呼。老华见了，说："对，三哥，你就得这样，不能公安还没给咱判罪呢，咱就把自己当了罪犯家属。"

虽然平日里对老华有千般的讨厌、万般的厌恶，但杜建成觉得他这话说得对，不能人家还没举起板子来呢，自己就把屁股撅起来。

杜沧海没放出来，赵桂荣就心神不宁，在家坐不住，总想找个人说道说道，好像整个世界是一堵绝望的墙，别人那些毫无实质意义的宽慰话，却能在这堵漆黑的墙上撕出一缝隙光芒来。

可是，杜建成白天在街上和人端惯了处事不变、波澜不惊的笑脸，就像在两边脸上一边挂了一副沉重的门面，累得慌，踏进家门，那张原本淡定着的笑脸，呱嗒就掉了下来了，被扔到了看不见的黑影里，给赵桂荣看的，只有一张严峻而苍老的黑脸。赵桂荣心里，就更堵得慌了，为一点鸡毛蒜皮就和杜建成吵吵，在家待不住，又不愿意上街被街坊邻居们拿言语试探深浅，更不愿意承接那些虚情假意也好真情实意也罢的同情，就去杜长江家。

杜长江虽然也为杜沧海被抓进去而着急，但更多的是痛心疾首，口口声声说："我早说什么了？钱是好东西，可得悠着点挣，事是他自己作下的，丢的是咱全家的脸！"

郭俐美则庆幸他们虽然没挣着大钱，但至少大人孩子平平安安的，跟赵桂荣说，等杜沧海出来，让他找个地方上班，别在即墨路那条恶人街混了！

赵桂荣本来就是心里堵得慌，来寻开解的，可杜长江两口子，一唱一和的，简直是落井下石，就气得不行，说："长江！你们两口子，但凡有点良心，就别忘了，你们住的房子还是沧海从恶人街给你们挣回来的！"

说完，摔门走了。

郭俐美拿眼神瞟着婆婆的背影，一脸莫名其妙，好像搞不明白婆婆这是发的哪门子火，这要真计较起来，他们沾杜沧海什么好处了？不就戴了些不花钱的电子表，穿了些不花钱的衣服嘛！真是的，他一竿子捅黄了杜天河的婚事，杜天河

8

的婚姻是什么？他们的婚礼是什么？都是一辈子的大事！和这些比起来，他那些破东西值得一提吗？就愤愤地和杜长江说。杜长江说："行了，妈心里堵得慌，以后再说起老三的事，顺着她的心说。"

郭俐美嘟哝了一句凭什么，被杜长江一眼瞪了回去。

从杜长江家出来，赵桂荣就坐车去了杜天河的宿舍，想杜天河是机关干部，有见识也有修养，看他有没有办法能帮上杜沧海。

一上楼，远远地就看见一个姑娘坐在杜天河宿舍门口的擦脚垫子上织毛衣，就想，这是谁家姑娘？可真会找地方坐。等近了，才见是何春熙，意外得很，叫了声小何。

何春熙应声抬头，见是赵桂荣，也一脸惊喜，还夹杂着羞涩，站起来，抱着毛线团和织了一半的毛衣，微微低着头，叫了声阿姨。

内心正悲苦脆弱的赵桂荣看谁都像亲人，想想杜沧海还在派出所关着，杜天河也三十好几了，还单身着，禁不住一阵心酸，就拉了她的手，哽咽着问何春熙怎么在这儿。何春熙小声说在等杜天河下班。赵桂荣原本酸楚的内心，微微一喜，嗔怪地说了声："这个天河，回家啥也不说。"何春熙知道她指的是杜天河没回家说和她有来往的事，就小声说："阿姨，你别怪天河，我们俩的事，还没说定呢。"

赵桂荣说："你们都多大了？还没说定！"

过了一会儿，赵桂荣又说："你们认识这么些年了，也知根知底的，年龄都不小了，等哪天我跟天河说说，差不多就把事办了吧。"

何春熙说看杜天河的意思，她没意见。听她这么说，赵桂荣心里，不由得就一阵舒畅，又从楼道窗户看了看外面的天，都擦黑了，就奇怪杜天河怎么还不回来。何春熙说杜天河可忙了，几乎天天加班，她回家也没事，下了班就过来等他一阵，能见上就见，见不上给他留张字条就走。

赵桂荣说难为你了，说着，去看她正在织的毛衣，淡蓝色的羊绒线，鸡心领，挺雅的，就想起了杜天河上大学前她织了件毛衣，杜天河没带，还惹出来不少故事，就叹了口气说："小何啊，难为你不跟天河计较，是个宰相肚里能撑船的人。"

何春熙说她理解杜天河，毕竟大学四年，要分到哪里也不确定，他是怕耽误了她的青春。

赵桂荣越发觉得何春熙懂事，说："不冲别的，就冲你一心一意等了他这么多年，他也得好好待你。"

娘俩站在杜天河门口说到九点半，也没见着杜天河回来，才依依惜别。

回家，赵桂荣就一扫出门时的满脸阴霾，跟杜建成说："你猜我看见谁了？"

杜建成翻了她一眼，说："公安局局长？"

赵桂荣美滋滋地把在杜天河宿舍门口看见何春熙的事说了，说完，长长地舒了一口气说："这段时间，家里焦头烂额全是糟心事，今天终于算是听见了喜鹊叫。"

杜建成让她别高兴得太早了，以他对杜天河的了解，他要对何春熙有意，不会不回家说，也不会让何春熙坐在宿舍门口等一晚上见不着影！

赵桂荣想了想，觉得也是，第二天就去了杜天河单位。和他一个办公室的老张说，杜天河去市里开会了。

去市里开会，这说法在赵桂荣听来很神圣，就问老张怎么没去。老张给她倒了杯水，说这是市里培养提拔年轻干部的会，没他的份。

赵桂荣说："我家天河要提拔了？"

老张说："那是，重点大学毕业的科班生，不提拔他提拔谁？"

赵桂荣高兴得泪花都涌出来了，老张看着诧异，问她怎么了，赵桂荣这才抽抽搭搭地哭着说："要是我家沧海没事，这得多好啊。"

这几天，为了杜沧海的事，杜天河到处打电话托人，老张大概也知道怎么回事，就压低了嗓门让赵桂荣赶紧擦干眼泪："别说了，万一杜沧海真被判了刑，恐怕会影响到杜天河的提拔，因为提拔年轻干部，是要政审的，杜沧海是杜天河的亲弟弟，也在政审范围内。"

赵桂荣一听就吓坏了，赶紧揩干眼泪，心里懊悔得不行，唯恐自己这一来，把杜沧海的事张扬得满天下都知道了连累杜天河，千恩万谢了老张，让他跟杜天河说，下班回家，她有事找他。

回家后，一想杜沧海前路未卜不仅仅是他一个人的凶险，还要牵扯到杜天河，赵桂荣的心就七上八下的，中午蒸馒头都把锅给烧干了，馒头烔成了炭球。

晚上，杜天河回来，赵桂荣第一句话就问杜沧海的事到底会不会影响到他。

杜天河肯定地说不会。赵桂荣当他怕自己跟着操心糊弄自己，说你同事说的，还有假？杜天河问是不是老张。赵桂荣并不知道老张姓什么，就把他的样子描述了一遍。杜天河说就是老张，说别听他的，老张受"文革"的毒害比较深，直到现在还满脑袋"文革"思维，天上掉片树叶都怕砸着头，这都改革开放多少年了，他弟弟进城做小生意，他非但不帮忙，还把人硬生生地给赶回老家了，生怕他弟弟挣钱挣出路线错误牵连到他。

杜天河语气诚恳，杜建成老两口犹犹豫豫地信了。末了，赵桂荣才提起何春熙，问他到底怎么想的。杜天河说没想过。赵桂荣就在他胳膊上拍了一巴掌："都三十大几了，也该想了。"又替何春熙说好话，人家真心实意地等了这么些年，他的心就是石头做的，也该焐热了。

家里正值多事之秋，杜天河不想惹母亲生气，就说："您容我好好想想。"

赵桂荣说麻利点想，都这么大了，家里有个大龄单身的儿子，街坊邻居都盯着的，背后说啥的都有，赶紧把婚结了，也能让人省不少八卦口舌。

杜建成又问起杜沧海的事。杜天河说他和梁所长一天通好几个电话，正努力协调。

努力协调，就是正在办，至于能不能办成，谁也不能打包票，这些，杜建成知道，所以心里惴惴的，当杜天河说局里给他提正科了时，只是嗯了一声，算是回应，这要以往，他至少得多喝两杯酒，滋润润地上街找人杀两盘棋。可小儿子前路未卜，吃饭都没滋没味的，哪儿还有心思下棋？

3

那段时间，吴莎莎的日子，每天都是在刀尖上跑步，还是赤着脚，每跑一步，都鲜血淋漓，锥心地疼。

木来，她只想通过孙高第把杜沧海捞出来，没想和孙高第长久，可是，孙高第用提着酒上门认未来老丈人的方式，把她和他睡了的事实大白于天下，让她纵使想回头，也没路可走了。

现在，她几乎不敢踏上挪庄那片土地，每回一次，街坊邻居的眼神，都刀子似的往她身上剜，还是带着毒汁的刀子。尽管杜沧海被派出所带走了不光彩，可她在杜沧海被抓的当天就投靠了孙高第，才是真正的道德败坏，败坏到了任何人都不需要掩饰对她的鄙夷。被大吴赶出来的第五天，她下班回来拿换洗衣服，大吴不在家，因为换了锁，她进不去，就在门外等。满院子的邻居，没一个和她说话的，她甚至听见有人说门风这东西，真是不服不行，一辈一辈地出啊。

因为奶奶在解放前操的是皮肉生意，杜沧海一出事她就委身于孙高第，在街坊邻居看来，就是水性杨花、人尽可夫的家传本性，终于暴露无遗，没人往她是为了杜沧海才这么做的上面去想。

她背对着院子，脸对着自家紧锁的门，尽量避免和别人有目光接触的尴尬，可还是能感觉到背上落满了苛责中夹杂着鄙夷的目光，让她犹如背负针毡，连站在这儿的脸都没了，就低头转身了。

走到胡同口，遇见了买菜回来的赵桂荣。她愣了一下，下意识地站住了，张了张嘴，大姨没喊出来，眼眶就湿了。赵桂荣怔怔地看了她片刻，抬手就打了她肩一下，哭了，说："莎莎啊，你落井下石也不用这么快啊，大姨哪里亏待你了啊？"

吴莎莎的泪水夺眶而出，哭着语无伦次地说："大姨，事情不是他们说的那样，我是为了沧海。"

赵桂荣却推了她一把，毫不留情地，就好像往日胜似母女的情分，都随着这一把被推了出去，远远地，这辈子都不想再看第二眼："莎莎，你要是还知道要脸，从今往后，你就别再提沧海，就当你这辈子不认识这么个人，他也不认识你。"

吴莎莎肝胆俱裂，说："大姨，你要这么说，我还不如死了算了。"

赵桂荣冷冷地说："我要是你，早一头扎海里去淹死算了。"

说完，赵桂荣就走了，头也不回。吴莎莎在她身后喊："大姨，等我把事儿办完了就死。"

赵桂荣还是没回头。

那天傍晚，吴莎莎在栈桥的围墙上坐了半天，心灰意冷，但知道不能死，既然走到这一步了，就不能半途而废，得先保杜沧海平安无事再说。

孙高第被他妈赶出来的当天晚上,因为没地方去,就带着吴莎莎去了录像厅。那时候,城市的大街小巷都开满了录像厅,不大,二三十平方米,摆几排折叠椅,专放打打杀杀的港台电影,几毛钱就能看个通宵。

在乌烟瘴气的录像厅待了一夜,吴莎莎差点被二手烟熏死。第二天一早,两眼乌青地从录像厅出来,孙高第心疼得要命,当天连班也没上,东奔西跑一天,跟朋友借了套房子,在大光明电影院楼上,一居室,客厅不大,卧室朝阳,但隔音效果不好,睡着睡着就会被午夜场电影音效吵醒。

因为心事重重,吵醒了,吴莎莎就睡不着,倚在床头上想以前、以后,各种可能。迷迷糊糊中,孙高第要是知道她醒了,就会伸手来摸她,或者,把她压倒,强行往她身体里闯。

她很烦,但不吭声,好多时候,孙高第像一头亢奋的驴。而她瞪大了眼睛,看着天花板,好像灵魂出窍,只丢了一具躯壳在床上。

气喘吁吁的孙高第就拿手去挡她的眼,要不就去吻她。

她和杜沧海接过无数次吻,每次都荡气回肠,杜沧海的唇一碰到她的唇,她就能感觉到电流在身体里流窜,可孙高第吻她的时候,就完全没感觉,甚至讨厌,觉得脏、恶心,那种你吃着吃着饭,有人往你饭碗里吐了一口唾沫的恶心。

杜沧海曾经和她开过玩笑,说接吻就是相互吃口水,因为爱杜沧海,所以,吃杜沧海的口水她甘之如饴;她不爱孙高第,孙高第的口水就是陌生人吐到她饭碗里的口水。

她每天都问孙高第,杜沧海的事怎么样了?孙高第也会耐心地给她讲今天是怎么去找姐夫的,姐夫又跟他讲了什么,细致翔实,吴莎莎也知道他没骗自己,因为撒谎编不了这么周全。

这天夜里,吴莎莎又醒了,孙高第迷糊着又爬了上来,一边动一边两手捂着她的眼,吴莎莎把他的手拿开了,直直地看着他,说:"忘了问了,你姐夫今天说什么了没有?"

孙高第很沮丧,停了下来,说:"莎莎,能不能别在这时候问这事?"

吴莎莎说:"我突然想起来了。"

孙高第就哭丧着脸说:"这时候你怎么能想这件事?"

吴莎莎说："我就是因为这件事才和你做这事的。"

孙高第一脸错愕地看着她，从她身上翻下来，倚着床头坐了一会儿，去拿了一支烟，也不开灯，在黑暗中明明灭灭地抽。说："莎莎，我知道你是故意的，和我在一起，其实你挺不甘心的，你是不是恨我堵死了你的后路？"

吴莎莎没说话，把睡裙拽下来，盖住裸露的下半身。

孙高第说："如果你是丁胜男，我早就生气了，说不准还会打你。"

吴莎莎说："我不是丁胜男。"

孙高第好像很无奈，说："好吧。"

也是因为这，吴莎莎后来才明白了一件事，人在不爱一个人的时候，才会变得心狠而坚硬；你爱一个人的时候，内心最温柔的柔软就启动了，你爱的那个人，你永远都不舍得他痛苦难过。

吴莎莎满心满肺都是杜沧海，想得最多的就是，如果杜沧海知道她和孙高第这样了，会怎么样？一定很生气吧？单是这么一想，心脏就痛得抽成了一团，是的，她爱杜沧海，这毫无办法。孙高第大约也知道吧，以他的力量，不可能把杜沧海这棵在吴莎莎心里生长了二十几年的大树连根拔起，他要慢慢来，要真诚，要用心，要抱着焐热一块石头的心情，慢慢地焐热她。所以，就说今天中午又去找他姐夫了。

吴莎莎看着他，等他说结果。

孙高第说："是好消息。"

又卖关子似的不说了，沉默地抽了一会儿烟才说："因为是好消息，我不愿意告诉你。"

吴莎莎心里，唰啦一下就亮了，起来，跪在床上，像打听远方孩子消息的母亲一样热切地盯着孙高第，让他说到底是什么好消息。

孙高第说中午去市局，和姐夫一起吃的中午饭，姐夫答应帮他想办法，争取最多给杜沧海弄个贩私，算不上犯罪，拘留几天，没收所得，就放出来了。

吴莎莎高兴得眼泪唰唰地往下流，说："真的吗？"

孙高第说："我骗你干什么？"说着，又要拉过吴莎莎往身底下压，吴莎莎往后闪了一下，说："孙高第，如果你骗了我，我就在你家门口上吊自杀。"

14

孙高第心里一惊,说:"我骗你干什么?你要上吊自杀了,我也自挂东南枝。"

说着,硬把吴莎莎拉过来,压在身下,闯进去。吴莎莎又问他姐夫说没说杜沧海什么时候放出来。

孙高第就拿嘴去堵她的嘴,含混着说:"这时候,别提他。"吴莎莎也觉得自己有点欺人太甚了,就没再吭声。

其实,孙高第真去找他姐夫了,但姐夫让他别管,说这次打击走私犯罪是全国行动,杜沧海是撞到枪口上了,除了即墨路工商所的梁所长,谁也不敢贸然凑上来替他挡这子弹,让孙高第踏踏实实上班,别给他添乱。

孙高第就问梁所长为什么要替杜沧海挡子弹。他姐夫说大概就像名帅爱将才吧,觉得杜沧海是能人,不应该就这么毁了。孙高第哦了一声,问那天从杜沧海家到底拉出了多少钱。他姐夫没说,只说说出来能吓死他。他就不问了,但心里的酸,一浪一浪地往上涌,忽然觉得,被拘留的杜沧海是一条被囚禁的龙,而自己,虽有自由,只不过是一头拥有无用自由的猪而已,挺不是滋味的。又想到了吴莎莎,如果不是为了杜沧海,她这辈子,看都不会看自己一眼,不是滋味就变成了难过。

想想杜沧海很快就无罪释放了,孙高第就忐忑不安。因为这意味着他对吴莎莎来说,完全失去了利用价值。虽然他对吴莎莎的利用价值并不存在,但好在他还能利用杜沧海还关在里面,他姐夫是刑警队的、正在煞费苦心地营救杜沧海骗住她。

一旦杜沧海出来,他还有什么谎言可编?

这么一想,就凄惶得很,只能加倍地对吴莎莎好,希望她也能感觉到这份好,并因留恋这份好而留在自己身边。

所以,他上班去送她,下班去接她,夜里搂着她,赌咒发誓要让她过上比和杜沧海在一起好一万倍的日子。吴莎莎不说话。

如果孙高第逼着她一定说点什么,她会默默看他一眼,说说过了。孙高第说没听见。她就说在心里说过了。孙高第问她说了什么。她说不告诉你,孙高第就缠磨她,她还是不说。

她不想告诉孙高第,她在心里默默说过的是:"如果没有爱,皇宫不过是一座豪华坟墓而已;如果有爱,粗陋的山洞都是人间天堂。"

4

那天下班,吴莎莎走出盐业公司,看见孙高第骑在他的日本进口摩托车上,歪在盐业公司门口。见她出来,脚下一蹬,滑过来,拍了拍摩托车后座。吴莎莎本不想坐上去,可孙高第一脸严肃,压低了嗓门说有事要跟她说。

吴莎莎问:"什么事?"

孙高第说:"杜沧海的。"

吴莎莎就上了摩托车,孙高第带她去劈柴院,到火锅店要了个情侣间,让吴莎莎等着,他去点菜,点好了,菜也上齐了,才看着吴莎莎说,今天中午姐夫又来找他了。

吴莎莎满眼期待地看着他。

孙高第好像在拿捏怎么说才合适,抿了一口饮料,说:"我妈去找我姐夫了,把咱俩的事说了,我姐夫说你要我,是为了杜沧海的事利用我。我妈的意思是你们挪庄那边的人,为了达到目的,多不要脸的事都能干出来。"

见吴莎莎脸色变得越来越难看,孙高第忙说这是他妈和他姐夫的意思,不是他的意思,他们怕他被人利用了,落个鸡飞蛋打他们倒不怕,就怕他太认真了,最后受不了打击。

吴莎莎承认他说的这些都是事实,可自尊上感觉还是受了伤害。是的,她没打算和孙高第长期相处,就算杜沧海不要她了,她也不想,可今天,孙高第给点到了明处,这是要干什么? 不想帮她捞杜沧海了? 吴莎莎突然就有一种自己千般妙计却被人带到了坑里的上当受骗感,眼泪就掉下来了,说:"孙高第,你什么意思? 我和你都这样了,你再说不帮沧海了,你还算个男人吗?"

"要不是你来求我,说真的,莎莎,我还真不想帮杜沧海,凭什么? 无亲无故,他是我的情敌,还戳碎过我一个蛋,我得高尚成什么样才能帮他? 可是,因为你,这些我都不提了,但是,今天,我就要你一句话,杜沧海出来以后,咱俩怎么办?"

吴莎莎噙着两眼泪,说:"你想怎么着?"

孙高第说:"我跟我姐夫说了,我妈怎么想的,随她便,不关我事,我就是喜欢你。如果你发誓杜沧海出来咱俩还在一起,按部就班地谈恋爱结婚生孩子,没问题,杜沧海我继续让我姐夫帮着捞;可你要说杜沧海出来,咱俩就井水不犯河水了,对不起,莎莎,这傻我不犯。"

吴莎莎歪着头,看着窗外乌青的阴天掉眼泪,慢慢点点头,说:"我发誓,杜沧海出来,我也不理他。"

"和我在一起?"

吴莎莎使劲点了一下头。

"和我结婚?"

吴莎莎又点头。

孙高第拍了一下桌子,说:"结了,你等我一会儿,我这就给我姐夫打电话去。"

说完,孙高第就出去了,过了十几分钟,回来了,一屁股坐下,看看她,拿起饮料给自己和她各倒了一杯,拿起自己的杯子碰碰她的杯沿,吴莎莎不情愿地拿起杯子,和他碰了一下,脸看着窗外,慢慢地喝。

孙高第说:"莎莎,你是不是觉得我很卑鄙?"

吴莎莎想了想,说:"其实我也很卑鄙。"

孙高第就愣了一会儿,又好像明白了似的,笑着点点头,拿起筷子,夹起羊肉放进滚沸的锅里,说:"负负得正。"

其实,今天中午找他的根本不是姐夫,而是大姐。

孙高第为吴莎莎和亲妈断绝关系,这让孙高第他妈严重受挫,却决不投降,发动了三个女儿,对孙高第轮番轰炸。因为孙高第曾托姐夫帮着捞杜沧海,被大姐从中套出了他和吴莎莎好的原委,把他骂了一顿,说他缺脑子,吴莎莎为了捞杜沧海都能委身于他,想想行了,这是一种什么样的感情?等杜沧海出来,吴莎莎还能理他?

孙高第也知道大姐说的是实情,心里挺不是滋味的,就说如果杜沧海出来了,吴莎莎就和他分手,他就去跳海!

大姐说他没出息!一个大男人,为了个女人要死要活的,你要真喜欢她,就得想办法拿住她!孙高第问怎么才能拿住吴莎莎。

大姐就跟孙高第交了底,她问过她老公了,杜沧海的案子没什么大事,拘留满十五天就放出来了,但是,人是即墨路工商所梁所长捞的,和孙高第姐夫没半分钱的关系。大姐就说,如果孙高第想娶吴莎莎,在任何时候都要一口咬定,杜沧海是他托姐夫捞出来的。以后怎么办?吴莎莎必须在杜沧海出来之前给他表态,否则,人他就不捞了,借此把吴莎莎给吓唬住了。

孙高第照大姐教的演了一番,果然。

第十五章

一样的月光不一样的你

1

杜沧海出来了,天还是一样的天,城市还是一样的城市,杜沧海也觉得自己还是以前的自己。

杜天河推着自行车站在拘留所门口等他,见他出来,也没说话,老远冲他笑了笑。

杜沧海也笑。

弟兄两个,千言万语,都憋在胸腔里不知从何说起,十五天而已,他们却像经历了一个世纪那么长的战乱分离,感慨万千。

只是笑,什么也没说。等杜沧海近了,杜天河拍拍自行车后座,就骑了上去,杜沧海跳上去,自行车轻巧地滚滚向前。到了潍县路天德堂,杜沧海突然跳下来,说:"哥,你去帮我弄一套干净衣服,我洗个澡再回家。"

杜天河说:"好。"

杜沧海泡了个热水澡出来。大狮子拿着一兜新衣服坐在更衣间等他,见他出来,两眼泪光闪闪的。杜沧海笑了一下,接过衣服,穿上,到外间让师傅给刮胡子理头发,然后心满意足地看着镜子里那个崭新的自己,问大狮子说:"怎么样?"

大狮子揩了一把泪,冲他竖起大拇指说:"还是那么牛逼。"

杜沧海张着大嘴,无声而夸张地笑了一下,拍了一下他的肩膀说:"走!"

出了天德堂,杜沧海问大狮子家里还有没有钱,大狮子说有,问他要多少,杜沧海想了想,问:"买一辆进口摩托车得多少钱?"

大狮子说:"好像一万几。"

杜沧海问:"你有吗?"

大狮子说:"有。"

杜沧海就去了大狮子家,杜溪张罗着要给他们做饭。杜沧海说:"不吃,我得留着肚子回家哄咱妈。"说完就走了,去大港的一个院子里,挑了一辆摩托车,远洋货轮捎回来的,也是走私货,杜沧海眼馋好长时间了,可父母不让买,说做人不好太招摇,你扎别人眼,别人就扎你脚后跟。

出了这档子事,杜沧海也想明白了,是福不是祸,是祸躲不过。人,在不伤天害理的情况下,还是想怎么活就怎么活吧,现在,整个挪庄都知道他犯事被关了十几天,他不想就这么灰头土脸或是悄没声地回去,他得像凯旋的英雄一样闪亮登场,用这种方式告诉挪庄的父老乡亲们:我杜沧海走到哪里都是正南正北的响当当汉子,从不做苟且之事。

就这样,被拘留了十五天的杜沧海,骑着一辆新得扎眼的日本摩托车,像一道蓝色闪电,轰隆隆地开进了挪庄,穿街过巷,笑声朗朗地和遇见的每一个人打招呼,进了院子,他把摩托车停在自家门口。手里还捏着饺子的赵桂荣闻声出来,看着耀武扬威的杜沧海,一下子把他抱在了怀里,没合上口的饺子,就拍在了杜沧海的新衣服上。

杜沧海使劲拥抱着母亲,说:"妈,让您受惊吓了。"

赵桂荣大声说:"没事就好没事就好,可把我和你爸吓坏了,还当你犯了多大的事呢。"

母亲的用心良苦,杜沧海是懂的,说给街坊邻居们听,他杜沧海没犯法,也没坐牢,这就出来了。

回家后,杜沧海踩着梯子上了吊铺,那里,钱曾经像砖头一样一捆一捆地码满了吊铺;现在,空空荡荡。

赵桂荣怕他难受,说:"别心疼钱了,人没事就好。"

杜沧海从吊铺上下来,吃饭,和家人谈笑风生,自始至终没提吴莎莎一个字,快十一点的时候,杜沧海要回他自己的房子。赵桂荣有点舍不得,让他晚上在家睡。

杜沧海说不用了,他也老大不小了,不能老在家里添乱,从今天开始出去单过了。

赵桂荣说:"你一个人咋单过?"

"大哥也一个人,不也单过了好几年了?"说着拢了拢赵桂荣的肩,说:"妈,我走南闯北一个人惯了。"

杜建成这才吭吭了两声,问:"沧海,往后你怎么打算的?"

杜沧海说:"能怎么打算?继续做买卖,电子表是走私的,不让卖了,我就卖别的。"

"这回打听明白了,犯法的事,咱不干。"赵桂荣两眼里含着殷殷的关切。

杜沧海嗯了一声,赵桂荣从口袋里摸出手绢,拿了一百块钱塞在杜沧海手里:"你的事,多亏了梁所长,买点礼物去感谢感谢人家。"

杜沧海说好,转身走了,推着摩托车走过吴莎莎家院子的时候,往里看了几眼,觉得胸口满满的、胀胀的,有一种钝而又不断蔓延着的痛。

大吴从家里出来,看见了院门外跨在摩托车上往里看的杜沧海,愣了片刻,想笑,又不自在。杜沧海跨上摩托车,轰地走了。

第二天一早,杜沧海就去即墨路了,整条即墨路上,已经没人卖电子表了,但依然繁荣,人来人往,摩肩接踵,这让他恍惚,好像半个月前,这里什么都不曾发生,不曾有大批警察来查走私,不曾有梁所长汗如雨下地舞着棍子阻击试图冲进市场没收电子表的警察,他这个即墨路的元老之一,也没有在这里被人戴上锃亮的手铐带走。

见杜沧海来了,几个原来卖电子表的商户围上来,嘘寒问暖,还有人吵嚷着要给他接风,冲冲晦气,杜沧海说不用了,和大家聊了一会儿,聊以后做什么生意好,聊了半天,对大家七嘴八舌提的进货方向,都没兴趣,就去了工商所。想给梁所长买点礼物,又觉得俗,他知道梁所长的脾气,谁要给他送礼,不亚于是去打他的脸。

在即墨路上混长了,大家都知道,送梁所长礼,他非但不高兴,还会脸一黑说你瞧不起他。

工商所在一栋老楼的一楼,统共就一间屋,加上梁所长四个人。他去的时候,梁所长正趴在桌子上写什么,一笔一画的,像个刚刚学会写汉字的小学生。杜沧海叫了声梁所长,眼眶一热,泪差点掉出来。接他的时候,杜天河说过,这半个月,为了捞他,梁所长腿都跑细了。

无亲无故,自己不过是个在梁所长管辖范围内做小买卖的,也不是什么过命的交情,梁所长能这么待他,他没法不感动。当然,他也知道,梁所长不单单对他一个人好,也不是对所有人都好。在即墨路上,只要人品好,知上进,梁所长就会像老母鸡护小鸡一样,拢在自己翅膀下面罩着,可如果想玩邪的,他一点情面也不讲。

这些年,即墨路发展势头很猛,老商户很少有走的,新商户不断地加入,逐渐蔓延到了即墨路和李村路周边的路上。商户们家当都很多,周围居民的房子,基本都被商户们租来当仓库了,可就是这样,还是粥少僧多,好些商户是拿着大把的钱租不到就近的仓库,每天大包小箱地往家拖又不现实。梁所长就跟大家商量,收摊以后,把货锁在自己的铁皮柜台里,由工商所出面雇几个人,晚上在即墨路巡逻看场,但每个商户每月交一块钱的看场费。

就这样,梁所长张罗着解决了大家晚上的囤货之苦,可问题也随之来了,有人发现丢货,跟梁所长说。梁所长也没说什么,只是,没几天,就把一个叫李大头的商户撵了。

李大头不走,非要让梁所长给个理由,梁所长不说,自己动手,烧着电焊把李大头的铁皮柜台拆了,李大头抄了一根自来水管子要跟他拼命,梁所长就指着他摊上的货,说:"李大头你告诉我,你的货都是从哪儿进的。"

李大头摊上的货,杂,但每样不多,都卖得很好。原来,李大头白天看谁家什么卖得好,晚上就拿万能钥匙开了人家的铁皮柜台偷货,专偷热销货,毕竟是偷,怕偷多了,被偷的人会急,就不敢多偷,掌握的量,是别人可能会发现,但不至于报警立案。

大伙这才明白,曾经因为撬门溜锁坐了三年牢的李大头这是重操旧业了,就气,冲上去要揍他,被梁所长拦住了,只说:"李大头你以前干过什么坐过几年牢我不管,可你到我管辖的地盘上谋生,就得给我正正当当做人!"

李大头被掀了老底,自觉没脸,但嘴上的输,还是不能认的,骂骂咧咧的,让梁所长等着,等哪天他高兴了,一把火烧了即墨路。

大伙就怕了,怕李大头说到做到,真回来放火烧了大伙儿的家当。梁所长笑笑,说他没这胆。说着,追上去,一把薅住李大头的领子,说:"李大头,你给我听好了,这么多人给我见证着,且不说日后你回不回来放火,有你的话在这儿撂着,即墨路不管什么时候发生了火灾,我都第一个拿你是问!"

李大头一撬门溜锁的小贼,也不是多要脸的人,可当着这么多人的面,被梁所长镇了,还是自觉颜面尽失,掏出一次性打火机,嚷着不用等日后,他现在就放一把火烧了即墨路。

梁所长武警出身,身手敏捷得很,一抬脚踢飞了他手里的火机,招呼了几个人,把李大头扭到了派出所,没犯罪事实,也没把李大头怎么着,但震慑效果是达到了。

总之,梁所长这个人爱憎分明,认识他的人,也是爱他的,敬若关二爷;恨他的,犹如小鬼恨钟馗。

见杜沧海来了,梁所长忙起身招呼他坐,又把没写完的东西塞进抽屉,杜沧海笑着说:"写什么呢,这么神秘?"

梁所长说:"没事瞎划拉。"工商所的小王说:"什么瞎划拉,局里让梁所长写检查呢。"

杜沧海一愣,说:"不能吧,梁所长又不是我,写什么检查?"

小王说:"这检查就是因为你才写的。"

梁所长喝了一嗓子,让小王少胡说八道,他写他的检查,关杜沧海什么事。

小王就嘟哝说:"要不是为了护着他,您能一把年纪了在即墨路上演全武行吗?不上演全武行,这检查局里能让您写吗?"

杜沧海就明白了,嗓子哽哽地疼了一下,想叫梁所长没叫出来,过了半天,才说:"梁所长,您放心,有了上次的教训,违规犯法的买卖我要碰一下,我就不

23

叫杜沧海。"

梁所长拍拍他的肩,说:"有你这句话,我心里就踏实了。"

后来,杜沧海才知道,因为阻拦派出所进即墨路执法,梁所长在局里受了处分,原本要调到局里去提副处的任命也搁浅了,不由得,就更是内疚。

2

尽管杜沧海从拘留所出来,重新踏上挪庄的土地时的亮相很漂亮,但内心的颓然,终还是像排山倒海一样地来了。

尤其是来到吴莎莎精心布置的婚房,杜沧海第一次有了人生恍若梦幻的感觉,他躺在床上,不动,也不出门。只有父母来看他的时候,他才会做戏似的笑笑,解释说,他不出门,是想一个人好好想想以后的人生路该怎么走。等杜建成两口子走了,他会尽情地流泪,大狮子带着吃的喝的来看他,点一支烟递给他,说:"你要觉得心里闷就抽支烟吧。"杜沧海摆摆手,大狮子说要不你就喝酒,说着,自己拎起一瓶啤酒干了。

杜沧海坐起来,像驱赶动物似的往外撵他,想自己安静一会儿。

杜沧海在家躺了一个礼拜,就骑上摩托车去找吴莎莎了。

孙高第也在,和他骑的是一样的摩托车,两人在盐业公司的门口,相互看了一眼,谁也没打招呼的意思。

吴莎莎出来了,夹杂在人流中,她一眼就看见了杜沧海,跨在摩托车上,安静地看着她,和以往的杜沧海不一样了啊,以往的杜沧海虽然也安静,可他的眼睛里有着火一样热烈的春天。现在,他眼里是秋风过后的萧瑟、黯淡、感伤。

吴莎莎站在熙熙攘攘的下班人流里。有人回头,指指戳戳,然后这些指指戳戳的人继续前行,在下一个路口各自散去,就像消失在时光尽头的河流。

在吴莎莎的泪流满面里,杜沧海把摩托车开到她面前,说:"莎莎,我就要你一句话,跟不跟我走?"

孙高第也把摩托车开了过来,看着杜沧海,说:"杜沧海,你要是个爷们就别纠缠了,我和莎莎已经同居了。"

杜沧海看也没看他，只是盯着吴莎莎，一字一顿地问："为什么？"

吴莎莎推了他的摩托车一下，说："杜沧海你走吧，我配不上你。"然后，她跨上了孙高第的摩托车，在杜沧海的怒吼声中绝尘而去。

第二天早晨，杜沧海就坐上火车去了广州。

做惯了电子表生意，对其他生意有些疏离，加上进货的本钱也是从大狮子那儿借的，杜沧海不敢造次，没直接去批发市场，而是满广州大街小巷溜达。

因为整个北方的时装潮流，都是由南方引领的，所以，杜沧海想通过广州人眼下的着装潮流，揣摩进货的方向。

在街上晃悠了几天，杜沧海发现广州年轻男女，不少人穿一种蓝色的粗布衣服，就问这是什么，人说牛仔装。

杜沧海还是不明白，又不能追着路人问，就找了一家有牛仔装卖的商店，佯装要买牛仔装却又不懂的样子，问老板。老板就给他详尽地解释了牛仔装，原本是意大利水手们穿的，以结实耐磨著称，后来传到了美国，因为其结实耐磨，美国西部淘金的人，也都穿牛仔裤，据说最好的牛仔裤是美国的苹果牛仔裤，拎起来，它能像有人穿着一样立在地板上，屹立不倒……再后来，牛仔裤就不仅仅是牛仔裤了，还有牛仔上装，前些年传到了香港，这又传到了广州，年轻人穿一身牛仔装，又帅又时髦，很夺人眼球。

杜沧海也发现了，不管男女，只要穿上牛仔装，就别有一种飒爽的英气。

杜沧海买了一套，根据标签上的地址，从东莞找到了生产商家，跟厂家谈了山东总代理，下好订单后，自己就穿着一身帅气的牛仔装回青岛了。

当他穿着一套水磨蓝的牛仔装出现在即墨路上时，一下子吸引了所有人的眼球，纷纷跑上来问他穿的是什么。

杜沧海就眉飞色舞地说是牛仔装，他拿下了山东总代理，等过几天大货就到了，如果喜欢，可以到他这里拿货。

牛仔装好看是好看，但以前没见过，所以尽管大家很好奇，却没人敢贸然进货，一周后，杜沧海的大货到了，先给杜天河、杜溪和郭俐美他们一人一套，让他们穿着上班；又给了夏敬国一条牛仔裤，让他送给儿子；没几天，夏敬国儿子就领着好几个同学来了，要买牛仔裤。杜沧海知道，新的产品上市，需要有人引领销售,年轻人朝气蓬勃,身材也好,衣服穿在他们身上,最能带动销售,就也没卖,送了他们一人一套,大狮子急了,一套牛仔装也五六十块钱呢,一件都没批出去呢,就这么个送法,还不赔个底儿掉?

等夏敬国的儿子和同学们欢天喜地地走了,杜沧海就眯着眼睛望着这群人青春昂扬的背影说,牛仔装是新鲜的时髦货,不宣传没人知道,我们又不能跑到电视台大张旗鼓地做广告,再说也做不起,可有这群年轻人穿着满大街蹦跶,就是我们活的广告牌子。

杜沧海说得果然没错,没过几天,就开始有年轻人来买牛仔装,而且越来越多,其他商户见杜沧海的牛仔装卖得好,也来调拨了去卖。过了三四个月,省内其他城市的小商贩,也开始来找杜沧海进货,就这样,用了大半年的时间,杜沧海就把牛仔裤撒满了山东的大街小巷,他的钱包,又慢慢地鼓了起来,拿回去给赵桂荣,赵桂荣翻来覆去地看了一会儿,又还给了他,说你虽然没成家,可都自己搬出去单过了,自己攒着吧。

杜沧海知道母亲是被上一次的事吓怕了,就抽出几张,塞到母亲手里,说也行,家里缺钱跟他说。

赵桂荣说就她和杜建成都这把年纪了,吃不动穿不动,花不了几个钱,杜建成的退休工资就绰绰有余了,倒是他和杜天河的婚事,至今都悬而未决,成了她和杜建成的心病。

见他不吭声,赵桂荣又说,别光顾着挣钱,有合适的姑娘就谈一个。杜沧海敷衍地嗯了一声,因为知道,不应这一声的话,赵桂荣就会一把鼻涕一把眼泪地自责当初看上吴莎莎,纯属瞎了眼。

娘俩又说了一会儿闲话,赵桂荣让他去劝劝杜天河,都三十好几了,差不多就跟何春熙把婚结了吧,她把结婚的被子都缝好了。

杜沧海说成,从父母家出来,就去了杜天河的宿舍,杜天河正看书呢,一副清心寡欲的样子。见杜沧海来了,问他今天怎么有空。

杜沧海就笑着说:"奉了咱妈的命来催婚。"

杜天河微微怔了一下,说:"跟谁结?"杜沧海说:"何春熙啊。"又问他们最近处得怎么样。

杜天河说:"早散了。"杜沧海一惊,问:"怎么回事?"杜天河说:"她前男友找我了,让我把女朋友还给他。"

　　杜沧海大吃一惊,说:"何春熙有前男友?"杜天河点点头,跟杜沧海说,半个月前,他下班从单位出来,就看见路边站着一个看上去挺落魄的男人,但也没在意,可这个男人亦步亦趋地跟着他,他快走,男人也快走,他拐弯,男人也拐弯,就奇怪,索性站住了,转身看着男人,问他打算干什么。男人就问他是不是叫杜天河。杜天河说是。

　　男人就吭哧了一会儿,突然一把抓住杜天河的手,顺势就要下跪。杜天河就蒙了,忙扯着手,不让他跪下去,让他有话说话,有事解决事,用不着这样。

　　男人这才说,他是何春熙的同事,在市医院总务科,也是何春熙的男朋友,之前,他跟何春熙都商量好去登记结婚了,可她突然又说要再等等。他也知道,自己离过婚,何春熙跟他,是委屈了点,这,他也跟何春熙表达过,何春熙说不在乎。他就想不明白,婚期定了,他也通知亲朋好友们参加婚礼了,何春熙为什么就突然变了卦,他问怎么回事,她就说还没想好,要再相处一段时间考虑考虑,这考虑都快两年了,对他爱搭不理的,好像忘记了和他的婚约,他觉得不对,就到处打听,才知道原来是因为杜天河。

　　关于杜天河的事,他以前听何春熙提过几嘴,说以前谈过一个男朋友,考上复旦把她甩了,把她打击得不轻,之后断断续续谈了几个,都不合适,就把终身耽误了,后来经人撮合,和他谈了两年,彼此是知根知底的同事,加上双方父母催,就想把婚结了,没想到杜天河又出现了!男人挺悲愤的,说:"你要真放不下春熙,当初就别抛弃她,你这算怎么回事?"

　　杜天河这才知道,在何春熙那儿,自己竟然是个良心发现的陈世美角色。而何春熙也不像她所表白的那样:虽然这么多年不联系,但她始终放不下他,一直在等他,以至于把终身都耽误了。

　　原本,他是有负罪感的,也暗暗想过,就算给不了何春熙炽热的爱,但也要以一个男人的责任感,给她圆满的婚姻。可随着男子的一番话,何春熙曾经的表述,都成了一场处心积虑的表演,让他觉得特别没意思,就和男人说,其实他不是何春熙的前男友,也就没旧情复燃这一说,更不会和他抢何春熙。

男人不信，要拉杜天河去和何春熙当面对质，杜天河说："如果你还打算娶她，就不要这样，否则就是当面撕她的面皮，影响你俩做夫妻的质量。"听杜天河都这么说了，男人觉得也是，也相信杜天河跟何春熙真的没什么。杜天河让他放心，再见着何春熙，他会把话说清楚的，除了前女友米小粟，他大概谁都不想娶，也爱不起来。

说完，就回宿舍了，何春熙还是坐在门口的擦脚垫子上等他，听见脚步声，就盯着楼梯口看，见杜天河上来，欢天喜地的，说从博山路买了著名的香河肉饼，还热着呢。

杜天河说他不饿，也没开门，而是定定地看着她，说："小何，有句话，我必须告诉你。"

何春熙嘴里说着好啊好啊，从窗台上拎起打包的饭盒，一副杜天河开了门她就进去的样子。杜天河沉吟了一下，说："我不想伤害你，但是我必须告诉你一个事实，虽然过去这么多年了，可我还没从上一场感情的阴影中走出来，除了米小粟，我谁都爱不起来。"

何春熙这才明白，原来杜天河是要摊牌他们之间没戏了，就难过得很，泪光闪闪地看着杜天河，说："我不在乎你爱不爱我，只要你让我和你在一起就行。"

杜天河说："不行，这样做的话我太自私了，再说……小何，关于爱情……我不知道你有没有过这种体会，当你不爱一个人，这个人却非要对你好的时候，其实你一点儿也不会因此而感动或者幸福，甚至，只会让你烦恼。"

何春熙有点慌，好像不明白杜天河为什么会突然这么说。

杜天河笑了笑："其实，我是想告诉你，我们之间……这样，对你太不公平了，所以，想早点和你把话说明白。"

何春熙看着他不说话，眼泪吧嗒吧嗒地往下掉。

杜天河说："今天早回来，就是为了和你说，以后别再来了，我们之间没有结果的。"说着，杜天河开了门，拎出一个尼龙绸包，里面装着何春熙织的几件毛衣，递到何春熙手里，说："这些毛衣我都没穿过，你送给其他合适的人吧。"

何春熙抱着毛衣，低着头，呜呜地哭着跑了，然后，再也没来。

杜沧海听得瞠目结舌，说："她根本就没等过你啊？"

杜天河说:"幸亏她没真的等过我,不然我得多愧疚。"然后就笑了,如释重负的样子,说今天那个男的又来找他了,送了包喜糖,说他跟何春熙登记结婚了。

两人各自沉默了一会儿,杜天河问他和吴莎莎怎么样了。杜沧海苦笑一下,摇摇头,说吴莎莎已经不在挪庄住了,偶尔在路上遇见,吴莎莎总是见着他就跑,可能自己也觉得没脸吧,也零星听到过一些她的消息,都和孙高第有关。比如,孙高第是能人,经常能批到各种各样的条子,一倒手就是钱;因为孙高第经常送好酒,大吴面上虽然还不说他好,但事实上已经认下这女婿了,偶尔骂骂咧咧,骂的已经不再是孙高第,而是他父母狗眼看人低。

都在挪庄住着,进出之间,杜沧海也能遇见大吴。一开始,大吴讪讪的,久了,就好像忘记了吴莎莎和杜沧海有过婚约,会隔老远就和他打招呼。作为晚辈,杜沧海不能不回应,也只好和大吴一样,装得忘记了和吴莎莎曾有过婚约。

和孙高第同居后,吴莎莎从不回挪庄。但青岛不算大,偶尔地,郭俐美和杜溪会在街上碰见她。郭俐美说吴莎莎每次见了她都像耗子见了猫,贴墙根走。杜溪说吴莎莎现在变了,脸上化很浓的妆,像卖的。她们说吴莎莎的时候,口气都恶狠狠的,好像唾沫能扒她一层皮。杜沧海听不下去,通常是起身就走。赵桂荣就拿眼剜郭俐美和杜溪,说世界这么大,就不能说点别的?

赵桂荣也张罗着给杜沧海介绍过对象。杜沧海总说忙着呢,骑着他的摩托车,蓝色闪电一样跑来跑去,就是没时间相亲。

3

杜沧海发现,牛仔裤是一款很长命的流行时装,其他款式的时装,兴起来,一般是流行几个月就过去了,可牛仔裤不,一直有人买,一直有人穿,好像永远不会落伍,但他的牛仔装生意,并没有因此而长盛不衰,因为牛仔装生产厂家越来越多,他只是拿下了一个厂家的山东总代理,其他牛仔装厂家也纷纷有了自己的山东总代理,为了争取生存空间,纷纷降低批发价格,利润空间越来越小,望着仓库里堆积如山的牛仔装,杜沧海和大狮子说,得另想一条别的道了。

一晃,杜沧海和吴莎莎分手两年了,二十七岁生日那天,赵桂荣让他晚上回家吃饺子。

这是他们家的惯例,不管谁过生日,必定要全家一起吃顿饺子。

杜沧海的生日永远是茴香饺子,因为他的生日是八月底,是吃茴香的季节。

菜馅饺子,杜沧海最喜欢吃荠菜的,春天三月,荠菜肥嫩的季节,赵桂荣会提前一天去郊区挖新鲜荠菜。荠菜是春天最早的野菜,新发的绿叶下会有去秋残留的黄叶,择起来特别费工夫,而赵桂荣这种家庭妇女没别的,就有的是工夫。春天一到,就会看到她们提着塑料编的筐子去火车站坐 31 路公交车,坐到青岛大学,上浮山支脉挖荠菜。

把挖回来的荠菜择净洗好,烫出来,兑上五花肉和少许韭菜,最好再加点现剥的蛤蜊肉,包成的饺子和馄饨,它们清亮的鲜香,就是杜沧海味蕾记忆里的春天的味道。

杜天河的生日永远是鲅鱼饺子,因为他的生日是四月底,鲅鱼正肥的季节;杜长江和杜溪的生日在冬天,就吃白菜肉丁饺子或素馅的菠菜豆腐饺子。

因为刚来的秋季新款,来拿货的人多,杜沧海忙到晚上六点多才到家。杜溪正和赵桂荣在厨房里边包饺子边嘀嘀咕咕什么,听见门响,杜溪回头,见是他,故意大声说:"可回来了,果果都饿了。"

一看就是在转移话题,因为果果并不在家,杜沧海就打哈哈问:"说什么呢,还这么怕我。"

杜溪见瞒不过去了,说:"你该娶媳妇了。"

杜沧海说:"这你们不用操心。"说着,自己去倒了一杯水,还没等喝,就见大吴一步闯进来,见杜沧海在,猛地一拍自己大腿,很是快意恩仇地说道:"沧海,跟你说件事。"

杜沧海喝着水嗯了一声。大吴说:"孙高第这小子进去了。"

杜沧海一愣,问:"怎么回事?"大吴说:"我就看他不是好作,早晚得进去,说是能给人弄一批钢材,收了人钱,啥也没弄来,就让人告了,说是诈骗!"

杜沧海心里翻云滚雾的,想到了吴莎莎,可又知道母亲和杜溪烦吴莎莎烦得跟什么似的,就没提,就自言自语似的说:"这个孙高第,怎么干起诈骗来了。"

杜溪看出来了,大吴跑来说这个,不过是想看看他们家对吴莎莎的态度,就冷着脸说:"孙高第进去了,这不你们家吴莎莎又得换主了?"

大吴虽然脸皮厚,但也被杜溪说得脸上红一阵白一阵的,说:"瞧你说的,我们家莎莎是那种人吗?我听孙高第喝了酒露过话,当初莎莎找他,也是为了沧海,他姐夫不是市刑警队的吗,这要真说道起来,莎莎纯是为了沧海才把自己给了孙高第的。"

说着,大吴几乎要老泪纵横了,说杜沧海犯的那是走私大罪,要不是吴莎莎,哪儿能拘留半个月就出来?怎么着也得坐个十年八年的牢!

杜溪一听就恼了,拿起擀面杖一下就捅在了大吴的胸口,往外推了一下,说:"叔,要不是看你是长辈,我今天真想一口唾沫呸你脸上,卖人情卖到这份上你不嫌寒碜我还嫌恶心呢!沧海那么快出来是我们家沧海没干伤天害理的事,都这时候了,你就别往你家吴莎莎脸上贴金了,再贴,也改变不了她水性杨花的事实!"

赵桂荣本是个宽厚的人,但吴莎莎的事,把她伤得不轻,就说:"他吴叔,以前我对莎莎好,那是我瞎了眼,我们家沧海前脚出事,她后脚就跟了孙高第,这是人干的事吗?"

赵桂荣母女把大吴呛得脸红脖子粗,悻悻地走了。临出门时,大吴突然说:"还真当我来求你们的?小沧海!我告诉你,就算孙高第在里面关一辈子,我也只认他这一个女婿。"

杜溪说:"吴叔,你千万说到做到,你家吴莎莎再水性杨花,好歹她也是个人,你别为了几瓶酒把闺女胡乱往外送!"

杜沧海低低喝了声:"姐!"

杜溪就撇嘴,说:"像大吴这样的,就不用给留脸。"说完,又觉得杜沧海有点不对劲,就使劲瞪着他说:"你没看出来啊?他这是想让你收复失地。真是的,狗也拉猫也尿的,谁稀罕!"

杜沧海一语不发,铁青着脸,出去了。是的,刚才人吴的一番话提醒了他,就他对吴莎莎的了解,他前脚进派出所她后脚就跟孙高第投怀送抱,应该干不出来,肯定事出有因,就追到院子里,问:"吴莎莎在哪儿?"

大吴让杜溪呛得驴脾气上来了,说:"管不着!"

杜沧海就不再问了,去了隔壁院子。吴莎莎果然在,正洗衣服,旁边几个邻居指指戳戳地大概在议论她,吴莎莎耷拉着眼皮,全然没放在心上的样子,低着头使劲搓衣服,手都搓红了,杜沧海一把夺下她手里的衣服,扔回盆子里,拉起吴莎莎就往屋里走。

　　见是他,吴莎莎挣了几下,眼圈就红了。几个邻居的眼,就瞪得更大了,好像青天白日的,见着一男人硬要把一女人拖上床。

　　大吴本来到了院门口了,见杜沧海拖着吴莎莎往里屋走,就站住了,装没看见一样,转身朝外走。

　　杜沧海砰地关上门,问吴莎莎:"莎莎,你给我说实话,当初是不是因为我才去找的孙高第?"

　　吴莎莎从他手里挣出来,生硬地说:"不是。"

　　杜沧海说:"那你给我个理由!"

　　吴莎莎说:"和丁胜男一样,因为他们家住火车站东,因为他们家体面,还因为孙高第喜欢我!"

　　杜沧海说:"我不信!"

　　吴莎莎说:"我都和他同居两年了,你还有什么信不信的?"

　　杜沧海就觉得全身的血液一下子凉了,木了,好像不会流动了,他怔怔地盯着吴莎莎,吴莎莎依然满脸无所谓的样子,说:"别听我爸瞎叨叨,他是怕孙高第进去了,没人供他喝酒。"说着,就去院子里继续洗衣服。

　　杜沧海从屋里出来,又在她身边站了一会儿,说:"我真不信。"

　　吴莎莎把衣服洗得哗啦哗啦更响了,不说话。听见杜沧海的脚步声远了,才敢让眼泪噼里啪啦地往盆子里掉。是啊,她多想一头扎进杜沧海的怀里,说是的,是的,我去找他就是为了你,可她又知道,如果承认了,整个世界就乱套了,杜沧海会感激她,会愧疚,会娶她,可他家的人已经恨透了她,一定会拼命阻拦。街坊邻居们,一定会看笑话,看她不要脸,和别人睡完了又回来嫁给杜沧海,笑杜沧海没骨气,笑老杜家从此以后门风不保……

　　所以,她不能。

　　之后几天,一到下班时间,杜沧海就在盐业公司门口等她,她不看他不理他,他拖她上摩托车,她就挣扎,就喊,说:"杜沧海,你再这样我喊人了啊!"

杜沧海不听,她也真喊了,喊要流氓!有人要流氓!吴莎莎是盐业公司的一枝花,很多男人的梦中情人,于是,她一喊,盐业公司的男人们就同仇敌忾地扑上来,把杜沧海按在地上揍了一顿,还砸坏了他的摩托车。

见杜沧海真的被人打了,吴莎莎又心疼,忙扑上来拉架,说:"差不多就行了,别打了……"可是盐业公司的男人们都精壮得很,好容易捞着一打架的机会,哪儿拉得开?吴莎莎就扑上去,盖在杜沧海的身上,不让他们打,哭着说:"再打就出人命了……"

那一次,杜沧海被人打得鼻青脸肿,因为拉架,吴莎莎也被人拖来拽去地弄得蓬头垢面。打杜沧海的人散去了,杜沧海坐在地上,抹着嘴角的血,说:"莎莎,我就要你一句实话,到底是不是因为我去找的孙高第?"

吴莎莎哭着说:"都这样了,是与不是又有什么用?"

杜沧海说:"有用,如果你是因为我去找的他,我原谅你。"

吴莎莎就生气了,说:"杜沧海,你原谅我?你是我什么人?有什么资格原谅我?"

杜沧海就哑然了。那天,鼻青脸肿的杜沧海推着他的破摩托车和蓬头垢面的吴莎莎一前一后进了挪庄。被杜建成看见了,回家和赵桂荣说,赵桂荣一听就炸毛了,提着炉钩子就去了隔壁院子。吴莎莎刚洗完脸,正站在门口梳头,拎着炉钩子的赵桂荣母夜叉一样地进了院子,远远地指着吴莎莎说:"吴莎莎,咱娘俩的情分,早就一刀两断了,你要再缠着我们家沧海,别怪我不给你留面子。"

吴莎莎说:"大姨,你放心,我再不要脸也不会去害沧海。"

她心平气和的,倒让气势汹汹的赵桂荣不好意思了,手里的炉钩子在空气中示威似的颤了两下,转身回去了。

又过了几天,杜沧海去了一趟看守所,见着了孙高第,说:"孙高第,你这是何苦呢?缺钱,言语一声,何必去骗。"

孙高第斜眼瞅着他冷笑了两声,说:"借?跟你?"

杜沧海知道他想说不屑于跟他借,也笑了笑,说:"嫌我钱上有汗臭?"

孙高第说:"差不多吧。"问杜沧海是不是来瞧他热闹的,杜沧海说不是,他就想知道他和吴莎莎是怎么回事。

孙高第说他想抽一支烟。杜沧海带了一盒烟，拿出一支，给他点上，看着他一口一口抽烟。

孙高第很淡定，一副豁出去了、满不在乎的样子，进来以后，姐夫就跟他通过气了，由于诈骗数额太大，省里都惊动了，怕是谁也保不了他了，让他做好坐二十年牢的思想准备。

孙高第把烟蒂吐在地上，并没回答他的话，问杜沧海有没有觉得他这是咎由自取。

杜沧海说："我不了解情况，不妄下论断。"

孙高第点点头，说："我告诉你原因，你不要说我是在为自己辩解。"

杜沧海想告诉他，他对他进去的原因不感兴趣，但孙高第非要说，就点点头，说："你说吧。"

孙高第说："其实我也是让人骗了，你看，几百万的货款，我账上没一分钱。"

杜沧海点点头，耐着性子听他往下说。就孙高第说的情况，他多少也了解一点，那段时间，满世界都是倒爷，街上随便一个遛鸟的大爷手里都握着能变现的信息资源，每个人说起来都一本正经、煞有介事，北京人管这种人叫倒爷，青岛人叫嘴子。对这种人，他从来都不屑一顾。孙高第把他上当受骗的经历说完了，才说："杜沧海，我走到今天全怪你。"

杜沧海就愕然了，说："你进来跟我有什么必然的联系吗？"

孙高第说："有！因为吴莎莎爱你，因为我想证明我比你强！"

不需要孙高第告诉他，杜沧海也明白了，就默默地点点头，说："你已经不需要回答我了。"

孙高第说："我还是告诉你吧，当年吴莎莎找我确实是为了你，因为我姐夫是市刑警队的，但是我骗了她。你能出来，是梁所长的功劳，我姐夫什么忙也没帮。"

杜沧海就觉得眼球疼得要爆炸，他起身，隔着桌子一把薅起孙高第的衣服，说："孙高第，当初我怎么没一竹竿把你捅死?!"

孙高第并不生气，死狗一样看着他，笑笑说："大概这就是命运吧。"

旁边的民警忙过来阻止杜沧海,让他放开孙高第。杜沧海扔也似的把孙高第扔回座位上,孙高第却又懒洋洋地站起来了,说:"对了,直到现在吴莎莎都不知道我骗了她,你可以把真相告诉她,已经这样了,她又不爱我,肯定等不了二十年,还是让她恨我吧,这样她能把我忘得快一点,不那么难过。"

说完,孙高第有点哽咽了,泪汪汪地看着杜沧海说:"我知道你们都觉得我不是好人,可我真的没你们想象的那么差劲。"

杜沧海突然就不那么恨孙高第了,甚至觉得在这世上,孙高第比他配得上吴莎莎,尽管孙高第骗了她,可那是因为爱,现在,为了不让她难过,孙高第又宁愿让杜沧海告诉她当年自己骗她的真相,杜沧海承认,在爱吴莎莎这事上,他没有孙高第爱得深切。

孙高第对吴莎莎有一种不顾一切的精神,他到不了这程度。

往回走的路上,他斟酌再三,决定还是不把真相告诉吴莎莎。事情已经过去这么久了,就让吴莎莎误以为他能只关了十五天就放出来是源于她的舍身相救吧,如若不然,她怕是会崩溃吧?忘情舍身只是中了一个于事无补的圈套,这样的不堪,没人愿意发生在自己身上。

4

杜沧海每天傍晚去盐业公司等吴莎莎下班。

吴莎莎不理他,他继续骑着摩托车缓缓地贴在她的身边走。

吴莎莎上了公交车,他就跟在公交车后面。

等吴莎莎下了车,他又贴在她的身边,把她护送回家。

吴莎莎气得不行,哭了好几次。

有一次,吴莎莎走着走着,突然哭了,哭着哭着,就扶着路边的树吐了。

她边哭边说:"杜沧海你离我远点,你像一条癫皮狗似的跟着我让我恶心。"

杜沧海也不生气,下了摩托车,站在身后给她拍打后背。吴莎莎就哭得更凶了。杜沧海手足无措,挺伤感的,他感觉吴莎莎想和他好,又自觉没脸。

后来,杜建成也知道杜沧海又返回头去追吴莎莎了,老两口气得要命。有一天晚上,老两口和杜溪一起去了他家,把他从床上拎起来。

赵桂荣声泪俱下,让杜沧海告诉她吴莎莎到底哪儿好。她都烂抹布一块了,你还死皮赖脸地当宝往自己筐里捡,让老杜家的脸往哪里搁?

杜建成也说:"天下女人都死绝了?!"

杜沧海穿着秋衣秋裤坐在床上,头耷拉在两膝盖之间,不说话。

杜建成说:"天下女人都死绝了,你也不许娶吴莎莎!"

杜溪也哭,说:"沧海,你怎么这样? 嫌咱家日子过太平了是不是? 娶她还不如娶个离婚的! 娶个寡妇,就算是二手货,人家也干干净净的,她吴莎莎算个什么东西? 暗娼的孙女,地痞无赖的闺女,人尽可夫的烂货!"

杜沧海抬头,说:"你们说够了没?"

赵桂荣说:"只要你想娶吴莎莎,我活着一天说一天。"

杜沧海很黯然,说:"妈,以前,我不想和莎莎谈恋爱,你说我是灯下黑,说莎莎好,就你对莎莎的了解,她是你们说的那种人吗? 你们为什么就不想想,为什么我一进去她就去找了孙高第?! 还不是因为她知道孙高第喜欢她,她知道孙高第的姐夫是市刑警队的! 她不是烂货,为了我! 都是为了我,她和孙高第在一起时心里装的也是我! 这两年她过得有多苦你们知道吗?"

杜沧海越说越难过,就悲愤了起来,说:"爸,妈,莎莎不爱孙高第,可是孙高第进去了,判了二十年,不管我怎么追,她都不答应,就是要等孙高第。妈,你说这是为什么? 她就是怕你们这些人这么看她这么说她!"

杜建成让他说得心里咯噔一下,但是依然不能接受吴莎莎,就说:"不管当初她是因为啥,走到今天,这就是她的命,你给我离她远点!"

杜溪问:"这些是谁告诉你的?"

杜沧海说:"不重要。"

杜溪一脸轻蔑,说:"要真是这样,她怎么不早告诉你? 还不是看孙高第折进去了,她没得依靠了,就跑你跟前卖乖?!"

杜沧海从床上下来,穿上鞋,说:"你们说够了没?"

杜溪说:"只要你还和吴莎莎来往,我们就说不够!"

"那你们就使劲说!"

杜沧海从桌上抄起摩托车钥匙就走了,在街上兜了两圈,想找个人聊聊,把认识的人在脑子里过了一遍,就去找了夏敬国。

第十六章

如果这样可以让你不难过

1

快午夜十二点了,夏敬国知道他遇上了烦心事,就从冰箱里拿出一瓶啤酒,知道他不喝酒,摸了一瓶饮料递给他,问怎么了。

杜沧海就把他和吴莎莎的事说了,问夏敬国怎么看。

杜沧海和吴莎莎的事,夏敬国知道,就问他,是不是一时冲动或是听说了吴莎莎当初跟孙高第好的原因以后受到了感动。

杜沧海说不感动是假的,可他真的心疼吴莎莎,看她整天像过街的耗子似的贴着墙根走他就难受,觉得整个世界都在欺负她,他有责任保护他。

夏敬国说,当男人想让女人因为自己而幸福安定时,就是真爱。然后说起女一号,说其实她一点也不幸福,那么美,她丈夫几乎都不碰她,所以他就总想睡她,因为每一次他进入她身体的时候,她都是颤抖的,因为幸福激动而颤抖。

杜沧海说,她告诉你的?夏敬国摇摇头,说他猜的,每次做爱,他都会看着她的脸,亲吻她的乳房,都会看到她乳头上有因干燥而微微翘起的老皮,这足以说明,她的丈夫根本就不爱抚她,甚至根本就不和她做爱,那么美的女人啊,就像一块肥沃的土地一样撂着荒。他勤快,替人耕了,结果坐了牢,事到如今,他一点也不怨女一号。这社会,说是男女平等了,可说到家,女人还是要挨欺负的,如果她承认和他是通奸，她往后的日子没法过，亲戚朋友面前抬不起头来，父母会嫌她丢脸，孩子也会嫌弃她这个作风不正派的妈，所以，他愿意替她把所有的苦难都承担了，只要她幸福就好。啥叫真爱，就是不管你为对方做什么，只要对方开心，你就是幸福的，从不会觉得对方欠下了你的，你只想把更多的好给出去，他有再多的错，你都会原谅，有原谅的爱，才是真的爱。如果杜沧海对吴莎莎的感情也是这样，就尽管去追她娶她，人一辈子不长不短，不要活在别人眼里，也不要活在别人嘴里。

杜沧海问他现在和女一号还有没有联系。夏敬国说除了经常在台下看她的戏，在生活中也见过她一次，在剧团门口，他路过，其实是假装路过，知道那个点她差不多该从剧团下班回家了，就特意站在路边等，就为看她不上妆的样子。也真看见了，隔着马路，她也看见了他，一愣，很快就一脸厌恶地收回了目光。他虽然难过，但也理解，毕竟她和同事们一起，总不能冲一个强奸过自己的男人笑吧？夏敬国说，她正确的反应，应该是吓得尖叫一声，扭头就跑，或者在众同事目光的加持里，走过马路，扬手给他一耳光，扬长而去。

夏敬国愿意挨她一耳光，因为十几年之后，他的脸颊是多么地思念她手指的抚摸，哪怕是以耳光的形式。

但她只是厌恶地看了他一眼。

杜沧海继续去盐业公司门口等吴莎莎。吴莎莎依然不理他。

杜溪和郭俐美又联袂收拾了杜沧海几次。甚至，郭俐美还以相亲的名义，把国棉五厂最漂亮的小姑娘带到了家里，杜沧海不仅不接茬儿，甚至当着姑娘的面说，在他看来，全世界就吴莎莎一个女人，剩下的，不分男女，都是人而已，把小姑娘呛得满脸通红。赵桂荣差点给气疯了，拿擀面杖把杜沧海打了一顿。杜沧海说你们要不嫌麻烦不怕得罪人，就使劲往家里带姑娘，反正他不要。

赵桂荣实在没辙，就跑隔壁院子去找吴莎莎，让她看在自己和她曾亲如母女的分上，放过杜沧海。吴莎莎低着头织毛衣，不说话。大吴坐在一条长条凳子上，一手拎着酒瓶子，仰头灌下一口，说："三嫂，欺负人有你这么个欺负法的？都是你们家杜沧海每天在盐业公司门口缠磨莎莎，你哪只眼看见莎莎缠杜沧海了？"

赵桂荣就哑口无言了,坐在大吴家厨房兼客厅的屋子里,一把一把地擦眼泪,说:"莎莎,我不管你是因为什么跟了孙高第,可他进去了,你要再跟沧海好,我和你大爷在挪庄就没法做人了。"

自始至终,吴莎莎没说一句话,但那天晚上,她敲开了杜沧海的门,站在门口说:"杜沧海,我问你一件事。"

杜沧海忙把门开大一点,让她进来说。

吴莎莎不进来,说:"你觉得我这人还行?"

杜沧海说:"很好,在我心目中,你一直好得很。"

吴莎莎眼里就盈上了泪,说:"你觉不觉得我脏?"

杜沧海说:"你就像冬天的冰凌那么干净。"

"真的?"

杜沧海认真地点头:"真的。"伸手来拉她,吴莎莎却一闪身,走了,说:"知道我在你心里的样子不脏就行了。"

望着吴莎莎跌跌撞撞的背影,杜沧海有点晕。回屋坐了一会儿,又觉得哪儿不对劲,就穿好外套,去了吴莎莎家。大吴说不在家。杜沧海问哪儿去了。大吴说没说,吃完饭坐在窗前发了会儿呆就出门了。

大吴老了,又整天沉溺于酒精,整个人都反应迟钝,过了一会儿,又说她这几天不对头,好好的,饭吃着吃着就哭。

杜沧海就更觉得不对了,转身跑回家,骑上摩托车满街找也没找到吴莎莎。

杜沧海心就慌了,又从西面的团岛沿着海岸线往东找。大老远,影影绰绰地看到有个身影,正沿着栈桥往外走。

栈桥是青岛的标志,像一把钥匙,从海上插进青岛,好像要打开这座城市。

一到夏天,栈桥上就摩肩接踵,全是外地来旅游的,但冬天几乎没人,因为栈桥伸到海里,寒风阴冷,四下里没遮没拦,人在栈桥上站一会儿,就冻透了,没人受得了,晚上就更是人烟皆无。

杜沧海停下摩托车,把着栏杆,向着栈桥的方向探出身子,仔细看了一会儿,觉得这个黑乎乎的身影可能是吴莎莎。因为大吴说了,吴莎莎是穿着盐业公司发的劳保服出去的。盐业公司的冬季劳保服是蓝色劳动布,棉的,男女不分,很保暖但也很笨重。

　　杜沧海觉得不好,栈桥虽然是青岛著名的旅游景点,但也是著名的自杀圣地。尤其是这么冷的天,要没点糟心事逼着,谁跑栈桥上遭罪?一想到栈桥上那个黑乎乎的身影有可能是吴莎莎,杜沧海就不敢想了,骑上摩托车就疯了一样地往栈桥这边赶。

　　等他赶到,栈桥上的人影已经没了。

　　夜晚,海面像墨蓝色的绸缎起起伏伏,海水哗哗地拍打着栈桥,杜沧海把两手拢在一起,喊了几声莎莎,没人应,又往海里看,就见不远处似乎有什么在沉沉浮浮,杜沧海顾不上多想,一个猛子就扎了下去。

　　冬天的海水刺骨地冷,身上的棉衣很快吃透了海水,拉着人沉甸甸地往下坠。杜沧海吃力地游过去,顾不上细看,一把抓起来,拖着就往堤坝边游,顺着台阶,一阶一阶地拖上来,才顾上细看一眼,果然是吴莎莎。她冻得嘴唇都紫了,眼紧紧地闭着,海水顺着头发往下流,杜沧海趴下,想给她做人工呼吸,却突然被吴莎莎推开了,原来她没昏过去,只是冻坏了。杜沧海又气又急,说:"莎莎,你这是干什么?"

　　吴莎莎哇的一声就哭了,挣扎着坐起来,说:"杜沧海,你让我去死!"说着,就往海里爬,力气大得很。杜沧海拦腰抱着她,几乎抱不住,说:"莎莎,你犯什么傻?"

　　吴莎莎哭着说:"你不知道,杜沧海,你不知道,我没法活了,你让我去死!"

　　又冷又累,杜沧海甚至感觉得到身上的湿衣服正在渐次结冰,却又丝毫不敢松懈,唯恐一不留神,吴莎莎就会一头扎进海里。他几乎可以确定,如果吴莎莎再一次扎进海里,他绝没有再次把她救上来的把握。因为这是冬天。如果夏天,吴莎莎再往水里扎十次他也能及时给捞上来,可冬天,人穿得多,入水笨重,又冷,就连习惯了冬泳的人都是做足充分的下水准备,扎进海里游一两分钟就赶紧上岸,何况从不冬泳的他还穿着厚重的衣服反复下海去拖一个同样穿着厚重的衣服一心求死的人。

　　杜沧海死死抱住吴莎莎的腰,说:"莎莎,想死不要紧,你得先告诉我是因为什么。"

吴莎莎就哭着说:"我怀孕了!"

杜沧海这才发现,自己抱在怀里的吴莎莎确实和以前不一样了,她的腰身粗壮。

杜沧海就傻了,半天没说出话来。

吴莎莎说她是在孙高第进去一个月后才发现自己怀孕了的,想去流产可没钱。撒谎跟大吴要,又被大吴骂了一顿。没辙,她只好等攒够了钱再去医院,可等她攒够了,医院却说她都怀孕快五个月了,只能引产而不是流产,引产要家属签字……孙高第在牢里,让大吴去签字?那她等着挨骂就行了,大吴喝点酒什么难听骂什么,到时候,他还不得像抖搂擦脚垫子似的把这事抖搂得满世界都知道啊……

杜沧海只觉得心脏一紧一紧地难受,但还是轻描淡写说:"好了,不就签个字嘛,我给你签。"

吴莎莎回头,用一张泪脸看着他。杜沧海又隆重地点点头,说:"真的,我给你签。"

2

那天,湿漉漉的杜沧海用摩托车驮着湿漉漉的吴莎莎回了挪庄,幸亏是晚上,幸亏是冬天。

北方的冬季,商铺早早关了门,劳顿了一天的人也都早早回家围炉取暖。所以,一条又一条的街道,是空寂的。

吴莎莎要回家。杜沧海没让,说:"身上都湿透了,你爸问起来,你怎么解释?"

吴莎莎一想也是,总不能说因为怀了孙高第的孩子,不想活了,去投海自杀不成吧。就听了杜沧海的,去了他家。杜沧海把炉子拨旺了,给她找了几件自己的衣服换上,自己坐在炉子边烤衣服。

吴莎莎像个知道自己做了蠢事的孩子,坐在床沿上,眼里含着泪,却不敢说话。

杜沧海边烤衣服边说，明天就去医院，就说是她男朋友，这孩子是他的。

吴莎莎小声说："对不起啊。"

杜沧海深深地看了她一眼，说："以后有事就说，别做傻事。"

吴莎莎说其实这三个多月，她没一天不想死的，一看见他，死的心就更重了。

杜沧海问："为什么？"

吴莎莎闷了一会儿才说："你挺好的，可我没脸往回走，活着，就是一天天地懊恼自个儿，能不想死吗？"

杜沧海说："死什么死？我这不一直在等着你吗？"

吴莎莎低头捂着脸哭，说："杜沧海，你越这么说我就越觉得自己配不上你……"

杜沧海就坐到她身边，揽着她的肩，拍了拍，说："傻，在这世界上，除了你，能做我老婆的没别人。"

吴莎莎趴在他腿上嘤嘤地哭，问杜沧海为什么要对她这么好。

杜沧海说因为在这世界上再也没有比她对他更好的女人了，为了他，可以把自己一辈子都豁上去，除了她，这世界上没有第二个人。如果他连这点都看不到，娶了别的任何一个人，都是瞎了双眼。

吴莎莎很安静，小指的指甲在他大腿上轻轻地划，划着划着，她就睡着了。第二天早晨，吴莎莎说这是她自从知道怀孕以来，睡得最踏实的一夜。

第二天一早，杜沧海去买早饭，刚出院子，就见大吴匆匆来了，就主动说吴莎莎在他家睡觉呢，让他别去吵她。

大吴瞪着他看了一会儿，说："小沧海，你给我弄点正经的。"

杜沧海明白，大吴以为昨晚自己把吴莎莎睡了，怕他像孙高第似的有始无终，就说："您放心。"

这是杜沧海第一次对大吴使用您，透着晚辈对长辈的恭敬。大吴大约也听出来了，杜沧海是认真的，就转身往外走，深一脚浅一脚的，像他这一生，挺荒芜的，杜沧海正唏嘘着，就见大吴回了头，认真说："沧海，你要娶莎莎，我就一个条件。"

杜沧海说："您说吧。"

大吴说:"不能一天到晚地掀老账,不能动手打。"

杜沧海说:"不会。"

大吴点点头,这才放心地转身走了。

杜沧海买了甜沫和馅饼,跟吴莎莎吃了,就去了市立医院,医生是个四十几岁的中年妇女,给吴莎莎做完了检查,把杜沧海叫进来,问:"真不打算要这孩子不是?"

杜沧海说:"不要,从一开始就没打算要。"

医生生气了,说:"不打算要你早干什么去了? 这都快五个月了,你以为引产跟撒泡尿那么简单?"说着,又看吴莎莎:"我告诉你啊,引产和生一次孩子差不多,你想好了!"

说完,医生就走了,让杜沧海和吴莎莎再考虑考虑,她先去查个房,如果查完房回来,他们还不打算要这孩子,她就给做手术,边往外走边嘟哝,说:"你们这些男人就知道自己痛快,一点也不知道心疼女人,不想要孩子你采取措施啊,这下好了,怀了孕,遭罪的是女人!"

杜沧海和吴莎莎面面相觑地坐在妇科门诊室里,又不能明说,尴尬得要命,旁边另一个医生走过来,拿起病历看了一眼,又看看杜沧海和吴莎莎,说:"年龄也不小了,结婚把孩子生下来不就行了?"说着,拿眼去看杜沧海,好像吴莎莎冒险引产,全是因为他不想负责任。

杜沧海笑了笑,没说什么。

医生把病历放回去,似乎是漫不经心地说:"有的人啊,是能生的时候不想要,等想要的时候死活怀不上,造化弄人啊。"

杜沧海小声叫了一声莎莎,声音里已有了犹疑。吴莎莎轻轻地摇了摇头,表示坚决不要,这时,查房的医生回来了,拖延时间似的,慢条斯理地洗了手,坐下,问杜沧海和吴莎莎:"想好了没有?"

吴莎莎说:"想好了。"

医生嗯了一声,在病历上写下了一行字,说吴莎莎胎位不正,如果他们坚持引产的话,可能大人会比较遭罪,也很危险。

杜沧海问:"什么危险?"

医生说:"难产会有什么危险,你女朋友就会面临什么样的危险。"

吴莎莎吓得脸都白了。杜沧海心一横,拉起吴莎莎就往外走,说:"咱不流了,生下来!"医生就笑了,说:"就是,活蹦乱跳的大胖小子,生下来多好。"

吴莎莎心乱如麻,杜沧海拉着她就往外走,到了门诊大厅外,吴莎莎猛地甩开杜沧海的手,转身背对着车水马龙的街道,哭了,说:"生下来我怎么养?"

杜沧海说:"我和你一起养。"

吴莎莎哭着说:"又不是你的孩子,凭什么让你养?"

杜沧海说:"你要打掉,是我让你留下的,这孩子的这条命就是我给的,既然命是我给的,他就是我的儿子!"

3

杜沧海告诉吴莎莎,除了他们两个,孩子的身世不能让第三个人知道。

吴莎莎说生过孩子的女人,一掐算都能算出来孩子不是他的。杜沧海问她能不能估算出来孩子是哪天怀上的。吴莎莎说可能是孙高第进去的前一天晚上,刚来完月经没两天,以为是安全期,就没用避孕套,结果,一个月后,她就发现自己怀孕了。

杜沧海说:"结了!你就说我报复孙高第,他一进去,我就强奸了你。为这,你挺恨我的,所以我整天缠着你你都不搭理我,没想到就怀孕了,不得已才嫁了我。"

吴莎莎低着头,吧嗒吧嗒掉眼泪。

第二天上午,杜沧海去盐业公司找吴莎莎,让她去办公室开证明登记结婚,吴莎莎一愣一愣的,问他跟父母说了没有。

杜沧海没答她,从包里摸出户口簿,冲她扬了扬,说跟他妈一说吴莎莎怀孕了,他妈二话没说,就把户口簿给他了。

吴莎莎就含着泪笑了,下午,去登记的路上,杜沧海领她去万宝金楼买了戒指、手链、项链,说结婚是一辈子的事,必须认真对待。

晚上,杜沧海拿着结婚证回了父母家,吃完饭,把结婚证往饭桌上一放,轻描淡写地说:"爸,妈,我和莎莎登记了。"

刚吃完饭,杜建成刚要饭后一支烟赛过活神仙,听他这么一说,瞥了桌上的结婚证一眼,就把打火机朝杜沧海头上扔来。杜沧海头一偏,躲了过去。

打火机是一次性的,扔的时候,杜建成很用力,一下子就撞到了墙上,腾的一下,就着了。原本正酝酿着情绪打算哭一场的赵桂荣慌了,忙拿起扫把把火扑灭了。没等他们的第二轮火烧起来,杜沧海说:"莎莎怀孕了,是个男孩,我让她留下了。"

杜建成起身出去了,好像杜沧海的话和他没关系。赵桂荣抹着眼泪说:"到底你还是娶了她。"杜沧海说:"莎莎多好,在这世界上,除了您和我爸,对我最好的人就是她了。"

虽然不识字,赵桂荣还是翻开结婚证看了看,目光直直的,盯在吴莎莎脸上,突然,手在桌上一抹,把两本结婚证扫到了地上,说:"别办婚礼。"

杜沧海说:"那不行,一辈子就一回的事,我不能亏待了莎莎。"

赵桂荣就哭了,说:"她到底给你灌了多少迷魂汤啊。"

杜沧海弯腰捡起结婚证,说:"妈,您把莎莎说得这么不要脸,其实,孙高第进去了,她压根儿就不想跟我,是我,我霸王硬上弓的,她怀了我的孩子没办法了,才答应嫁给我。"

赵桂荣说:"我不信!"

"您不信我就没办法了。"

和吴莎莎登完记,杜沧海就让吴莎莎搬过来和他一起住了,说她都显怀了,和酒鬼大吴住在一屋檐下他不放心。

吴莎莎就揣着满肚子五味杂陈的幸福搬进来了。把她安顿停当,第二天,杜沧海就踏上南下的火车,去广州进货了。

和大狮子搭伴做了这么多年生意,两人各尽所长,杜沧海眼光好,看货准,就负责进货,大狮子懒得动脑子,能拼上力气吆喝,就负责在家看摊发货。

现在,不比刚做生意那会儿了,以前因为没钱,出门都是怎么省钱怎么来。长期奔波在青岛和广州这条线上,杜沧海已经和列车长混熟了,每次出发,都能搞到卧铺票,不用在硬座上遭罪了。

这次,杜沧海买的是下铺,起来活动活动方便。

他对面下铺,是个胖男人,胖得走路几乎都要捧着肚子,杜沧海都替他累得慌。胖男人一上车就拿出一瓶啤酒,又拿出几个纸袋,里面装着卤鸡爪和花生米什么的,全然常年出差在外的派头。

他打开啤酒,看着杜沧海,犹豫了一下,冲他举了举瓶子,问来不来一杯,杜沧海忙摆摆手,说不喝酒。胖子就问他是哪儿人。杜沧海说青岛人,胖子就笑了,说假的吧。杜沧海就摸出身份证递给他,胖子接过去,歪头看了一会儿,笑着说头一次见不喝啤酒的青岛男人。

自然而然地,就熟了,攀谈中,杜沧海知道他是国货的采购科科长,姓李,叫李庆国。

杜沧海就笑着说,这世界真小。李庆国问怎么了,杜沧海说他二哥在国货,是百货科科长。李庆国就说杜长江啊,杜沧海嗯了一声,有了这份渊源,关系就更近了,一路上,无话不说。

李庆国说就因为即墨路、四方路这种农贸市场和路边小店越来越多,国货日子不好过,靠以前的套路行不通了,他这次去广州,就是想找点新鲜货源,要不然,各柜台上的小组长要把他吃了,因为传统渠道的货跟不上形势,卖不动,可现在各柜台也有销售额考核,一卖不动,各组长在早会上就冲他这采购科长发难,好像国货的营业额上不去,都是因为他这采购科长进货的时候闭着眼。

遇上杜沧海,李庆国很高兴,以前他都是和各大国营企业对接,从广东个体户手里进货,还真没经验。杜沧海就大包大揽地说:"你跟着我就成了。"

晃悠到广州,两人成了莫逆之交,有杜沧海这闯广东的老客带领,李庆国也是满载而归。

回来的路上,李庆国往杜沧海的卧铺床上甩了五百块钱。把杜沧海搞得莫名其妙,问这是干什么。李庆国说这趟来广州多亏了杜沧海,算是他的感谢。

杜沧海说乡里乡亲的,这哪儿行?再说了,给公家办事,无论怎么着也轮不着他自掏腰包感谢他,何况他还是杜长江的同事。杜沧海把钱给扔回去,死活不收。李庆国就急了,说人在江湖走,得讲道义,这钱不是他自掏腰包,是回扣。

杜沧海就愣了一下,说什么回扣。

李庆国就大大咧咧地说厂家给的回扣,这是行业惯例,同样的货,很多厂家生产,他进哪家的都是进,为了拉拢他这主顾,工厂都会给回扣。杜沧海这才明白了,怪不得杜长江对采购科科长的位子馋得眼珠子发红呢,奥妙在这儿。但还是没要李庆国的钱。

李庆国第一次见着看着钱不往上扑的人,不由得,对杜沧海就添了几分敬意,对他就更掏心掏肺了。

回家后,杜沧海把给杜甫捎的游戏机送过去,和杜长江聊了一会儿,说起在路上遇到了李庆国。杜长江说:"李庆国这采购科科长怕是干不长了。"

杜沧海问:"为什么?"杜长江说:"听说上面有意思,以后中层以上的干部要竞争上岗。李庆国的位子,油水足,有的是人盯着。"

杜沧海就想起了李庆国说的回扣的事,不由自主地,就点了点头,说:"是个肥缺。"

杜长江说:"你也发现了?"

杜沧海点点头,说:"单是去广东进了这趟货,就有两千多的回扣,就这捞法,给个商业局局长都不换。"

杜长江眼就亮亮的,捶了一下大腿,说:"我就说嘛!"

过了一个多月,下班以后,杜长江去了一趟即墨路,让杜沧海和大狮子收了摊回父母那边一趟,见他郑重其事的样子,杜沧海就很纳闷,问有什么事。

杜长江很神秘地笑了一下,说:"等回家再说。"

等到了家,就见郭俐美母子已经在了,不同往常的是郭俐美没像往常一样坐在电视机前等吃的,而是眉开眼笑地在厨房里帮赵桂荣忙活,杜沧海就越发觉得奇怪,问到底有啥好事。

杜长江这才憋不住了似的说他竞聘上采购科科长了!

杜沧海虽然知道杜长江一直想当采购科科长,可觉得他不是那块料,没想到他能梦想成真,就不想说扫兴的,只说不错不错,是值得庆祝一番。

郭俐美从厨房里端着菜出来,满面春风的,就好像知道太子继位在即的太子妃,说:"这事还多亏了你,要不然,你二哥这辈子别指望。"

杜沧海就纳闷了,说:"当采购科科长是靠我二哥的能力,怎么跟我又搭上关系了?"

郭俐美就说:"要不是你说了李庆国的那些道道,就凭他那点本事,能把李庆国扳倒?"

杜沧海就去看杜长江:"二哥,怎么回事?"

杜长江显得很不自在,说:"也没什么,李庆国是咎由自取。"

郭俐美就说:"沧海是自己人,你还用得着躲躲闪闪了?"然后就说,上次杜沧海不是说李庆国进一趟货就吃了两千多块钱的回扣吗,杜长江就写了一封匿名信给商业局领导,把李庆国查了,不仅把他的采购科科长给免了,还一撸到底,让他站柜台去了。

杜沧海就觉得脑子里嗡嗡地响,虽然他也知道李庆国吃回扣不对,是国营企业里的硕鼠,可李庆国是因为信任他,才跟他交了底的,他却无意中把这底交给了杜长江,又被杜长江做成了杀手锏,手起锏落把李庆国扫了个嘴啃泥,就觉得对不起李庆国,而且,对写匿名信这种行为,他向来深恶痛绝,觉得猥琐阴暗恶毒,有冤有仇,可以明刀明枪地报,但不能背后下黑手,那是小人!

杜沧海郁郁地看了杜长江一眼,饭也没吃,转身就走了。

走在街上,越想越觉得对不起李庆国,想他未必知道匿名信是杜长江写的,就装作不知情的样子,买上礼物去家里看看他,也算表达一下自己的歉意吧。

李庆国家住在华阳路,杜沧海敲开门,就见李庆国正抱着肚子瘫在沙发上看电视,见是他,点了支烟,也没起身,只冷冷地跟他老婆说:"什么人都往家里让啊?"

说完,指着门口,对杜沧海看也不看,说:"出去!"

杜沧海叫了声李哥。李庆国说:"我没你这样的兄弟!杜沧海,你真他妈的可以啊,我什么底都跟你交,是他妈的让你来坑我的?!你是个男人吗?你还是个人吗?"李庆国越说越激动,抄起烟灰缸就往杜沧海身上扔。杜沧海一闪身躲过了,说:"李哥,我来,就是想真诚地跟你道个歉。"

"道歉?你他妈的把人杀了又说对不起,有屁用?滚!"李庆国咆哮着。

杜沧海顿了顿,说:"李哥,你坑公家钱,确实不对,但是我跟我哥说起这事来,真不是为了帮着他把你挤下来。"

李庆国又抓起茶几上的杯子,要往杜沧海身上扔:"你他妈的还有理了,没完了是不是?"

李庆国老婆心疼杯子,忙上去夺下来,说:"你跟他们置气,拿自家东西撒什么气? 不是花钱买的啊?"

杜沧海给李庆国鞠了一躬,说了声对不起,就转身走了。第二天夜里,杜沧海家里的窗玻璃就全让人给砸了,玻璃碴子碎了一地。吴莎莎吓得要命。杜沧海安慰她说没事,发生这种事,总得让人家出口气。

可没过几天,有一天晚上,杜沧海出去办事,被十几个人拦在路上打了,虽然杜沧海也是个打家子,可终究是一手难敌众拳,被打得不轻,肋骨都被踢裂了。

拿脚指头想想,杜沧海都知道是谁干的,但没报案,跟吴莎莎说,这账记在他头上比记在杜长江头上好。杜长江其一没他扛打,其二骨头软,揍得稍狠点,就求爷爷告奶奶的,没个男人样子。

老杜家的男人,不能没点男人的样子。杜沧海对来看他的杜长江说:"以后做事要磊落。"

4

两个月后,中山公园湖边的柳树开始泛绿了,远远望去,就像挑了一树又一树鹅黄绿的云,远远看去,朦胧而又温润,美极了。

杜沧海和已经大着肚子的吴莎莎以这些柳树为背景拍了婚纱照。到了"五一",才举行了婚礼,虽然吴莎莎的肚子一天天地不等人了,可他们不慌不忙,一切都那么笃定,根本就不在乎别人怎么看怎么说。

婚礼是在海天大酒店举办的。

那会儿海天刚刚建成不久,是青岛市唯一一家五星级酒店,全青岛市的年轻漂亮姑娘都以能进海天当服务员为荣。

杜沧海请了二十多桌亲朋好友,但杜建成两口子说到做到,果然没出席他的婚礼。

杜沧海邀请了街坊四邻,大家往酒店走的时候,都会探头到杜建成家看看,见老两口一个腌鲅鱼,一个看电视剧,就意外得很,招呼说:"三哥,三嫂,今天是你俩坐大席的日子,时候不早了,走吧。"

"不去!"

杜建成说得面沉似水,把来喊他们的人吓得够呛,忙转身走了。可走了这个还有那个,一上午,来向他们贺喜的街坊邻居们络绎不绝,杜建成心烦得要命,和赵桂荣算了算今天的潮汐,挎上篮子一起赶海去了。

杜建成觉得,他们必须得摆个姿态,让街坊邻居们知道,尽管杜沧海把吴莎莎娶回来了,但是,这儿媳妇,他们不认!要不然,他们这老脸往哪儿搁?不仅如此,杜建成还跟其他几个子女说过,他们兄妹几个,如果谁去参加杜沧海的婚礼,往后就别再喊他爸。

郭俐美本就不喜欢吴莎莎,有了杜建成的话,正好遂了她的心,跟杜溪说,结了一次婚,婆家一个露面的都没有,要她是吴莎莎,丢人都丢死了,还办什么婚礼啊,这不光着腚推磨——转着圈丢人吗?

杜溪嗯了两声,没敢多说话,因为大狮子说了,她就是拿刀架在他脖子上,杜沧海的婚礼他也得参加,因为没杜沧海就没他大狮子的今天。

婚礼前一天晚上杜天河回了一趟家,本想劝劝父母,不管杜沧海娶的人他们喜不喜欢,这都是他一辈子的事,让二老给个面子,可还没说两句,杜建成就火冒三丈,咳得脸通红。赵桂荣就不让杜天河说了,杜建成抽了一辈子老旱烟,谁劝也劝不住,这两年,对肺的伤害显出来了,一生气就会咳嗽,憋得脸通红。

杜天河只好自己去参加了婚礼,以长兄的身份,坐在家长的位置上,把大吴给感动得不行,每喝一杯酒,都要站起来和他握握手。

来参加婚礼的,除了亲朋好友、街坊邻居就是杜沧海在即墨路上的伙计,闹腾起来,一个顶十个,尤其是新娘挺大肚子了,闹得就更过分,婚宴还没结束,吴莎莎就隐隐觉得肚子不对劲,不忍心扫大家的兴,就一直咬牙忍着,直到挨桌敬酒的时候,伴娘发现她脸色煞白,豆大的汗珠顺着额头往下滚,把妆都滚花了,就问她是不是不舒服。被敬酒的,是个有过生育经验的女邻居,就问吴莎莎是不是肚子疼。吴莎莎点了点头,腿一软,就趴在桌子上起不来了。

正歪头和别人说话的杜沧海有点蒙,问吴莎莎怎么了。女邻居说快别敬酒了,莎莎要生了,又招呼了两个人,扶着吴莎莎往门口走,让杜沧海赶紧去找车,就近去了401医院,没多一会儿,吴莎莎的儿子就出生了。

杜沧海抱着胖嘟嘟的孩子,点点他的小鼻子说:"喂,小子,这么着急,这是要赶着参加我和你妈的婚礼啊?"

也算因祸得福,因为吴莎莎是在婚礼最热闹的时候出现阵痛的,所有的人都以为,因为婚礼太闹腾,吴莎莎早产了。

没有任何一个人怀疑孩子是孙高第的,甚至,连忍不住去医院看了一眼的赵桂荣都说,孩子长得像杜沧海。

吴莎莎有点尴尬。杜沧海就笑,不说话,等赵桂荣走了,才说:"怪不得有的人怀孕了就会在家挂一张漂亮娃娃的画,这也是胎教啊。怀孕的时候,你整天看我,看着看着,也就像了。"

尽管杜沧海说得诙谐幽默,可吴莎莎心里还是沉甸甸的,总觉得对不起杜沧海,甚至说,要不,把这孩子送人吧,再要不就说偷偷放福利院门口吧。为这,杜沧海和她发了好几次火,说:"莎莎你把我当什么人了?你亲生的骨肉,我给你送了人,我畜生啊,我?"

吴莎莎就哭。

有一次,赵桂荣来了,尽管她不待见吴莎莎这个儿媳妇,可吴莎莎没娘,唯一的爹又指望不上,赵桂荣怕他们两个年轻的没经验,弄不好孩子,买菜的路上,顺脚拐进来看看,正好碰上杜沧海刚吼完吴莎莎,因为吴莎莎又说要把孩子送人。

赵桂荣一进门,见两人僵着,就生气了,说:"沧海你干什么?嫌不好你别娶!娶回来了,孩子也生了,你就给我安生过日子!"

吴莎莎哭着说:"妈,你别数落沧海,都是我不好。"

赵桂荣像领导视察似的,在屋子里威严地转了一圈,瞪了两人一眼就走了。杜沧海坐在床沿上,看着她,叹气:"别再说胡话了,听见没?"

吴莎莎点点头。

杜沧海就俯着身子去逗孩子玩:"儿子,你妈要把你送人,你伤心不伤心?"

吴莎莎的儿子一泡热尿喷了他一脸,算是回答。杜沧海哈哈笑,说:"你他妈的就叫杜尿泡吧。"口气很亲昵,全然是他亲儿子的样子。这样的时候多了,吴莎莎那颗忐忑着的心,才算是踏实了一点,问杜沧海打算给他取个什么名字。杜沧海说:"早就想好了,叫杜家宝,杜家的宝贝。"

吴莎莎泪光闪闪,杜沧海就把一根食指竖在嘴唇上,一字一顿地说:"我的。"

吴莎莎就一脑袋扎到他怀里,温柔地拱啊拱的,搂着他的腰,说:"沧海,我把我妈没享着的福全享了。"

杜沧海笑,其实,心里很苍茫。

他爱这孩子吗?当看着肉嘟嘟的孩子时,当孩子咧着小嘴,冲他天真无邪地笑时,毫无疑问,他喜欢这个孩子,就像喜欢所有美好而纯净的生灵一样,可当他想到孩子是孙高第的,心脏的位置,总会咽的一下,像被打了一拳,带着冰凉的风,但他知道这种感觉,不能在人前露出来,尤其是当着吴莎莎,甚至他都不能对着孩子发呆、恍惚,因为吴莎莎会因此而惊慌失措。

记得有一次他给家宝换尿布,无意间,目光落在家宝的小鸡鸡上,神差鬼使地,就想到了孙高第,想到了他被自己捅坏了一只的睾丸,瞬间有点失神,连吴莎莎递过来干净的尿布都没看见。吴莎莎就不声不响地从他手里接过家宝的小脚丫,高高地提起来,换上尿布,把家宝接过去的瞬间,杜沧海看到了她眼里惊恐的警惕,在心里咳了自己一声,笑着说刚才走神了。

但吴莎莎并没问他为什么走神,他只好自说自话似的说,牛仔装这行不能干了,好像刚才他盯着家宝的小鸡鸡失神,只是困惑于生意该往哪个方向转。

吴莎莎这才问为什么。

杜沧海说连四方路的孙大麻子也干上了,价格低得离谱,没意思了,他得换个行当。吴莎莎抱着孩子坐到他身边,说做生意这块她不懂,让杜沧海自己拿主意。

杜沧海嗯了一声,接过家宝,逗他玩了一会儿,气氛才算恢复正常。

从那以后,杜沧海坚决杜绝自己瞅着家宝走神发呆。而吴莎莎,虽然曾经痛恨孙高第让她怀孕,痛恨得当初恨不能把肚子卸下来扔掉,可当粉嘟嘟的孩子抱在怀里,孩子父亲的可恶马上被置之脑后,爱都倾注在孩子身上,爱到孩子皱一下眉头她的心脏上都会长出一把皱纹。所以,不爱孙高第的吴莎莎发疯一样地爱上了这个可爱的、烂漫的孩子,甚至她会刻意地引导大家,让别人深信不疑孩子是杜沧海的。比如跟赵桂荣说:"妈,你看这孩子跟沧海多像啊!"或者跟对她爱搭不理的杜建成说:"爸,家宝想你了。"

可杜建成两口子,一直冷着脸,不接她的茬儿,仿佛她是路人甲路人乙,或是当她对着满世界的空气说话。

这些,杜沧海都看在眼里,心里挺疼吴莎莎的,觉得她活得累,也更加地对他们母子俩好,尽量让吴莎莎忘记杜家宝不是他的儿子。

家宝顽皮,三个月的时候,在屋里待不住,喜欢上街,一上杜沧海的摩托车就乐得嘎嘎直笑,吴莎莎就怂恿杜沧海带他们娘俩出去玩,可摩托车快,带起来的风大,杜沧海怕扑着家宝,就把摩托车换了桑塔纳。有空的时候,拉着他们娘俩到处跑,那段时间,吴莎莎幸福极了,甚至,每每看到杜沧海把儿子扛上肩,在海风恣意的街上疯跑,连她自己都恍惚了,仿佛儿子真是杜沧海亲自下的种。

吴莎莎也会带孩子去娘家玩,虽然酒鬼大吴并不会帮她照料孩子,但她的目的是让孩子多接近公婆,培养感情,化解和公婆间的僵局。她听大狮子说过,公婆虽然不认她,但喜欢家宝,跟杜溪说,家宝长得跟年画上的胖娃娃似的,讨人喜欢。她就想借着家宝,拉近和公婆的关系。尽管这很讽刺。他们是杜沧海的亲生父母,她不想因为自己,让杜沧海和父母隔膜下去,要不然,她欠杜沧海的就欠得太多了。

她故意在公婆隔壁的院子里,把家宝逗得咯咯笑;在街上,远远地看见公婆来了,就厚着脸皮教家宝叫爷爷奶奶。

只有几个月的家宝不会叫。杜建成或赵桂荣会冷着脸,从她身旁走过去,就有好事的街坊说老杜啊,或者老赵啊,孙子多可爱,咋也不露个笑模样?

杜建成或赵桂荣的脸,依然冰封三尺。

但吴莎莎知道,他们心底里,已在涓涓流淌着怦然的心动,因为只要听见她和家宝的动静,杜建成老两口就会陆续因为这因为那走出家门,虽不会在他们娘俩面前停留,但她知道,这都是为了看一眼家宝。

第十七章

家经难念

1

自从生了家宝,吴莎莎休完产假休病假,赖在家里没上班。

家宝十个月,正好是来年的三月,挪庄街上的柳树绿了,连翘黄了,玉兰红了……有一天,整个挪庄奔走相告:要拆迁了!他们要搬进有上下水和厕所的新楼房去住了!街上欢声笑语,像过大节。

吴莎莎也在街上,高高地扯着杜家宝的两手,教他学走路。远远地,看见公婆从家里出来,杜建成拎着马扎子,可能要去找人下棋;赵桂荣手里挽了一尼龙绸包,大概要去买菜。吴莎莎冲他们甜美地笑了一下,叫了声爸妈。和往常一样,杜建成两口子没听见似的,就要和他们擦肩而过。吴莎莎突然指着他们,对家宝说:"家宝,叫什么来着?"

家宝就奶声奶气地喊了爷爷喊奶奶。

杜建成两口子就跟让人施了定身法似的,站住了,回过头时,已经全然是温暖慈祥的爷爷奶奶模样,老两口争相拍手要来抱家宝,家宝也特别争气,嘴里喊着爷爷奶奶,跟跄着就扑到了杜建成怀里,杜建成一把抱起来,在胳膊上颠了两下,说:"我的乖孙子哟。"说着,就亲了家宝一下,赵桂荣嗔怪地推了他一下,说:"胡子拉碴的,满嘴烟味,别熏着孩子。"

55

吴莎莎站一边笑盈盈地看着,觉得他们虽然没搭理自己,可只要他们喜欢孩子,就有了和好的希望。

但是,事实证明,吴莎莎太乐观了,她低估了杜建成两口子的固执和他们对家族面子的维护。

是的,杜建成和赵桂荣可以认下孙子,也可以亲孙子,却不会认下孙子的妈妈。因为吴莎莎是换过两次男人的人,而且换的时候,都特别不仁义,杜沧海刚进去,她换了孙高第;孙高第刚进去,她就怀上了杜沧海的孩子。当然,杜建成和赵桂荣只能看到这些,无从知道事情真相,只觉得以吴莎莎做人的品行,认下这儿媳妇都有损颜面。

尤其是吴莎莎那些没脸的事,街坊邻居们都看在眼里记在心里,如果他们把牙一咬,做个宽宏大度的样子,不计较吴莎莎的过去了,街坊邻居们会怎么看?怎么说?

不得说他杜建成就是个嘴货?老杜家也是捡个烂杏放自己筐里假装当仙桃?

杜建成丢不起这人。

赵桂荣也觉得别扭,和杜建成说,如果他们从挪庄搬出去,搬到个没人知道吴莎莎底细的地方,就算心里放不下膈应,她也闭闭眼,把吴莎莎这儿媳妇凑合着认了,家和万事兴嘛,一家人,老是隔着一层递不上话的隔膜过日子,算个什么?

杜建成就哼,说算要脸!

2

拆迁办公室成立了,挪庄上上下下欢天喜地,各自回家找户口簿和房本签署拆迁协议,杜长江家也是。

郭俐美递给杜长江一碗饭,让他吃完饭别光顾着看电视,把房本找出来,该去签拆迁协议了。

杜长江心里咯噔一声,饭碗都没接住,扣了一桌子,把汤也弄洒了。郭俐美很意外,一边找抹布擦一边问他想什么呢。

杜长江说想单位的事。

郭俐美把他扣了的碗翻过来,把桌子上的饭收到碗里,放在自己面前,又给杜长江盛了一碗新的,问是不是又要提拔他了。

杜长江说什么啊,华联要开业了,离中山路这么近,肯定会影响到国货的销售。更重要的是,现在各部门实行承包制,有销售指标,不达标只能拿基本工资,没奖金。杜长江虽然如愿以偿地做到了采购科科长,可是现在不比从前了,采购科也有业绩考核,要尽量低价拿畅销的好货,如果销不出去成了库存,就要扣销售科的奖金。又便宜又畅销的东西,哪儿那么好找?最要命的是他手下的采购员,没一个省心的,因为拿了厂家供销科的好处,常常是高价进了滞销货,反正卖不动亏的也不是他们个人。在每一个人的眼里,国营的单位就是吃不穷坑不倒的冤大头,就苦了杜长江这个科长,一开中层会就挨训,他就回来唾沫横飞地训采购员,没用,就改苦口婆心地说,就差给采购员这帮祖宗下跪求饶了,可人人都是趋利的动物,没一个管公家死活的。

郭俐美早就听说华联了,据说是青岛市最大也是最现代化的商场,五层楼面的营业面积,上下楼还有全自动扶梯,据说因为想去看西洋景的人太多,开业前三天得凭票才能进。想想吧,作为商场,原本就是靠人气取胜,结果人家都要限制入场人数了,这生意得好成什么样?作为竞争对手,国货、利群们能不紧张得颤抖吗?

郭俐美好热闹,也想去,就问杜长江有没有票。一听连老婆都要去给竞争对手撑场面了,杜长江就没好气,恨恨地说:"没有!"

郭俐美知道他心里不痛快,边吃饭边感叹真是三十年河东三十年河西,大国营单位的辉煌时代过去了。以前年轻男女谈恋爱,父母先打听对方是国营单位还是集体单位,当然最好是事业单位,但事业单位毕竟是少数,所以大国营也很吃得开。可这几年不行了,像国棉厂这种国营单位也没落了,设备老化,产品等级上不去,已经完全不能适应现在的纺织品市场需求,纱锭市场不好,工人待遇还停留在多年前没提高,奖金没有,连维持正常的工资都很难。城里姑娘不愿意干这种工资待遇不高、劳动强度大的工作,企业招不上来工,只好去乡下招聘农民合同工。当年心高气傲的郭俐美和操着浓重乡音的乡下姑娘们一起奔忙在生产线上，那失落感，就甭提了，说起来郭俐美都想哭。

从前，跟人说自己在大国营单位上班，别人会眼睛一亮，满脸满嘴的羡慕，现在是：哦，国棉厂啊……哦，国货啊……国营单位，还行，旱涝保收。那表情，那口气，好像他们是高高在上的牛逼人物，在和一卖苦力的说话，一副屈了尊的可恶嘴脸。

郭俐美就觉得被生活欺负了。和杜长江说过去多好，不分高低贵贱，每个人的粮票油票布票都一样多，有再大本事也和大家吃一样的饭。不像现在，心野一点，脸皮厚一点，就成了人群中的鲇鱼，横冲直撞，鲤鱼吃草它吃肉，老实本分上班的人就得挨着穷，带孩子吃顿肯德基就上天了，这不分明是逼着人学坏吗？

杜长江虽然也不忿，但知道没用，就安慰她："像沧海似的，你光看他日子过得好就羡慕嫉妒得很，可他遭的那些罪，你遭了？去上海进货，哪一次不是求爷爷告奶奶地让人把他锁在轮船的工具舱里？去广州进货，三天三夜的火车，他坐着回来过吗？能一站就三天三夜还是好的，经常站都没地方站，直接躺在人家座位底下，别说翻身了，连头都抬不起来，为了减少上厕所的次数，三天三夜他几乎不吃不喝，因为火车上人挤人，上一趟厕所不容易，火车到青岛，他那哪儿是走下来的？和货物一样，身子一歪，把自己从车上摔下来的！为啥要把自己摔下来？因为挤着不动的时间太长，还迈腿下车呢，一寸都挪不了！不摔怎么办？赖在火车上？列车员还不让呢，没吃过这些苦，你就不要嫉妒人家现在享的福！"

郭俐美噘嘴，不服气，说："杜沧海有今天是他自己吃苦受累打下来的，吴莎莎凭什么过上好日子？睡了这个睡那个，滚刀肉似的，最后滚到杜沧海怀里穿金戴银，看来，女人就得不要脸啊。"

杜长江就讨好她，说："你别老盯着人家，咱也有咱的幸福。"

郭俐美就让杜长江举例说明，他给自己的幸福在那儿。是给金子了还是给银子了？她的幸福在哪儿？让杜长江指给她看！

杜长江说："人活着，不能什么都靠钱丈量，你看，吴莎莎再穿金戴银，咱爸妈白眼都不看她。"

郭俐美嘴角这才露出了快意恩仇的微笑，说："那是，咱爸妈要能给她好脸就不是咱爸妈了。"过了一会儿又问:"房本呢?"

杜长江支吾说:"可能在咱爸妈那儿吧。"

郭俐美就生气,说怪不得杜长江发不了财,结婚这么多年,孩子都上小学了,他愣记不得自家房本在哪儿。催他吃完饭就去父母家把房本拿来,明天就去签拆迁协议,听说签得早,可以早选房子,别下手晚了,让别人把好楼层挑了去。

杜长江嘴里应着,心里却直打鼓,因为知道,房本上的名字是杜沧海而不是他杜长江。当年,他年轻,心高气盛,总觉得自己有飞黄腾达的无限可能,也相信商业局领导在会上的话,都是一口唾沫一个坑,只要他好好努力,就能住上商业局职工宿舍,然后,他就像个当哥哥的样子,体体面面地把房子还给杜沧海,可一晃十年过去,商业局确实盖职工宿舍了,可只能分到处级以上的干部,像他这种小科长,多如牛毛,根本就照顾不过来,当年的宏愿,无一例外在岁月的洪流里泡了汤。

现在,郭俐美追着他要房本,作为哥哥,他总不能跑杜沧海跟前说兄弟,你把这房转我名下吧?所以,吃完饭,他一反常态地跑到厨房里,磨磨蹭蹭地洗碗、收拾灶台,实在没得收拾了,就拖地板。

郭俐美只当他做事磨蹭,就说他不知道哪个轻哪个重,从他手里抢过拖把,让他这就去公婆家拿房本。

杜长江只好去了,往父母家走的路上,两条腿有千斤重。

杜建成他们正在看电视,杜长江进来坐下,也不说话,陪他们一起看,电视剧都看完了。杜建成看看他,觉得有点奇怪,问他是不是有事。

其实电视里演了什么,杜长江根本没看进去,满脑子都是怎么跟父母开口说房本的事。见父亲都问了,才踟蹰了一会儿说:"爸,咱这儿要拆迁了?"

杜建成嗯了一声,问他怎么打算的。看样子他已经全然不记得杜长江住的房子在杜沧海名下。

杜长江就委屈得要命,好像父母已经忘记的不只是房本,还有他这儿子,怏怏地说:"房子又不在我名下,我能有什么好打算的?"

杜建成这才恍然大悟,看看赵桂荣。赵桂荣也愣愣的,全然不知该怎么办的样子。杜建成起身,从橱里翻出一个大牛皮纸信封,摸出房本,一本是他的,两本是杜沧海的。他戴上老花镜，把写着杜沧海名字的两本递给他，说："你去沧海家，就说要拆迁了，我让你送给他的。"

杜长江明白父亲的意思，不好直接跟杜沧海说把房子过给他这个哥哥，但也知道杜沧海大方，和自己家人，在钱财上从来没计较过，让他去送房本，就是个提醒，也是个询问，要拆迁了，怎么办？

杜长江说："这好吗？"

杜建成说："自家亲兄弟，有什么说不出口的？"

杜长江就更为难了，父亲话里的意思是这事全靠杜沧海自觉，他不想仗着父亲的身份压杜沧海，开口说让他把房子过给杜长江，但是如果杜沧海没这份自觉，那么，亲兄热弟的，也没必要见外，跟杜沧海直接开口就行。

父亲把话都说到这份上了，如果他再磨叽，恐怕父亲会恼，毕竟，杜沧海也是结婚做父亲的人了，他再财大气粗，再不把房子看在眼里，牵扯到房子，也是家产问题，是要和老婆商量的。这两年，吴莎莎一直拿热脸贴老杜家上下的冷屁股，还要经常听些刺耳的，受了那么多别人受不了的白眼，到了这关键时候，她能不拿他们一下？

让杜长江把房本往弟弟眼前一放，摆出一副耍赖皮的嘴脸来要房子，第一他开不了这口，第二他不想被吴莎莎快意恩仇地捏在手心里揉搓，心一横，把房本揣在口袋里回家了，想事已如此，是瞒不住了，跟郭俐美实话实说，让她看着办。

3

杜长江回家的时候，郭俐美正在熨衣服，杜长江没敢近前，把两个房本往饭桌上一放。郭俐美扫了一眼，漫不经心地说："怎么两本？"

杜甫正趴在饭桌上写作业，翻开房本看了，一字一顿地念："杜沧海。"

郭俐美边麻利地熨衣服边问："另一本，另一本是咱家的，杜甫，你看看咱家房本上面积是多少。"

杜甫翻开另一本，拖着长腔念："杜沧海。"

然后抬头，说："妈，都是我叔叔的名字。"

郭俐美就像让人抽了一竿子的青蛙,眼睛瞪圆了,瞪着杜长江,说:"怎么回事?"

杜长江搓了搓手,讷讷了一会儿,就说他也不知道是怎么回事,今天晚上拿房本才发现两处房子都在杜沧海名下。没等他说完,郭俐美手里的熨斗就冲着他飞了过来。

杜长江一闪,电熨斗就落在了电视机上,原本播得热闹的电视剧,一下子哑了。

电视屏幕声势浩大地碎了一地。

杜长江好像完全没看见郭俐美已经生气了,看着地上的碎屏幕碴子,对杜甫说:"好,砸得好,省得你放学回家就知道看动画片不写作业。"

杜甫看看他再看看郭俐美,说:"爸,你俩吵架,别把战火往我身上引。"说着,收拾起书包,背上就往外走,"你俩慢慢打,我去爷爷家睡。"

杜甫知道,父母一旦开战,这一夜他都甭想睡消停了。

其实,郭俐美也知道杜长江肯定会躲开电熨斗,但她必得要做点动作给杜长江看看,让他知道,问题很严重,严重到了她无法容忍的地步,反正这个电熨斗早就坏了,除了一挡,其他挡都不好用,热度不够,熨件衣服能把人累个半死,摔了它,既能表达自己的愤怒指数,也能坚定买新熨斗的决心,可她没想到,杜长江一闪,竟然把电视机砸碎了,这个心疼得啊,心脏都一瓣一瓣的了,跺着脚说:"怪不得我一说房本你就支支吾吾,搞了半天是你们全家人合起伙来骗我!是不是?!"

眼看着郭俐美就咆哮成了河东狮吼,杜长江哪儿敢承认?只能狡辩说他也是今晚才知道的。

郭俐美说:"好,杜长江,这是你说的!"

说着,郭俐美就穿鞋,像一颗出膛的炮弹怒气冲冲奔了出去。

杜长江想拦,可一转念,拦下郭俐美,以后他们一家三口住哪儿?如果拆迁了房子还在杜沧海名下,就算杜沧海会一直给他们住,他一个当哥哥的,带着老婆孩子一辈子住弟弟家的房子,脸往哪儿搁?

还是让郭俐美闹吧,女人家,为个针头线脑打起来都没人笑话,何况是房子,闹腾一顿，把房子闹到他名下也好。

郭俐美风风火火地闯到公婆家，已经快十一点了，这要搁以往，老两口早睡了，可今天，两人还在灯下大眼瞪小眼，因为杜甫说了，因为房本的事，他妈把电视机都砸了。老两口就愁得不行了，正长吁短叹着，郭俐美来了，把房本啪地往桌子上一拍。杜建成心里连连叫苦："皮球又踢回来了。"

心里连连叫苦，面上的糊涂还得继续装。杜建成就一副云里雾里的样子问："小郭，深更半夜的，你这是怎么了？"

郭俐美指着房本说："爸，你跟我说句实话，是不是杜长江早就知道这房在杜沧海名下？"

杜建成看看赵桂荣，赵桂荣的眼神，像被狼撵急了的兔子，四处躲闪，根本就没打算帮他一嘴。杜建成只好自己扛大梁，装出一副已全然老糊涂了的样子，说："都多少年了，谁还记得这些陈芝麻烂谷子？"

郭俐美悲愤交加，说："爸，房子这么大的事，你好意思说成是陈芝麻烂谷子？你忘了不要紧，我记得呢！我还记得当时让杜长江把房本拿过来，杜长江这王八蛋糊弄我，说搬家兵荒马乱的，怕拿过来弄丢了，让你们先帮我们收着，搞了半天，不是你们帮我们收着，是你们帮杜长江糊弄我！"

被儿媳妇说成狡诈成性的骗子了，杜建成自觉威严扫地，很不高兴："小郭，话能这么说吗？钱是沧海出的，房子自然就得落在沧海名下，给你们住，你和长江得领这份情，咋还成就该着是你们的了？"

郭俐美顿时就疯了，说："爸，作为一家之长，你就得主持公道，你觉得这就是公道话不是？"

杜建成说："这就是我的公道话。这些年，为这个家，沧海没少出力，房子、家电，沧海是有我和你妈一份就有你们一份，你还不满意，我也不能昧着良心说话。"

郭俐美说："好，爸，就我和杜长江狼心狗肺不知道感恩是不是？"

杜建成懒得搭理她，就点了一支烟，被赵桂荣一把夺了去："深更半夜的，抽得乌烟瘴气的，你还让不让我睡觉了？"

杜建成陡着嗓子喝了一声："滚！"

也不知是喊赵桂荣还是郭俐美。但郭俐美心惊了，一把抓起房本，转身就走。

赵桂荣起身要去追，被杜建成一把拉住了，说："你给我回来！"

赵桂荣指了指外面，意思是担心郭俐美回去和杜长江闹。

杜建成说："让他们闹去！不给惯毛病！"

自从杜长江一家三口搬回挪庄，杜沧海每次出去进货，有好东西，从来都是家里人人手一份，哪次也没落下杜长江一家三口，就这样，郭俐美也不知足，还经常厚着脸皮给郭俐军要一份。好在杜沧海大气，不计较，给父母买彩电，买冰箱，买之前连问都不问，一下两台，一台给父母，一台给杜长江家送去，连个谢字都不图杜长江两口子半个，他们还想怎么样？

但是，郭俐美不这么想。

每每杜长江拿杜沧海的功劳跟她邀功，郭俐美就嗤之以鼻，说这情记在公婆头上，因为杜沧海还没结婚啊，当然是和父母合伙着过了，钱虽然是他挣的，但只要家是父母的，这钱就得归父母，东西虽然是杜沧海送来的，但情分得记在父母头上。包括他们现在住的这房，明明是公婆张罗着买的，凭什么一眨眼成杜沧海的了？

所以，郭俐美决定给老杜家点厉害看看，上演离婚大戏！从公婆院子里出来了，她觉得好像有什么东西落在他们家了，站在街上想，好半天才想起来，是杜甫，还在公婆家呢。

儿子是她生的，离婚自然要带走，不能便宜了老杜家；再说了，有了孩子的女人要离婚，带着孩子回娘家，才像个正经离婚的样子！就折回去，在杜建成两口子的面面相觑里，把杜甫从床上提起来，边给他套衣服边恶声恶气地说："这日子没法过了，跟我回姥姥家，我要跟你爸离婚！"

小孩觉沉，杜甫睡得迷迷糊糊地被拎起来本就不高兴，又劈头盖脸被她一顿呵斥，就委屈得慌，哭着非要躺下再睡。郭俐美不让，打仗似的给他套上衣服，拉着就走。赵桂荣本想劝她两句，被杜建成拿眼神压住了，只好眼睁睁地看着郭俐美把哭哭啼啼的杜甫拖走了。

郭俐美先拉着杜甫回了一趟家，一脚踹开门，对正擎着啤酒瓶子浇愁的杜长江说:"不想离婚,你就让杜沧海把房子过到你名下。"

然后,冲出门去,破天荒地打了辆出租车走了。

4

赵桂荣不放心,第二天去了国货。杜长江把郭俐美在家发疯的事说了。赵桂荣叹了口气,虽然觉得郭俐美泼得讨人嫌,可她是女人,知道女人那点心思。

女人和男人不一样,男人的世界在外面,女人的世界在家门里面。想让男人快活,你扔给他一个世界就行了;女人稀罕的,不是男人的快活,而是居家的安乐,得有人有房,让她把一颗飘着的心,安放下来,然后一菜一蔬地打理着日子。郭俐美的恼怒在于,她好端端的日子过着呢,家就没了,能不慌吗?女人慌了,能不泼吗?就让杜长江别管了,这事她来办。

从国货出来,赵桂荣去了即墨路。

原本想把这事的来龙去脉和杜沧海说说,估计杜沧海一听郭俐美因为这闹离婚回娘家了,不等她开口就主动说把房过给他们得了,可围着他摊子批衣服的人太多,他一会儿给人数货一会儿收钱,根本就腾不出空来听她把事讲完整了,何况是一地鸡毛的家务事,还闹得鸡飞狗跳的,她也不想张罗得满天下都知道,说的时候,声音低低的。

杜沧海陷在熙熙攘攘的人群里,听不清楚,时不时地忙着忙着一歪头冲她扯一嗓子:"什么?我没听清,你再说一遍!"

她再说,他还是听了上句没下句,赵桂荣就恼恼地说:"算了,我跟你说不着。"

回家,越想越觉得这事不能拖,知道杜沧海听吴莎莎的,就抬脚去了。吴莎莎正和家宝在院子里玩,用大塑料盆装了一盆水,里面放了一群橡皮鸭子。家宝乐得嘎嘎的,拿起一只小鸭子来对着太阳看的时候,看见了赵桂荣,喊了声奶奶,低头继续玩。

吴莎莎循声望去,也看见了赵桂荣。和杜沧海结婚后,除了生家宝的月子里过来看了一次孩子,公婆就没再踏进过这院子。

因为轻易不来,赵桂荣也显得很不自在,讪讪地叫了声家宝。家宝飞快地看了她一眼又低头玩小鸭子。吴莎莎有点愣,站起来,喊了声妈。

赵桂荣用鼻子嗯了一声,抱起家宝。吴莎莎连忙往屋里让,知道赵桂荣不喝茶,就给她拿了一瓶酸奶。赵桂荣没接,站起来,环视了一圈屋子,自言自语似的说:"要拆了。"

虽然赵桂荣没说,但吴莎莎感觉出来,赵桂荣是无事不登三宝殿,就主动说:"妈,您过来是不是有事?"

赵桂荣看了她一眼,嗯了一声。

吴莎莎有点委屈,哽咽着说:"我就知道,要没事,您不会踏进我们这个家半步。妈,我知道以前我不好,可您就不能看在家宝的分上原谅我当年的错?"

赵桂荣说:"不原谅你,今天我就不过来了。"

吴莎莎忙擦了一下泪,说:"真的啊,妈。"说着,把赵桂荣让到沙发上,自己也揽着家宝坐了,满脸诚恳地说:"妈,有什么事,您尽管说好了,只要我能办到的,我百分之二百地办。"

赵桂荣就把这房子和杜长江那房子的来龙去脉以及杜长江家因为这房子闹得不可开交的事说了一遍,然后定定地看着吴莎莎。

吴莎莎静静地听着,关于郭俐美为了房子闹这事,她半句刻薄的话都没说,这让赵桂荣很意外,在这一刻,她也真心觉得,吴莎莎品行比郭俐美好,这事要搁别人身上,不为别的,就为他们老杜家以前给了她那么多冷嘲热讽没好脸,拿腔拿势都是轻的,冷言冷语挖苦一顿也不过分。但是,吴莎莎没有。

吴莎莎说:"就为这事啊。"然后说理解郭俐美,女人嘛,过着过着日子,家就没了,哪儿能不毛。杜长江他们住的那房子,她和杜沧海从来也没打算往回要,正好趁着拆迁,给他们行了。

吴莎莎虽不是在钱窝窝里长大的,可在她爸手底下穷惯了,对钱反倒没概念了,所以,结婚后,杜沧海让她管钱,她给推出去了,说没见过这么多钱,看着眼花缭乱的,操不了这心,家还是杜沧海当,需要钱的时候,她跟他要。

那会儿是1990年,房子还没进入市场流通,偶尔有买卖的,也是亲朋好友之间,相互口头打听,买的和卖的都满意,把钱交了,去房产局过个户,就算卖房子了。

杜长江住的那两间房，如果卖，也就一万多块钱，这钱在职工家庭，是天文数字，可对存折上已经有了几十万的吴莎莎和杜沧海来说，算不上什么。

赵桂荣没想到吴莎莎这么痛快，不由得就觉得这几年对吴莎莎确实过分了些，就说："莎莎，这几年妈对你态度不好，你别往心里去。"

让她这么一说，吴莎莎心里的委屈，就像一团揣了酵母的面给放到了温度合适的地方，一下子就发酵大了，堵满了她的胸膛，她哽咽了一会儿，说："妈，不怪您和我爸，都是我自己不好，俗话说人要脸树要皮，我都那样了，您和我爸要再对我好得跟一盆火似的，街坊邻居得怎么看你们。"

赵桂荣就拉过她的手，拍了拍，叹了口气说："莎莎，你明白就好，我和你爸谢谢你了。"说着，起身，冲吴莎莎鞠了个躬。把吴莎莎给鞠蒙了，忙扶住她，说："妈，您别这样。"

赵桂荣含着泪，点点头，说："我走了，等晚上你跟沧海说一声，明天去跟长江把户过了。"

吴莎莎说好。抱着家宝，恋恋不舍地送赵桂荣出门，大声让家宝和奶奶说再见。她多么想让街坊邻居们都看见，她不是他们说的那种女人，公婆都和她恢复来往了。

但，这是大白天，院子里其他几户人家，都上班的上班，上学的上学，没人在家。她抱着家宝，一直送到院外，大声地让家宝和奶奶说再见，和奶奶说有时间来玩。

在人来人往的街上，赵桂荣连头也没回一下，吴莎莎终于明白了，赵桂荣在屋里说的那番话，可以私下说给她听，但在场面上，她依然是那个不容门风受辱而不认她这儿媳妇的威严婆婆，泪唰唰地就掉了下来，觉得自己就像掉进沼泽的小丑，只能徒劳地挣扎。

赵桂荣知道吴莎莎不坏，事后也想过，吴莎莎和孙高第好，还真有可能是为了杜沧海，可这是内因，外人不知道。外人看到的就是杜沧海一进去，吴莎莎就和高干子弟孙高第睡一块儿去了；孙高第折进去了，她一转身又睡回到做买卖做发了的杜沧海身边了。这就是外人眼里的吴莎莎，没廉耻可言，谁混好了她跟谁,她如果在人前认下她这儿媳妇,自己都觉得牙碜。

这些,吴莎莎也明白,所以,她抱着家宝,快快地目送赵桂荣离去,回家关上门哭了一场。晚上,杜沧海回来,就把白天赵桂荣来家里的事说了,然后说把房给二哥吧,咱又不缺。

杜沧海也很意外,夸吴莎莎做得对,这么贤惠大度,父母一定会对她刮目相看的。

惹得吴莎莎又哭了一场,她不指望婆家人对她刮目相看,只求他们别不理她,她在街上和他们打招呼他们别冷若冰霜就行。

第十八章

吴莎莎：努力挣扎后的绝望

1

第二天一早，杜沧海去杜长江家喊着他，去房产局办过户手续。

从房产局出来，杜长江有点窘迫，说自己枉当了哥哥，处处仗着他这弟弟罩着。杜沧海说见外了，谁说哥哥就应该罩着弟弟？照这么说，就因为比弟弟妹妹们早出生了几年，哥哥姐姐就成了弟弟妹妹们的天然债主了？没这道理，都是父母的孩子，早生晚生而已。

理是这个道理，但杜长江知道杜沧海这么说是为了开解他内心的窘迫，就更是不自在了，却又不想让杜沧海看出来，见已是中午，要请杜沧海吃便饭。杜沧海知道杜长江虽然是采购科科长，可是，随着国货效益的下滑，他只见职务上升工资却一路下滑，还经常因为进货把关不严被扣工资，也是因为这，杜长江在家里的地位也大不如从前，虽然国棉厂效益也好不到哪儿去，可郭俐美说了，她是女人，尊了杜长江这么多年家长，他就得让她穿上应时的衣服、戴金灿灿的首饰，否则，他就是枉享受了多年的家长待遇。

杜沧海有心不吃饭，但又了解杜长江的脾气，要面子，要不然房本的事也不会到现在才闹腾出来，就爽快地说好，也没给杜长江省钱，去了春和楼。

一顿饭吃掉了杜长江大半个月的工资。杜长江虽然心疼得很，但也觉得多少算是从杜沧海那儿找回了点面子。

吃过了饭,杜长江就去了岳母家。

这周郭俐美上早班,中午就下班,这段时间,因为惦记着拆迁分新房要置办东西,得花钱,郭俐美就抠得很,基本不逛商场了,衣服也都是扯了布料找裁缝做。

杜长江猜她可能会下班回岳母家,就直接去了,竟没有。就岳母和郭俐军老婆周大美在家。见进门的是杜长江,周大美就说:"姐夫,你可以啊。"

剩下的话,不用说杜长江也明白,意思是他把郭俐美欺负得回娘家了,就讪讪地笑,问郭俐美下班没。周大美说:"家里就腚大一点地方,我姐回没回,你一打眼不就知道了。"

郭俐美她妈虎着脸,劈头盖脸地数落老杜家仗着人多势众合起伙来欺负郭俐美。

杜长江极讨厌郭俐美她妈一张口就挑他们家不是,都挑了十年了,好像他和郭俐美结婚不是水到渠成,而是全家人合谋把她给坑蒙拐骗回去的。每次,郭俐美她妈这么说,郭俐美都会在一边添油加醋,杜长江都气得要命,可又怕回家以后郭俐美和他闹,都忍着。

今天,他实在忍不住了,就说:"妈,俐美强势着呢,她不欺负我们家人就不错了,哪儿有受我们欺负的份?"

郭俐美她妈的嘴就跟刀切豆腐似的,又快又利落地说:"你们没欺负她,她能深更半夜地领着孩子一路哭回娘家?"

杜长江说:"泼妇不用人欺负就会自己坐在街上哭。"

听杜长江这么说自家女儿,郭俐美她妈就气疯了,一把鼻涕一把泪地说:"杜长江!你这个没良心的,你说我家俐美是泼妇?"

郭俐美她妈一副要打,周大美也准备随时扑上来帮忙的样子,杜长江觉得没意思,起身走了。郭俐美她妈还在后面骂,说当年要不是杜长江死缠硬打,郭俐美就嫁什么局局长的儿子了。那样的话,她现在就用不着在国棉厂和一群打工妹跑流水线了,那口气,郭俐美今天的不如意,都拜当年杜长江的死缠烂打所赐。

杜长江在心里叹气,想起当年,郭俐美她妈说起郭俐美的工作,头是微微仰着的，眼睛斜着往上看，说我们俪美，老牌国棉厂职工，工资高着呢，嫁到谁家都是给家里经济扛大梁的。现在想想，真正家庭条件好的，谁指望娶个国棉厂女工回家扛大梁？就替郭俪美心酸，她在她妈眼里的牛逼哄哄，也就是小街陋巷里的穷人幻想皇帝干活用的是金扁担，自己终于也扔了竹扁担换上铁的了，虽不是金的，可好歹也和皇帝一样，是用上了金属质地的扁担，就高出了用竹扁担的穷人不知多少个台阶。

其实，皇帝是不用干活的，还有一种可能是他根本就不知道扁担为何物。杜长江就苍凉得不行，人啊，没见过世面，闹个笑话都一脸神圣的隆重样。这么一想，杜长江就不觉得郭俪美她妈讨厌了，都是一辈子坐在井底下还以为是见过了整个世界的可怜人。

杜长江琢磨郭俪美没在娘家就是回自己家了。

果然，家里门没锁，他推门进去，就见郭俪美正坐在床沿织毛衣。见他进来，很意外，白了他一眼，没说话，继续低头织毛衣。杜长江把房本往饭桌上一丢，坐下，说："我去你家了。"

郭俪美头也不抬地说："没落着好气吧？"

杜长江懒得说话，倒了一杯水，喝了，打算去单位上班。

郭俪美飞快地抓过房本看了一眼，就眉开眼笑了，好像昨天晚上那个气势汹汹哭着要和杜长江离婚的人不是她："这么快啊？"

杜长江用鼻子嗯了一声，说："别看我们平时不搭理吴莎莎，但她还是很通情达理的。"

郭俪美不屑地说了个屁字，然后说："什么通情达理，她这是小恩小惠，想巴结我们。"

杜长江就在心里笑，说："给套房子这么大的小恩小惠你见过？真是的，别自我感觉良好了，吴莎莎巴结我们？我们能给她什么好处？"

郭俪美又抛了他一个白眼，说："得了吧，吴莎莎要的就是现在这效果，让咱家人说起她来，都念着她的好。切，做梦吧，别以为一套房子就能把我收买了，混淆了我的是非观。她就是把银行给我，在我眼里，她也是个人尽可夫的贱女人！"

杜长江就觉得女人不可理喻,女人难为起女人来,比土匪杀人越货都狠。就说:"差不多就行了啊。"

郭俐美就哼了一声,重重的。

<h2 style="text-align:center">2</h2>

挪庄从拆迁到搬进新家,用了一年时间。杜建成和杜长江家各自分了一套二居室。杜沧海想让他们都贴点钱,要一套大一点的房子。杜建成觉得家里就他们老两口了,要房子太大没啥意思,再就是打扫卫生也累人,坚决不肯让杜沧海多花这钱;郭俐美倒想要大着点,可杜长江不想欠杜沧海太多的人情,也坚决不要,为这还和郭俐美吵了好几架。郭俐美又收拾东西要领着孩子回娘家,杜长江指着门口说:"郭俐美你给我听好了,这门是你自己要出的,我不拦,但是你出了这门,我不会去请,你自己看着办。"

郭俐美想了想,把包往床上一扔,摔了个杯子了事。

因为回娘家也没那么舒服。

娘家住筒子楼,里外两间,厨房和厕所都公用的。郭俐军和周大美住里间,父母这间是客厅兼卧室,窄仄得很,放下一张双人床,再放一张饭桌,人围上来一坐,就觉得整间房子都塞得满满的。上次她带杜甫回去,没地儿睡,老父亲就打了个地铺在地上睡。早晨起来,腰疼得坐都坐不起来,因为水泥地面太凉,铺三层褥子都凉透了。一大早,郭俐军就把老父亲背到楼下的盲人按摩医院去了。为这,周大美特意把电话打到车间,数落了她一顿。她是大姑姐啊,被兄弟媳妇隔着电话线数落得满头唾沫,这滋味恼恨极了却又没法说,毕竟,老父亲是因为她回娘家才睡地铺把腰弄坏的,所以,那天下了早班,她就灰溜溜地回自己家了。

如果说在这世界上,她郭俐美还能找到点啥让她怕的话,那就是周大美的嘴了。用郭俐美她妈的话说,那哪儿是一张嘴?简直就是个脱皮机,送 ·头皮糙肉厚的猪进去,出来皮毛都不剩,何况她皮厚不过半毫米的人。

签完拆迁协议,选房子,为了和公婆搞好关系,吴莎莎曾想把房子和杜建成他们选在一起,因为公婆年纪一天天大了,住一栋楼照顾起来方便,自己一番好意,本以为公婆会感动。

杜建成不让,跟杜沧海说远了亲,近了臭,自古以来这是老理儿。

杜沧海就回家和吴莎莎说算了,别挤在一块了,离得太近,容易有摩擦。吴莎莎觉得也有道理。上班的时候,听已婚同事说过,婆家这边的亲人,虽说是一家,但那是骨亲,肉不亲,从根上看是一家,但日子过得也是开枝散叶式的,各自长各自的,拢不到一块去;娘家亲人呢,是肉亲骨不亲,下一代都各姓各的姓了,可姊妹之间,还是亲得要命。骨亲虽然平时冷冷淡淡的,真要办大事了,出力的还是骨亲;肉亲平时看热热乎乎的,真用得着的时候,也只是客气地伸伸手而已。

想通了,吴莎莎也就不难过了,公婆有公婆的道理,不再执着于和他们选同一栋楼甚至是同一个单元。杜沧海贴了一部分钱,在小区西南角的商品房区域,选了一套三居室。之后,吴莎莎问杜长江家和公婆家把房选在了什么位置,杜沧海说不知道,等拿了钥匙,和她商量说三家加上大吴的房子,一起装修得了,找同一个施工队,还可以少操点心。吴莎莎这才知道,原来杜长江和公婆家的房子,不仅选了同一栋楼,还是同一个单元,对门邻居,说是公婆年纪大了,对门住着,照应起来方便些。甚至郭俐美放出了话,公婆说了,等百年以后,要把他们的房子留给杜甫。

把房子留给杜甫吴莎莎没意见,可吴莎莎对他们选择了和杜长江家住对门也不愿意和她住一栋楼有意见,觉得自己再一次被这个家拒之门外了,晚上对着杜沧海哭了一顿,杜沧海不知该怎么安慰她,就拍着她后背说,慢慢来吧,比起过去,父母对她的态度已经好多了,偶尔会在饭桌上提提她,在以前,这是不可能的。

泪眼婆娑的吴莎莎仿佛又看到了一丝希望的曙光,满眼是泪地问他是不是真的。杜沧海说我骗你干什么。

吴莎莎就又来了精神,装修的时候,把监工的活大包大揽了过来,说反正要请装修队,四套房子一起装,买的装修材料多,还能多打折。就这么着,她一个女人,上蹿下跳着装修完四套房子,人都累脱相了,一分钱也没让杜长江和杜建成他们出。装修好了,挨家去送防盗门钥匙的时候,杜建成才难得说了句辛苦你了。

吴莎莎就心满意足,说:"爸,看您说的,家宝已经上幼儿园了,我也就是去监监工,又不用我干,辛苦什么?"

杜建成用鼻子嗯了一声,也不知什么意思,谁也找不到话,就那么僵着。末了,赵桂荣说她赶早市买了新鲜黄鱼,中午用黄鱼烧土豆,让吴莎莎在这儿吃饭。

吴莎莎开心得眼泪都快掉下来了,这么多年了,这是她第一次以儿媳妇的身份在公婆家吃饭,就跑厨房去帮赵桂荣削土豆皮,刮鱼鳞,恍惚间,日子仿佛回到了她最初和杜沧海谈婚论嫁、整天泡在杜家帮赵桂荣做饭的时候,眼睛一直潮潮的,总想掉泪。

切土豆的时候,赵桂荣微微叹了口气。

新鲜黄鱼烧新土豆,是一道青岛特色的美味,黄鱼和土豆的鲜美相互侵略纠缠,黄鱼的浓汤因为烹过了酱,闪着浅酱色的光泽,包裹着每一根剔透如黄玉的土豆条,鲜香味美得让吴莎莎这一辈子都忘不了。可,吃着吃着,她一阵反胃。

赵桂荣和杜建成愣愣地看着她,不知道怎么回事。

赵桂荣有点无措,说:"土豆和黄鱼都是新鲜的,按说吃不坏肚子啊。"

吴莎莎也纳闷极了,甚至是恨透了自己的肠胃,那些美食,终还是突破了她的压制,汹涌而出地奔向了马桶。

这本应是一顿圆满的回暖之饭,却被吴莎莎的呕吐彻底搞坏了,她不得不狼狈地漱漱口就回家了,坐在沙发上,捶着自己的胃痛哭。生平第一次,她觉得自己身体里出了叛徒,弄糟了她的人生。

她哭着和杜沧海说,她恨不能把胃挖出来扔掉。杜沧海冷不丁问了一句:"你是不是怀孕了?"

吴莎莎一愣,是啊,装修房子的忙乱,让她把生理周期给疏忽了。

她在心里默默想了一下上次月经时间,就笑了,说:"杜沧海,我要给你生个娃。"

杜沧海说:"计划生育呢,你要超生,盐业公司肯定得开了你。"

吴莎莎说:"开就开,反正我都三年没上班了。"

因为在家带孩子,吴莎莎这两年一直泡各种病假,本来想等家宝上了幼儿园就回去上班,可这又怀孕了。

一想到有个自己的小孩子正在吴莎莎肚子里生根发芽,杜沧海心里,也有种莫名的幸福感,但又不好强调非常想让吴莎莎把孩子生下来,因为毕竟家宝是孙高第的,怕自己这会儿表现得太开心,吴莎莎会多想,就说生不生的,随她,反正她在盐业公司那工作有也可无也行。

吴莎莎要生下这孩子的决心,就更是坚定了。

吴莎莎对这次怀孕特别认真,只要是孕妇不能干的,吴莎莎就绝对不干,所以,搬家那天就让大吴过来帮忙。

大吴吊儿郎当了一辈子,干不得活,尤其是吴莎莎姑奶奶似的坐在沙发上,指挥搬家工人搬这,指挥他拿那个,就气,觉得吴莎莎拿他这爸爸当干粗活的苦工使,嘟哝着要撂挑子。

吴莎莎把他数落了一顿,说大吴这辈子,真的是给她当了一辈子爹,吃她的喝她的,用着他的时候他横草不动竖草不拿,有他这号的吗?

父女两个就吵起来了,大吴这才知道吴莎莎怀孕了,而且要把这孩子生下来!

大吴不干了。

大吴不愿意吴莎莎超生的理由很简单:"违反国家政策的事咱不能干。"

可谁都知道,真正的原因是吴莎莎一旦超生,就会被单位开除,工资就没了,这是断大吴的财路!这么多年以来,大吴之所以能小酒天天喝天天醉,就是因为有吴莎莎的工资。

可吴莎莎竟然要生二胎!大吴跟吴莎莎咆哮了一顿,又去找杜建成,让他们老两口发威。杜建成说生不生是杜沧海两口子的事,他们不干涉。大吴就又跑到盐业公司的计划生育办公室去告状,希望他们能把吴莎莎架到医院里堕胎,免得日后盐业公司的"文明单位"称号不保。

盐业公司计生办先是狠狠表扬了大吴的"大义灭亲",然后去了杜沧海家。等他们说完,吴莎莎去了厨房,摸出一把菜刀架在自己脖子上,说你们谁要再敢跟我说"流产"这两个字,我就抹脖子。

盐业公司计生办的人怕担责任,几乎是狼狈逃窜,撤离了杜沧海的家,把吴莎莎从单位除名了事。

大吴又去即墨路找杜沧海闹。吴莎莎被单位除了名,他没工资领,让杜沧海给他一条活路。

杜沧海懒得看他丢人现眼,让他每月到了领吴莎莎工资那天找他要钱,盐业公司给吴莎莎发多少,他就给多少。大吴怕他事后不认账,现去环球买了信纸和笔来,让杜沧海签字画押,杜沧海也照办了。他这才心满意足回了家。

结婚前杜建成给他们撂过话,不许吴莎莎踏进他家门半步,因为这,每次回父母家,都是杜沧海自己。吴莎莎有心想去,又知道公婆对自己的不待见,怕去了又被撵出来尴尬,最多,时令水果和海鲜下来时,她买好,等杜沧海去的时候,捎过去,从没半句怨言。这让杜沧海很愧疚,因为知道吴莎莎打小没妈,很渴望能融入杜家这个大家庭,从赵桂荣那儿得到温暖的母爱。

现在,吴莎莎怀孕了,怀的是杜沧海的孩子,莫名地,腰就比以前壮了,底气也足了,加上送钥匙那次赵桂荣已经留她在家吃过一次饭,吴莎莎就觉得,应该借着怀孕和上次留饭没吃好的热乎劲,跟公婆把关系修复了,所以,杜沧海再回父母家,她会把家宝往杜沧海怀里一塞,自己拎着水果,和他一起去,亲亲热热地喊爸妈,夸张地挺着大肚子张罗水果给他们吃。但杜建成和赵桂荣并没像她想象的那样,续着上次的余温,顺应了她的示好,心照不宣地把关系修复了,而是每次他们要么逗家宝玩,要么和杜沧海聊天看电视,对她,视而不见,就好像她不在,或者她是个走路走累了,到他们家歇歇脚的人,用不着太多客气。

吴莎莎就讪讪的,说什么,没人接茬儿;不说什么,挺尴尬。失落,就像一滴一滴落在她心头的雨水,慢慢地,汇成了一湾。夜里,和杜沧海说:"沧海,你说咱爸妈的心是不是肉长的?"

杜沧海明白她的意思,就安慰她,说以后自己过自己的日子行了,别过去自己找难受。

吴莎莎说她打小没妈,一直幻想着结了婚就把赵桂荣当亲妈待。杜沧海说人老了,就会特别固执,让吴莎莎早点想明白了这点,也能少受点伤。

可吴莎莎偏偏是个倔人,总觉得哪怕杜建成两口子的心是石头做的,自己早晚也有把他们焐热了的一天。

直到她生下女儿杜家欣。

吴莎莎在产床上挣扎了十个小时，孩子还是没生下来。医生怕时间太久，孩子会缺氧，建议剖腹。杜沧海同意了，四十分钟后，医生和护士从她肚子上的窟窿里抱出了他们的女儿杜家欣，一个粉粉胖胖的小姑娘。

杜沧海跟着护士跑来跑去地盯着女儿，生怕给弄错了。

吴莎莎就想起了生家宝的时候，杜沧海也高兴，但那高兴，和今天不一样。

今天他高兴得怯生生的，好像很害怕。

看着托着家欣怯怯地笑个不停的杜沧海，吴莎莎慢慢落下了眼泪。有怯意的开心才是爱，因为爱是希望对方恒久长远地平安。

生家宝的时候，杜沧海也高兴，但是是那种走路时捡到一个钱包的高兴。

3

吴莎莎坐月子期间，赵桂荣也来，除了做饭洗尿布就是逗杜家欣和杜家宝玩，几乎不和她说话，好像她来这里，纯是为了尽一个婆婆要伺候月子的责任，不落外人说道。

吴莎莎的心，就是那会儿死掉的。

心死掉以后的吴莎莎不再去讨好杜家的任何人了，杜家欣满月的那天，她面沉似水地跟赵桂荣说："妈，明天我就出月子了，你就不用来回跑了，专心在家照顾我爸吧。"

赵桂荣微微一愣，觉得哪儿不对，却又找不出来，往家走的路上，才终于想明白了，这是吴莎莎第一次对她使用了你而不是您。

回家和杜建成说，他们这么对吴莎莎是不是过分了？

杜建成说："怎么对她了？"

赵桂荣说："冷冷淡淡的啊。"

杜建成说："难不成咱全家把她当菩萨供起来？你们有这心，我还没这脸呢！"

第二天，赵桂荣还是去了，吴莎莎正吃饭，说自己做的，问赵桂荣要不要一起吃点，赵桂荣说吃过了。

家欣在小床上舞了几下小手,咧着嘴要哭,赵桂荣想去抱,没抢过吴莎莎,只见她放下筷子,两手抄起孩子,掀开衣服,把奶头塞孩子嘴里,又继续吃饭。

赵桂荣站在那儿,显得多余,也尴尬,就说:"要不我抱着孩子,你先吃饭。"

吴莎莎说不用,吃吃奶她就睡了,让赵桂荣该忙什么忙什么去,这边她自己忙得过来。

赵桂荣站也不是坐也不是,心一横,就走了。

从那以后,再没往杜沧海家去。

过了一段时间,听人说吴莎莎请了个保姆。赵桂荣见过。吴莎莎有时候会和保姆一起带着孩子出来,总是一个推着,一个拿着孩子的东西,跟人一打听,这保姆是打乡下请来的,叫小兰,管吃管住一月一百呢。赵桂荣心疼,和杜建成说就算沧海能挣,她也不能这么个花法,家宝都上幼儿园了,也费不着她什么心,家欣一小女孩,又好带,瞎花那钱干什么?也和杜沧海说,说你们兄妹四个,我一个人,做给你们吃做给你们穿,也没见带不过来。杜沧海也晓得母亲是怕花钱,就笑,说:"妈,时代不一样了,别拿老眼光看问题。"赵桂荣就气,说他让吴莎莎给降住了,没一点当家做主的样子。杜沧海咧嘴傻笑,也不和她犟。赵桂荣就和郭俐美说。

不管赵桂荣和郭俐美平时有多少分歧,在吴莎莎的问题上,她们的意见总能达成高度一致。

说起吴莎莎,郭俐美总是一脸鄙夷,说像她这种没脸没皮的女人,天生就要靠男人吃饭,所以,魅惑起男人来,有她们自己的法道,要不然,就凭杜沧海走南闯北,见惯了大风大浪的人,岂能顶着全家人的反对娶了她?

只要回了婆家,不管聊什么,郭俐美都能把话题引到吴莎莎身上,然后,她和赵桂荣就像两个功夫高手在切磋,各自毫无保留地奉献出自己对吴莎莎种种不堪的新发现。比如说杜沧海对吴莎莎够可以了,吴莎莎还找他的事儿,把他脸挠出了血杠了,是大狮了回家告诉杜溪,杜溪告诉赵桂荣的。

赵桂荣就特别生气,这几年,她和杜建成对杜沧海连句重话都不舍得说,她居然敢挠他!杜沧海风里来雨里去,挣给她吃挣给她喝,还挣出罪来了?就去找吴莎莎算账。趁晚上杜沧海也在家的时候,赵桂荣跟老太君大驾光临似的,闯进了杜沧海家,虎视眈眈地看看杜沧海的脸,终于在右边鼻梁上找到了那道已快要消失的抓痕,劈头就对吴莎莎说:"有什么话不能好好说?"

吴莎莎正在帮小兰给家欣洗澡,有点蒙,也不知道这句话是不是冲自己说的,就没接茬儿。赵桂荣当她是在和自己耍傲慢,就更气了,说:"吴莎莎,我说你呢!"

杜沧海也不明白怎么回事,就问赵桂荣这是怎么了,被赵桂荣扒拉到一边去了,说道:"今天我非跟她理论理论不可!你甭给我插嘴,两口子,有什么话不能好好说,你往脸上挠,你让他一大老爷们顶着一道血杠子上街,脸往那里搁?"

吴莎莎这才明白过来,婆婆是来兴师问罪的,问赵桂荣怎么回事。

赵桂荣一把拉过杜沧海,指着他鼻梁上的抓痕说:"我眼是花了,可这么大的杠子,我还能看见!"

杜沧海这才明白了,说:"妈,您弄明白了再发火好不好? 这是家欣给我抓的。"

赵桂荣一下子就窘在了那儿,嘴里却又愿意认输,就恨恨地说:"你就替他打掩护吧,早晚有你哭的那一天。"

这时,吴莎莎把家欣提起来,拿毛巾被裹好了,递给小兰,把她和家宝推到了里面房间,然后带上门,转过身来,看着赵桂荣,心平气和地说:"妈,你就这么看不惯我?"

话赶话就呛上了,赵桂荣下不了台阶,就说:"你以为呢? 就你干的那些事,我要能看惯了我还是个人吗?"

吴莎莎没再和她争执,只是低了头,左手捏着右手,又右手捏着左手,说:"要这样的话,我和沧海离婚吧。"

"瞎说!"杜沧海推着赵桂荣去沙发上坐下,让她没事在家看看电视,别没事就上街听别人嚼舌头根子,他鼻梁上的抓痕,真是逗家欣玩的时候被家欣挠的。赵桂荣是生养过四个孩子的人,知道小孩子手上劲大,指甲也利,要一把捞准了,真能抓出血来,可嘴上又不愿意认输,也想趁机敲打敲打吴莎莎,就说:"我就不信孩子手上有那么大劲,你不愿意出去上班挣钱就在家本分点,别整天打扮得妖精似的带着保姆站大街,就显你家有钱,请得起保姆怎的?"

确实，吴莎莎和保姆经常带着两个孩子上街，家宝是男孩，顽皮，在家待不住，愿意上街找小朋友玩，吴莎莎带他下去，家欣一时看不见她又哭闹着要找，索性让小兰把她也一起带下去了，结果就被街坊邻居说成了是炫富。

吴莎莎心平气和地解释完了，就去收拾卫生间，赵桂荣坐在沙发上气鼓鼓地看着，对杜沧海说："看见没？跟我示威呢。"杜沧海知道如果为吴莎莎辩解，只会让母亲更讨厌吴莎莎，就笑笑，说不早了，要送她回去。

赵桂荣借坡下驴，起身走了，也没让他送。

等杜沧海从门口转回来，吴莎莎已经从卫生间出来了，沉着脸坐在沙发上，定定地看着杜沧海。杜沧海被她看得不自在，在沙发上坐了，拿起家宝的玩具掰来掰去。吴莎莎一把夺过来，没好气地说："手劲那么大，三掰两掰就掰坏了。"

里面房门开了一条缝，是家宝，探头探脑地往外看。家里气氛不好，随时要着火的样子，杜沧海就不想在家待，起身往外走的时候，听吴莎莎说："真受够了，你们老杜家就没一个拿我当人的。"

杜沧海说了句："你这么说，就没意思了啊。"

说完，杜沧海就开门出去了。吴莎莎突然觉得这日子又冷又硬，挺没奔头的，小兰抱着家欣领着家宝从里屋出来，在一边小心翼翼地看着她，说："大姐，你到底怎么得罪你家婆婆了？"

吴莎莎看了她一眼，没说话。小兰小声说，在他们乡下，早变天了，以前是媳妇结婚得看婆婆的脸色，现在全反过来了，婆婆都得讨着儿媳妇的小心，因为儿子都听媳妇的，得罪了儿媳妇就是得罪了儿子，没好日子过。

吴莎莎说："城里也这样。"

小兰就不解地看着她。吴莎莎装没看见，打开电视机看电视剧，看了一会儿，觉得也没意思，上床倒下睡了，做梦半夜哭醒了，一摸，枕头湿了一片，杜沧海还没回来，就坐在黑暗中发了一会儿呆，没多久，就听大门轻轻地开了，知道是杜沧海，怕吵醒他们，才轻手轻脚地开门。

杜沧海推门进来，刚要抬手开灯，灯却唰地亮了，就见吴莎莎满脸是泪地坐在床上，看着他。

杜沧海内心里一阵愧疚的崩溃，顿了顿嗓子，说："出去打了几圈牌。"

吴莎莎说："我又没问你。"

杜沧海坐在床沿,背对着她脱衣服,说:"我这不是跟你说说嘛。"

脱完衣服,又说:"这几天要去趟温州。"

吴莎莎问去温州干什么。杜沧海说以后想做旅游鞋生意,问她觉得怎么样。

生意上的事吴莎莎不懂也不感兴趣,就说我一个在家带孩子做饭的家庭妇女能有什么想法,你看准了的,肯定没错。杜沧海定定地看了她一会儿,突然觉得无趣,就说明天你给我多收拾几件衣服。

本来,吴莎莎已经习惯了他往外跑,但没像这次似的,让她给张罗着收拾行李箱,好像要去好久的样子,就问去多长时间。

杜沧海说:"可能要长驻了吧。"

吴莎莎吃了一惊,说:"长驻?"

杜沧海嗯了一声,说这几个月他把生产旅游鞋的地方跑了个遍,旅游鞋产地集中在温州和福建,鞋的质量和款式都差不多,但福建离山东远,运输成本就比温州高不少,所以,福建的鞋很难进入山东市场,遂和大狮子商量,在温州蹲点,搞个鞋业批发城,到温州各鞋厂考察,只要是他们看好的款式,就买断后独家销售,外地来的零售批发商如果想要,只能到杜沧海这里批发,这样的好处,是能掌握第一手的独家货源。不用自己劳心费力,就有人把销售兜了底,厂家也乐得轻松。大狮子跟着杜沧海混惯了,几乎习惯了无脑生存,一切唯杜沧海马首是瞻,只要是杜沧海看好的,都百分百相信,所以,杜沧海一说要做旅游鞋,他连半分钟都没犹豫,说:"你看着定,只要你看好了,我就跟着你干。"

一想到杜沧海要长期在外,吴莎莎有点凄惶,说:"你不在家,我们娘仨怎么办?"杜沧海说:"又不是不回来,有车,来回也方便。"

吴莎莎就不说什么了。

早晨见博古架上多了个黑色的东西,大半个砖头大小,吴莎莎拿过来一看,是港台电影里经常见的大哥大,黑社会老大基本都人手一部,威风得很。

吴莎莎拿着把玩了一会儿,家宝吵着要玩,杜沧海不让,说:"三万多呢,你一松手给我掉地上就坏了。"

第一次在港台电影里见着大哥大时,杜沧海就被它吸引了,一脸神往地说,得机会也要弄这么一部。吴莎莎说："你买的啊？"

杜沧海嗯了一声，见她满眼眼馋，就说："你要是稀罕，我就给你买一部。"

吴莎莎有点不好意思，说："我又不做买卖，要这个干什么？"

这拒绝说得，语气里透着明知自己配不上的卑微，让杜沧海有点心酸，说："给你买一部吧，这样我往家打电话也方便。"

下午，杜沧海回来，就给她拿了一部大哥大，给的时候叮嘱，她一个女人别拿着满大街招摇。吴莎莎开心得要命，答应了，问他打算在温州待多长时间。

杜沧海说去干上两年就收手干别的。

杜沧海做生意做了也十多年了，但从不尽着一种生意做，都是做一阵就换别的了。别人都做拉毛围巾的时候他做墨镜，等别人也做墨镜了，他又做电子表了，等市面上电子表泛滥，他又做牛仔装了，还没等牛仔装热过去，他又做高弹健美裤了。现在，他又要做旅游鞋，他眼光准，永远跑在别人前面，整条即墨路上，没有不服气的，吴莎莎当然特服气，所以，才放任他随便做什么生意都不闻不问。

杜沧海说旅游鞋市场会比以前他做过的任何一种产品的市场都要广、要大，而且长久，最近他总往温州跑，就是到各鞋厂看样签合同，他看好的样，付定金，鞋厂就开足马力生产，他利用这些年做生意掌握的销售渠道，面向全国推广。

吴莎莎说："出门在外，自己小心着点。"

杜沧海说："放心。"

杜沧海和家人说得最多的话就是放心吧。又说："我不在家，家里有需要帮忙的，你不愿意跟我爸妈说就找我姐。"

吴莎莎说好。

从上次赵桂荣数落她，她就已经下定了决心，就算天塌下来，也决不再主动和公婆搭话。结婚这么多年，该给杜建成夫妻的尊重她都给了，可他们还是不依不饶地把她当成抹黑老杜家脸面的人，她又何必送上门去自取其辱？

杜溪对她虽然也算不上多好，可至少别人挤对她的时候，她不会帮腔。当然，她和杜沧海都明白，这并不是杜溪对她有多好，而是没有杜沧海就没有大狮子的今天，何况直到现在大狮子都还是跟着杜沧海做生意，这个面子，杜溪总是要给的。

4

到了温州,杜沧海租了一家工厂废弃的仓库,改造成了鞋业批发城,听上去名头大,可也就二百多平方米。

鞋业批发城开张没多久,杜长江来了,说是来进货,顺便到杜沧海这儿看看,站在门口,望着门头上的招牌咧嘴笑。

大狮子问他笑什么,杜长江说就我们国货一个日杂组大小的地方,也敢叫批发城。大狮子就指着马路对面让他看。

马路对面是个文具店,也就五六平方米的小门脸,白板的门头牌匾上用红笔歪歪扭扭地写着:环球文具商行。

杜长江望了一眼,就拿鼻子笑得哼哼的,鼻子眼里全是嘲讽。

吃晚饭的时候,杜长江喝了两瓶啤酒,就拿出兄长的样子对杜沧海旁敲侧击,说别跟那些没眼界的人学,马路边挖个坑围起来当收费厕所,都恨不能写上跨国 WC,不够人笑话的。

杜沧海晓得杜长江的意思,那就是:"你杜沧海虽然挣钱了,可为人做事最好收敛着点,别膨胀,那不是咱老杜家的作风。"杜沧海笑笑,没说话。

第二天,带杜长江在批发城挑选了几款鞋,让手下的人去长途汽车站发了零担,给提货单的时候,见杜长江几次欲言又止的,就想起了吃回扣的杜长江前任李庆国,也没客气,直白地说:"二哥,我知道你出去进货有回扣,可我这里没有。"

杜长江让他弄得讪讪的,说:"自家人,你这是说什么话?"

杜沧海说:"虽说做生意就是为赚钱,可我们老杜家,只花拿自己的汗水洗过的、干干净净的钱。"

杜长江瞪了他一会儿,转身走了,大有他好心好意来帮衬他生意,却被他辱没了的恼怒,大狮子想追上去解释两句,被杜沧海拽住了,说随他怎么想。

做生意,最怕的是压货,压货不仅意味着资金陷入无法周转的窘境,还可能烂库底,投进去的成本,一分也拿不回来,从杜沧海的鞋业批发城拿的货,基本不会出现这问题,因为他选货眼光好,每一款鞋都畅销,没多久,他鞋业批发城的口碑就出去了,各地零售商纷纷到杜沧海的鞋业批发城进货。

因为鞋业批发有口碑,生意好,鞋一旦进了鞋业批发城,就等于有了销售保障,所以,天天有鞋厂老板请杜沧海吃饭,不是请他帮忙把关即将投产的新款式,就是希望他帮忙把积压了不知几辈子的库存给卖出去。

杜沧海会给他们设计的新款提提建议,但从来不会答应利用自己积累的口碑帮他们去库存。做生意,是为了赚钱,但钱不能赚得没了原则,那叫来不及了,拿土话说就叫吃相难看。谁要对市场动了邪念,市场早晚会绊他跟头。杜沧海这么跟大狮子说,大狮子虽然不明所以,但发自内心地觉得,杜沧海的每一句话,都是世间真理一样的存在。

鞋业批发城生意最火的时候,供不应求,从全国各地来的零售商批不到鞋,只好就近找旅馆住下,到杜沧海那儿领张字条,那张字条上写着一个数字,那就是排队的号码,等货来了,按照号码的前后顺序提货。

很多年后,当杜沧海回忆起当年的盛况时,不由得感慨万千。

每天早晨,鞋业批发城门口都挤满了全国各地涌来批鞋的人,他们在暴烈的太阳下,仰着写满了渴望的油光光的脸,举着大把的钞票,相互往前涌动着,挤蹭着。

大狮子脖子上挂着一喇叭,一边喊着排队的号数,一边冲杜沧海报数,杜沧海按着计算器开出缴款单,让货主去一旁的会计那儿交钱领提货单。

会计身后的保险柜,不一会儿就被现金塞满了。这时,会计就会像个掌握有生杀大权的人物似的站起来,冲后面排队等着交钱的人说:“不收了,不收了,今天不收了!”

说完,就把空白提货单往抽屉里一锁,把现金划拉到一个大皮包里,递给杜沧海。

后面排队的人就作揖打躬,求会计一定要收下他们的钱,今天提不着货都不要紧,只要收下他们的钱,给一张提货单,他们也好把心放回肚子里。

看着熙熙攘攘地拥挤着哭着喊着要付款的零售商,杜沧海就在心里感慨,生意实在是太好了,鞋业批发城的大门仿佛就是一张吸金大口……只要有货,钱就会像过江之鲫一样蜂拥而来。

有一天晚上，杜溪给大狮子打电话，吞吞吐吐地说有人看见吴莎莎经常不管孩子，自己去舞厅跳舞或是卡拉 OK 唱歌。

大狮子就问谁看见的，一开始杜溪不说，后来被问急了，只好说她同事看见的，票呢，是杜天河给的，她顺手给同事了，同事中有认识吴莎莎的，就看见了。

杜天河在文化局，已是文化稽查处处长了，舞厅和卡拉 OK 厅为了巴结他，经常送他歌舞厅门票。杜天河好静，回家的时候，就手掏出这些票，给杜溪和郭俐美她们，让她们想去就去，不想去就送人也好，别浪费了。

杜溪按捺不住好奇，就去了，结果就看见了吴莎莎。

吴莎莎的舞技很好，跳起来很投入，骚得很，没看见杜溪。但杜溪怕她看见自己，悄悄溜了，跟谁也没说。后来又去了几次，基本次次都能看见吴莎莎在，就觉得不太好，毕竟杜沧海远在温州，她整天泡舞厅，难免泡出事儿来，和大狮子聊电话的时候，就说了，但不敢说是自己看见的，推到了同事身上。

大狮子心思简单，很愤慨，就告诉了杜沧海，让他打电话说说吴莎莎，让吴莎莎注意点影响，男人不在家，她一个女人少往舞厅这种地方钻。杜沧海虽然也别扭，但觉得不是什么大问题，毕竟他还是了解吴莎莎的，结婚这么多年，父母对她的挑剔和刁难一直就没断下过，她一直逆来顺受地忍着，就说明她还是很珍惜这个家，也是很爱他的，他没必要杯弓蛇影。

大狮子就让杜溪抽时间去敲打敲打吴莎莎，他们大老爷们儿撇家舍业地在外面打拼挣钱，多不容易，她在家弄些见不得人的莺莺燕燕事，好意思吗？

杜溪说好，心里虚得很。想，幸亏没说在舞厅里看见吴莎莎的是自己，要不然，大狮子肯定得急，抽了个周末，带着杨果果去了杜沧海家，说要带家宝他们一起去吃肯德基。

吴莎莎挺高兴，给家宝收拾好了，让他吃完肯德基跟着去姑妈家和果果玩。

杜溪就问她："打扮这么漂亮，要出门啊？"

吴莎莎有点不自在，说："是啊。有几个同学约去打牌。"杜溪就说："我同学也看见你了。"吴莎莎一惊，问："在哪儿？"杜溪不动声色地说："在千面。"

千面是贮水山公园里的一家舞厅，又大又豪华，挺有名的，杜溪就是在那儿看见的吴莎莎。吴莎莎有点慌乱，但嘴上却说："你同学还有认识我的啊?"杜溪说："以前两家在隔壁院子住着，他们来找我玩的时候，和你见过，你长得又好看，有的人可不就记住了。"

吴莎莎心里慌慌的，嘴里却说："是吗，我可没觉得我长得好看。"杜溪说："你就别谦虚了，他们说你舞跳得可好了，谁要娶了你，可得操老鼻子心了。"

见吴莎莎不语，才又慢慢地说："他们不知道你是我弟妹，我也没说。"

个中意思，已经很明显了，让吴莎莎知道，因为她在舞厅里的风骚，她都羞于承认她是自己的弟妹，怕给弟弟面上抹灰。

吴莎莎不傻，也听得出来，就辩解说，杜沧海不在家，她无聊得很，就去舞厅跳了几次舞，没想到这么巧，就让她同学看见了。

杜溪说："男人在外面打拼不就是为了活得体面点，咱做老婆的，言行上也得谨慎着点，别他前脚涂金，咱后脚抹屎。"

杜溪知道这话说得很狠，但不狠又刹不住吴莎莎心头的那头风骚野兽，也就顾不上那么多了。

事实是，真刹住了，但只一天而已。

吴莎莎打幼儿园起，舞就跳得好，嗓音条件也好，从小学到中学，一直深受音乐老师的喜欢，他们中学的音乐老师曾说，要不是受家庭条件所限，没钱请老师做音乐辅导，吴莎莎完全是个唱歌的好苗子。

第十九章
请给心一个停泊的港湾

1

吴莎莎进舞厅,其实也是因为杜天河。

有一次小兰领着家宝在街上玩,赵桂荣看见了,招呼家宝去家里吃饺子,吃完饺子后家宝和爷爷玩叠纸牌。杜建成顺手拿杜天河放在家里的卡拉 OK 票和舞厅门票叠了一打五颜六色的纸牌。家宝喜欢,就揣进口袋带回家了。晚上,吴莎莎洗衣服,习惯性地掏了掏口袋,就掏出了这打纸牌,其中一个纸牌开了,吴莎莎想重新给叠起来,才发现这是一打卡拉 OK 和舞厅的门票,放在一边,也就忘了。过了几天,几个朋友到家里玩,上厕所的时候,看见了洗衣机上的门票,就嚷着要拉吴莎莎一起去唱歌跳舞。

吴莎莎在家也待得无聊,就一起去了,先去唱了歌,然后又去跳了舞。

吴莎莎太喜欢唱歌跳舞的感觉了,她都活三十岁了,从来没那么多人为她鼓掌喝彩,从来没那么多人赞美她,这让她觉得,曾经的自己,就是一棵在大石板下挣扎的小草,而歌舞厅让她自由成长为了一朵怒放的、被赞美、被追捧的玫瑰,这种感觉,让人陶醉,也让她为自己曾经的憋屈委屈、难过,甚至是可怜自己。

尘世的柴米油盐与令她憋屈的偏见,就像困着她肉身的沉重壳子,在她进入舞池,或是拿起麦克风的瞬间,都无声无息地破碎而去,只剩了一个轻盈的、崭新的、光彩夺目的自己,在音乐声中,翩翩起舞,让她沉迷让她陶醉!

所以,尽管杜溪敲打得很难听,但她还是忍不住要去找那个轻盈而又光彩夺目的自己。然后,就把孩子安排给小兰,化好妆,又去了。

大狮子也担心吴莎莎未必听得进杜溪的劝告,晚上没事的时候,就怂恿杜沧海给家里打电话,觉得如果杜沧海经常打电话查岗的话,吴莎莎或许会有所收敛,还有一种可能是杜沧海能从电话中听出端倪,回去把吴莎莎收拾一顿。

大狮子虽然头脑简单,但也知道,夫妻之间一方不检点的事,第三方看着再生气再着急,这两肋的刀都插不得。

杜沧海爱孩子,常往回打电话,每次都是先和吴莎莎说两句,然后是家宝,再然后是家欣。家欣刚会叫爸爸妈妈,说话不是叠音就是单个字蹦。杜沧海问家欣想不想爸爸。家欣奶声奶气地说想,杜沧海就觉得所有的苦都值了。

每次打电话,吴莎莎虽没露出破绽,但杜沧海也有感觉不对的时候,比如白天难得清闲时,给吴莎莎打电话,她半天不接,都是过一会儿打回来,不是说在厕所就是说在忙什么,总之,不接电话的理由,听上去都很正当,也很充分。杜沧海有时候也能听到那边乐声嘈杂,问干什么呢,吴莎莎就说租了盘录像带在家看,杜沧海知道,街面上能租到的录像带,百分之九十是香港电影,打打杀杀的,确实吵嚷得厉害,所以,也不见怪,只说声音这么大,你不嫌吵得慌?吴莎莎说香港电影,就这样嘛,倒是把杜沧海弄得很不好意思,连老婆看录像带的音量大小都要管,很不爷们。

国庆节的时候,杜沧海和大狮子去烟台办业务,大狮子说第二天是果果生日,想回家看看。杜沧海也想家欣了,就开车回青岛。路上,让大狮子给吴莎莎打个电话,说他们晚上到家,让她准备几个菜。大狮子存了个心眼,想让杜沧海突然袭击,抓吴莎莎这个舞场老客的现行,就借口说想给果果个惊喜,吴莎莎要知道了,少不了跟杜溪说。

让他说得,杜沧海就没打这电话。

果然,杜沧海回家就扑了个空。吴莎莎不在,小兰带着家欣去栈桥玩了。看着乱糟糟却空荡荡的家,失落像潮水一样往杜沧海心脏上扑,就换了身干净衣服,把脏衣服去往洗衣机里按,发现洗衣机旁边的洗漱台上堆着一打已经撕过了票根的歌舞厅的门票,拿起来一张张看了,又放回原处,把衣服洗完了,也没见吴莎莎回来,就去了父母家。

一进门,赵桂荣眼圈就红了,说:"沧海,你可回来了。"

好像他不在的这段时间,家里发生了塌天大祸似的。杜沧海说:"才几个月而已,怎么了这是?"杜建成吧嗒吧嗒地抽烟,突然说:"老三,你把婚离了吧!"

杜沧海大吃一惊。

中国式父母,可以不同意儿女和某个人结婚,就算强行结婚,他们反对不了了,心理上的隔膜,也很难消除。可一旦生了孩子,有再多的不平和不甘,他们也咬牙认了。而且儿女离不得婚,否则他们就会和儿女结婚前上演各种阻拦各种拆散戏一样,上演劝和大戏,因为在中国人的传统婚姻观里:夫妻再不合适,也是原配的好,尤其是生儿育女之后,仿佛原本劣质的粮食,也会随着生儿育女而产生向好的化学反应,酿出一罐叫子孙的好酒,离婚再行婚嫁,就如同找个粗制滥造的瓶子把这瓶纯净的好酒倒进去,简直就是暴殄天物。

杜沧海想不到传统得仿佛活在一百年前的父亲,居然让他离婚!就想起了洗漱台上的那打歌舞厅门票,心里慌慌地忽闪了几下,但只是笑了笑,说:"爸,您开什么玩笑?"

杜建成就把抽了半截的烟拍在了茶几上:"谁给你开玩笑?!我早就说,老吴家门风不好,让你妈少招惹她,你妈不听,后来怎么着?铁的事实摆在那儿,你妈算是服了软儿。可你呢?杜沧海!她……她!都那样了,咱全家上阵都没拦住你啊!可她吴莎莎呢?给你争气了没有?!她一把灰一把灰地往咱老杜家脸上抹啊,你还打不打算让我们在挪庄混了?!"

杜沧海说:"爸,您没头没脑地火了半天,您倒给我说说,莎莎到底怎么了?"

赵桂荣说:"别说我们冤枉她,你出去问问街坊邻居们,你出去这几个月你老婆都在家干了什么?"

杜沧海也生气了,说:"我没那脸,有事你们直说!"

赵桂荣说:"她天天打扮得妖精似的泡在舞厅里抱着男人跳舞。"

杜沧海内心嚯的一声,但脸上还要云淡风轻的,说:"我还当怎么了,跳舞啊,国家法律允许的,又不犯法,你们至于吗?"

杜建成说:"至于!你出去问问,但凡是个要脸的,谁整天价泡在舞厅里?她连孩子都不管,让保姆带着,两个孩子满街跑,脏得跟泥猴似的。"

杜沧海说:"真的?"

如果说吴莎莎天天出去跳舞让他心里不舒服,但他还能理解,女人嘛,又没什么爱好,无聊了,跳跳舞唱唱歌,和无聊了搓搓麻将没什么区别,可她要迷唱歌跳舞迷得连孩子都不顾了,这就不能容忍了。

杜沧海的脸就黑了,起身往外走。

吴莎莎最近心情尤其好。因为在舞厅认识了一个叫李向东的摄影记者,非常帅,也特有艺术家的范儿,对她特别好,给她拍的照片,完全可以媲美电影明星,她都快把家里的墙全挂满了。那些没镶起来也没地方挂的,就装在影集里,晚上睡觉前翻着看看,心里美滋滋的,仿佛青春还在眼前,仿佛美还是她的专属。

杜沧海从父母家出来,打了吴莎莎的大哥大。吴莎莎正和李向东在咖啡馆说摄影展的事,对杜沧海的电话就很不耐烦,让他快说,说她还有事。

杜沧海就问她在哪儿。

吴莎莎支吾了一下,说在朋友家聊天呢。

杜沧海压抑着内心的怒火,让她别聊了,赶紧回家。

吴莎莎这才意识到杜沧海可能回来了,有点慌,和李向东说我老公回来了,拎起包匆忙就走,李向东就笑,说吴莎莎见着杜沧海跟老鼠见了猫似的。

吴莎莎让他说得不好意思,解释说杜沧海为了这个家,一个人在外面打拼不容易,好不容易回来了,她得回去照顾着点。

李向东恋恋的,说:"莎莎姐,你不幸福。"

吴莎莎一愣,说:"你别瞎说,我比谁都幸福,真的。"说着,吴莎莎张着手臂转了一圈,让李向东看看她一身的名牌和首饰,意思是李向东你见过穿戴这么体面的不幸女人吗?

李向东说:"如果你幸福,听到他回来的消息,你应该高兴得跳起来,而不是怕怕的,有怕的婚姻就是有压力的婚姻,有压力,就不会幸福。"

吴莎莎愣愣地看着他,觉得有点道理,但一想杜沧海在家等着,就不敢和他多掰扯,匆忙上街拦了一辆小公共走了。

2

吴莎莎匆匆上楼,推开门,见杜沧海正在卫生间,坐一马扎上给家欣洗澡。小兰像做错了事的小学生,怯生生地站在一边,低头用眼梢偷偷地看杜沧海和吴莎莎。

吴莎莎顿了顿嗓子,让杜沧海知道自己回来了,然后,吩咐小兰去幼儿园接家宝。等小兰出了门,她走到杜沧海身后,故作温柔地搂着他的脖子问什么时候回来的,嗔怪他也不提前说一声。

杜沧海把家欣洗干净了,用毛巾被包着拎出来,淡淡地看了她一眼,说:"莎莎,我在外面打拼,不是为了让家变成这样子的。"

吴莎莎也是聪明人,听出这句话里足足有一集装箱的潜台词,忙检讨说确实是自己不对,这段时间,杜沧海天天不在家,周围又都是挪庄的老街坊邻居,总是拿有色眼镜看她,玩不到一块去,就往外跑得勤了点。

杜沧海说:"如果是因为这,我们搬家,不在挪庄住了。"

吴莎莎原以为杜沧海至少也得跟她发顿火,没想到他会这么说,就小声说:"真的啊?"

杜沧海嗯了一声,问她喜欢哪一带的房子。吴莎莎一时说不上来,就试探着说:"你要真想搬家,我这两天就出去看看。"

虽然挪庄拆迁了,可还是原地安置,邻居虽然未必是原来的邻居了,可街坊基本还是原来的街坊,吴莎莎和他们玩不到一块去也是实情。其一,是各种历史问题;其二,杜沧海有钱,吴莎莎吃的穿的用的,都比周围的人不知高了多少个档次,和她一起玩,不自觉地,就被比矮了,所以,没人愿意凑到她跟前自找没趣。这点,杜沧海也明白,吴莎莎在挪庄没人玩,历史原因只占很小的一个部分,更多的,是她优渥的生活,对别人平庸的贫乏造成了伤害。

一个群体里的异类,总是要受排挤的。

而在挪庄,吴莎莎就是那个富丽堂皇的异类,原先谁也没瞧得起的吴莎莎过上了谁也不能比的日子,难免会激起人的酸葡萄心理,牵强附会的栽赃也是在所难免。走南闯北了这么多年,杜沧海也算阅人多矣,这点道理,还是懂的。所以,他不打算责怪吴莎莎,只是觉得,在众目睽睽的挑剔和众口铄金的说辞里,吴莎莎偶尔唱歌跳舞排解一下,也是正常的,就轻描淡写地从洗漱台上拿起那些歌舞厅票根,说:"以后这些地方少去。"

吴莎莎像被烫了一样,抢过来,说:"不去了,以后再也不去了。"飞快地撕了扔进马桶,又按下了冲水按钮。

两人一个在卫生间,一个在门口,呆呆地站着,有点尴尬。家欣突然说:"妈妈,饿。"吴莎莎得了解脱似的,忙说去做饭,把家欣递给杜沧海,问他想吃什么,她去买。

杜沧海说不用了,他还有事,得出去一趟,就出门了。

杜沧海是个急脾气,想换房子,恨不能立马就换是其一;其二是鞋业批发城不能没人盯,在家待太久了肯定不行,就得抓紧时间把想办的事办了,有合适的房子就买下来,让吴莎莎带着孩子搬走,免得她有点风吹草动整个挪庄的人就看得眼球痒,跑父母跟前告状,谁的日子都过不安生。

这两年,青岛开始有了房产中介市场,就在湖北路的老舍公园,干房产中介的人,像夜市摆摊似的,蹲在马路边上,前面摆了一张写满了房产信息的纸板,买房的人,就沿着路边这么一家一家地看,挑中意的房子。

杜沧海出了家门,就直奔这儿来了,看了半天,房子不是太小就是太旧,没合适的,就懒得往下看了,给大狮子打了个电话,让他问问杜溪,哪儿有好一点的房子卖。因为杜溪是在公交车上卖票的,接触的人多,信息来源也广。大狮子说问杜溪干什么,老夏不是干房地产去了吗。杜沧海一时没反应过来,说哪个老夏?大狮子说夏敬国啊。杜沧海这才猛然想起来,夏敬国不在即墨路干已经有两年了,说要去搞房地产开发,还约过他,杜沧海对房地产市场不了解,没心思参与,就没往心里去。

杜沧海问大狮子知不知道夏敬国在哪儿。大狮子说前阵子杜溪还遇到过他,他马上给杜溪打传呼。

没一会儿,大狮子就把电话打回来了,把夏敬国的传呼号和新家地址告诉了杜沧海。杜沧海本想打传呼,可又觉得,夏敬国是领他走上经商路的师傅,按说也是长辈,都这么长时间没见了,直接呼他有失礼貌,撂下大狮子的电话,就去了。

丹东路棚户区在齐东路、信号山路以东,大学路、海洋大学以北。齐东路、信号山路、大学路过去都是资本家和做学问的人住的地方,都是赭石色的欧式小洋楼,院子里老树遮蔽,有种特别的深沉之气,唯独丹东路这片棚户区,破破烂烂地夹在中间,显得不伦不类,政府有意动迁,又没那么大资金,就动员民间资本,夏敬国和他们熟,觉得房地产开发有前途,就从即墨路撤出来搞房地产了。

去年,杜沧海就隐约听谁说过一嘴,说夏敬国他们开发的房子盖起来了,当时也动过去看看的心思,可一忙起来,就忘了。

杜沧海找到了夏敬国的新家,是他自己开发的房子,留了一套二百平方米的,装修得古香古色的,很雅致。

杜沧海来,夏敬国高兴得要命,让保姆出去买菜,非要和杜沧海喝一杯。杜沧海不喝酒,就倒了杯茶,陪着他聊天。

杜沧海问夏敬国房地产干得怎么样。夏敬国一脸神秘地说:"沧海啊,你要本钱够,别做其他生意了,就搞房地产。"

杜沧海说:"挣钱吗?"

夏敬国说:"不是挣钱,是闭着眼往家划拉钱。丹东路拆迁,我一共投了三百万。"说到这儿,他拉着杜沧海站在窗口,指着前面的一片楼房说:"这一片,全是我的。小的一套也得二十万,大的,差不多五十万。这一片,一共是三百来户,多少钱?你算吧。"

让他说得,杜沧海心里热气腾腾,可一转念,和鞋厂的合作还没到期,心里的热度,又慢慢落了回来,说:"等我忙完了温州那边,要好的话,也一脑袋扎进来,还得您老给我领路。"

夏敬国说:"没问题。"

这时,就听里面有个虚弱的声音喊夏敬国,含混不清,气若游丝似的,但夏敬国听见了,让杜沧海等会儿,自己进了屋。

夏敬国在里面忙叨了好一会儿,出来了,推着轮椅,轮椅上坐着一个五十岁左右的女子,皮肤白白的,安详的面容里透着病气,看得出来年轻的时候挺美。

杜沧海有点诧异,但一转念,觉得可能是夏敬国的前妻,夏敬国这些年虽然没断下拈花惹草,但他对前妻和儿子还是有情有义的,就笑笑说:"是嫂子吧?"

夏敬国就笑了,甚至很得意,说:"怎么样?漂亮吧?"

杜沧海点头,叫了声嫂子好。算是打了招呼,女人含混地应了一声,少女似的,笑得很羞涩。杜沧海心里,不由得就添了几分敬意。女人结婚以后,生活的粗粝和性禁忌的打破,会把做女孩子时的矜持和羞涩荡涤干净,能保持下来,需要极高的自我修养,何况她还有病在身,能保住优雅,就需要更大的精神力量了。夏敬国的前妻杜沧海虽然没见过,但道听途说也知道一些,觉得她不会老得这么优雅,这么想着,就又含糊了,看看夏敬国,想问又怕唐突,就把疑惑咽了回去。

夏敬国笑着把杜沧海介绍给女子,才说这不是他前妻,而是他的女神,前几年下乡演出,从戏台上摔下来,摔成了高位截瘫,连说话都很困难,前夫对她不好,三天两头吵着要离婚,夏敬国听说以后,去把她前夫打了一顿,让她和前夫离了婚,娶回来,觉得这辈子也算是圆满了。

听夏敬国絮絮叨叨说这些,女子脸上微微泛红,有点不好意思。夏敬国问她要不要看电视,她点点头,夏敬国打开电视机,给她调到喜欢的戏曲频道,满屋子是青衣花旦声情并茂的咿咿呀呀。杜沧海突然就恍惚了,突然想流泪,因为他看见了夏敬国满眼是爱的目光,一遍遍地抚摸过女子消瘦的肩头。

他没有问,但可以肯定女子就是让夏敬国坐了十四年牢的女一号,大概,这就是地老天荒的爱吧。

后来,夏敬国出来送他,肯定了他的猜测。是的,她就是女一号,夏敬国说,没和女一号在一起之前,他的身体是个无底洞,多少个女人都填不满。但有了她,他的胸膛天天都是满满的,谁都装不下,也不愿意看谁。为了陪她,他已经很少出门,但每天傍晚,会推着她出门,沿着大学路,一直往下走,走到海边转一圈,再回来。这是他们每天必修的功课,雷打不动。

杜沧海问:"那你的生意呢?"

夏敬国说他留了一部分钱给前妻和儿子,又留够了他和女一号生活一辈子的,其他的,都分散出去做投资了,能挣点就当赚了,挣不着也无所谓,他只要有女一号,就够了,然后问杜沧海今晚来找他干什么。

杜沧海这才想起来，感慨了一晚上，倒把正事忘了，就问他开发的房子还有没有没卖出去的。夏敬国说有，问他打算买给谁住。因为夏敬国的坦白，杜沧海也从不对他撒谎，就把家里的情况说了，说希望吴莎莎能住得离父母远点，这样彼此都少点烦恼。

夏敬国说有啊，他楼上的房子，和他家一样的户型，一样大，都装修好了，原本是要送给某领导的，被人举报了，领导不敢收，户型太大，又卖不出去，一直在楼上空着呢。

杜沧海说正好，卖给我得了。

就这么着，杜沧海买了夏敬国楼上的房子，还是精装的，请人打扫了两天卫生，就搬过去了。

杜沧海搬家的那天，杜建成和赵桂荣站在窗户旁，冷冷地看着吴莎莎一手牵着一个孩子站在路边，看搬家公司的人往车上装东西。

赵桂荣说："看着吧，咱沧海早晚毁在这个吴莎莎手里。"

杜建成叹了口气，说："他自己找的，怨不着谁！"

嘴里虽然这么说着，心里，却是愤愤的无奈，对吴莎莎，就更是不待见了。

搬完家，杜沧海又要去温州。夏敬国跟他说，让吴莎莎有需要的时候下楼找他，别客气。可杜沧海觉得，虽然夏敬国离得近，可毕竟年龄不饶人了，都六十岁的人了，还要照顾生活不能自理的女一号，就不想给他添麻烦，跟吴莎莎说，如果有事需要人帮忙，就找杜天河，他孤家寡人，机关单位也清闲。

为了吴莎莎联系杜天河方便，杜沧海去买了个大哥大给杜天河送去。

把杜天河吓了一跳，说他一个坐机关的人，拿个大哥大，暴发户似的，让领导怎么看？死活不要。杜沧海只好去退了，换了汉显传呼机，连自己的车钥匙一起给了杜天河，说他要换一辆新车，这辆让杜天河开着，万一吴莎莎找他帮忙，来去也方便，又把呼号告诉了吴莎莎，让她有事给大哥打传呼，一切安排妥当，才和大狮子回了温州。

回去的路上，大狮子眼神躲躲闪闪的，杜沧海就知道他有一肚子话要问，就懒洋洋地白了他一眼，说："没什么，让他们隔远点，对双方都好。"

大狮子就说："我就怕你好成了放鸟归林。"

杜沧海说:"归什么林?和她是同林鸟的是我。"

大狮子知道他不愿相信吴莎莎会对不起他,就望着车窗外悻悻地说:"你也就是一片小树林,外面还有森林,大森林。"

杜沧海从包里摸出吴莎莎给准备的汉堡,剥开一个,塞大狮子嘴里,大狮子知道他意思,咬了一大口,又补了一句:"还有原始森林!"

3

有了杜沧海的车,杜天河的活动半径变大,父母家回得就勤了,可父母一见他的瞬间就像遭了霜打的茄子,齐刷刷地蔫了下来。因为杜天河的终身大事。

杜天河就挺内疚的,觉得父母辛苦了一辈子,好好的晚年,却要因为他终身大事无着落而郁郁寡欢,就安慰父母说,过了这么多年单身生活,已经习惯了,适应不了婚姻了。

杜建成很生气,说:"我和你妈不适应!"

在杜建成这一代人心里,不管孩子多少岁了,也不管孩子事业多成功,只要没成家,就是他们做父母的没完成任务,等将来作了古都没脸去见先人。

杜天河不说话。

杜建成就恨恨地说,早知道这样,他宁肯在米家饭桌上吃的是一盘老鼠药,早点死了,早点利索,免得上街让人问了臊得慌。

杜天河让父母别这么想,他不结婚,不是找不到老婆,是不想找。

赵桂荣说:"什么想不想找的?在别人眼里,你就是找不着,我就不信,要是那个叫巩俐的电影明星要嫁给你,你也不要啊?"

杜天河就让母亲的这种混乱逻辑给逗笑了,说:"妈,咱能不说这么不靠谱的吗?"

赵桂荣说:"只要你打一天光棍我就不靠谱一天。"

杜天河让老两口折腾得没辙,就不大回来了。

可是,杜建成老两口子是看见杜天河就心里发堵,看不见他,又担心他一个人生活得不好,就一遍遍打传呼让他回家吃饭。杜天河想落个耳根清净,就找各种借口,忙,加班,总之,没时间回去吃饭。

赵桂荣就跟杜溪抹眼泪,说杜天河是不是心理上有毛病啊,婚也不结,父母也躲着不见。是的,赵桂荣特意强调杜天河不回家是故意躲着他们,因为知道杜溪心直口快,会原话传给杜天河。

杜天河让父母逼得没办法,就想了一办法,早晨开车回家吃饭。

早晨是一天的开始,时间紧张,饭菜也简单,行军打仗一样吃完了就跑出去上班。这样,父母就算絮叨两句,也是有限的。虽然他自己家有洗衣机,但他还是会把需要手洗的衬衣捎回来,让母亲没事的时候慢慢搓,满足母亲被需要的幸福感。

赵桂荣有个习惯,洗衣服之前,都会掏掏口袋。杜天河衣服口袋里,最多的就是舞厅门票和卡拉 OK 票,就都掏出来,夹在卫生间的镜子上。郭俐美看见了,就拿去送人情。有些人情小,不值得送礼,或是想跟谁套个近乎,杜长江也会拿去送人情。

虽是小恩小惠,也为杜长江两口子拉拢了不少好人缘,但两人约法三章,歌舞厅的票,可以送人,送不完的,扔,他俩谁也不许去!

杜长江觉得自己老婆,被陌生男人脸贴脸地搂着,想想都别扭,尤其是听说有的舞厅为了招揽客人,还会每隔一段时间,搞个黑灯五分钟。心怀叵测的舞客们就会趁机上下其手,女的,也不一定会拒绝翻脸。而郭俐美觉得,但凡能进舞厅和陌生男人搂着跳舞的女人,就没一个好东西,担心杜长江会被勾引坏了,也盯贼似的看着。

那是九十年代初,人们还比较传统,但凡去舞厅的,都是比较新潮的人。

那段时间,喝点墨水的人,满嘴萨特和波伏娃,好像男人女人只有进化到不需要一张结婚证还能长期在一起才能证明自己是高级的文明动物。事实却是,这两个人没有婚约地在一起,谁也没耽误了对方出去睡别人,这是后来杜长江从一本书上看来的。这本书的作者是萨特的情人之一,还是波伏娃主动把她介绍给萨特的,以讨萨特欢心。也是从那时起,杜长江就坚定地认为,所有不以结婚为目的的恋爱都是耍流氓。甚至他都怀疑,波伏娃和萨特之所以不结婚却以情侣的名义相处了一辈子,是因为他们承担不起既有婚姻还要忍不住睡另外一个人的不自由和负罪感。

杜长江一直觉得，被爱情背叛了的痛苦，是来自不被需要、被排斥的羞辱感。

因为他是男人，是男人，骨子里就不安分，他偷偷去过几次舞厅，也曾偷偷看见郭俐美去舞厅。郭俐美是和要好的同事一起，东张西望地进去的，一看就是初来乍到，有点慌张，很快就被几个舞场老油条盯上了，杜长江气得要炸，但是忍住了，没炸，因为一炸就要把自己炸出水面了。要是看见他在舞厅，郭俐美肯定也会炸，而且她炸起来的威力，比他大多了。所以，他摸了别人一帽子，坐在角落里，低低地压在额头上，一忍再忍地忍着。

在舞厅，郭俐美像误闯进舞场一样，差点扇了一个揩她油的舞场老流氓，这让杜长江很感动，悄悄提前溜了，回家，洗干净了在床上等着郭俐美，然后使劲地耕她耕她，把郭俐美耕得全身都酥成了一根面条了，事后，郭俐美躺在他胳膊上，问他今晚是怎么了。

杜长江想了想，说："我把你喂饱了，你就不想其他男人了啊。"

郭俐美打了他一下，说他不正经。杜长江说怎么不正经。拉着郭俐美坐起来，让她发誓，那些正经女人不去的地方她都不能去。

郭俐美问："什么地方是正经女人不去的？"

杜长江假装想了一会儿，说："比如舞厅呀，夜总会呀，酒吧呀……"

郭俐美心里一阵发虚，说："杜长江，你把我当什么人了？这样的地方你给钱我都不去。"

杜长江就搂着她说："这才是我的老婆嘛。"

经历了这件事，杜长江就明白了，有些事，你把它挑明了，就是事儿了。

比如郭俐美和他各自偷偷去了舞厅，本来也没什么，可一旦挑到明处，彼此都会生气，一个愤怒对方半斤，一个愤怒对方八两。在看客眼里，他们不过是臭鱼和烂虾的级别差。这种杀敌一千自损八百的事，杜长江不会干，因为他没那么愚蠢，不会去扮演博人同情的受害者，这种感觉很无能，他不喜欢。

4

杜长江怀念刚上班那会儿,进了国货,全家人的高兴劲,一点儿也不比杜天河收到大学录取通知书的高兴劲差,街坊邻居亲戚朋友也高兴,在街上见着他,都亲人似的,因为保不齐谁家有事就得找他,比如抢点内部处理货、紧俏货,买点不需要布票的布头……每天出门上班,他都像有必胜把握出门打仗的将军;每天下班回来,都像衣锦还乡。路上遇见了谁,那笑容里都有夹道欢迎的感觉……

可现在呢,在全民皆商的经济大潮冲击下,国营商业体系,简直是遍地哀鸿,走在挪庄街上,常胜将军出门去、衣锦还乡来的感觉再也没了。路上的每一个人,仿佛都很忙,都奔跑在追钱的路上,根本就顾不上他,如同他们是不曾相识的路人甲路人乙。

甚至,像老张家的这样的人,一直没工作,老张去世,就更是孤家寡人了,过着与世隔绝的日子,都晓得他和郭俐美的单位没落了。有一次,在街上遇见她,热情地拉着他嘘寒问暖,问国货还有没有奖金发,问郭俐美有没有提前回家歇着。

是啊,不仅他的单位不好,郭俐美的国棉厂更差劲,老职工们因为工龄长,工作补贴高,陆续被动员回家,说好听点儿是提前内退,厂里每月给发百八十块钱,但不用去上班。虽然提前内退还没轮到郭俐美头上,可看一拨又一拨的老同事回家歇着了,她难免兔死狐悲,哭着和杜长江说这是怎么了,厂里宁肯白发大家钱也不让大家去干活,难道我们成了人见人烦的废物?

杜长江心里那个凉啊,就像在黑漆漆的夜里,往前看,没有方向,往后看,追着一群饥饿的狼,硬着头皮往前走吧,可谁知道有什么猛兽蹲在前方? 这么想着,一股哀怨之气,就从丹田升起,觉得他和郭俐美为单位当牛做马地奉献了青春,还没老呢,就要被当成时代的药渣倾倒在路边,这种悲凉巨大而又绝望。

虽然他和郭俐美硬撑着,回家后什么也不说,可是,穷和喷嚏一样,是无法掩饰的,尤其是过年过节以及父母的生日,礼物真是要挖空心思地准备,既要看上去有面子,又要省钱,在一切都明码标价的商品社会,这怎么可能呢?

他们挖空了心思准备的礼物,都像孔雀开屏之后转了个身,总能暴露出难看的屁股。

比如今年母亲过生日,杜沧海给买了金首饰,杜溪给买了一双高档老太太鞋,而杜天河光棍一条,不擅准备礼物,直接递上一个厚厚的红包,让母亲稀罕什么自己买去,可他和郭俐美买了个蛋糕,巨大华丽,但是人造奶油的,其实也有鲜奶蛋糕,但太贵,价格是人造奶油的三倍,郭俐美就说,每年生日杜沧海都要在酒店里摆一桌,大家吃饱喝足以后,谁还吃蛋糕? 也就是摆个程序……几番争执,买了人造奶油的,可小孩子们喜欢甜点,等奶奶吹完蜡烛,吵着要吃,杜溪一刀下去,就觉得不对,问了句:"嫂子,你买的是人造奶油的?"

郭俐美登时脸就红了,支支吾吾地说:"不知道啊,你哥订的。"

杜溪显然心知肚明,但给她留了面子,估计猜到了孩子们也不会喜欢,就切了小小的四块,杨果果吃了一口就推开了,说不好吃。杜溪见郭俐美窘迫得泪都快掉出来了,忙端起来吃了,说杨果果嘴刁,好吃着呢。

家欣小,说话不溜道,她表达不好吃的方法更直接,吃进嘴里,又吐出来了,弄得满身都是,杜甫和家宝也都说不好吃,像猪大油。郭俐美的脸,就挂不住了,红着脸斥责杜长江白活了三十多岁,连个蛋糕都不会买! 杜长江低着头不说话。

吴莎莎虽然自始至终没怎么说过话,但也猜到了其中缘由,就打圆场说:"男人嘛,都这样,哪有会买东西的,有时候孩子缠得我走不开,让沧海回家路上捎把菜,他次次买的又贵又烂,就没捎对过一次!"

平时,郭俐美对吴莎莎白眼没少喂,坏话没少说,没想到她这时候能替自己打圆场,感动得要命,回家和杜长江说,以后不拿有色眼镜看吴莎莎了。

杜长江就哼,知道她不过说说而已,改天吴莎莎穿得比她漂亮,用得比她好,刺激得她红眼病一犯,照样冲吴莎莎满嘴喷梅花针。

杜沧海也感觉到了杜长江两口子在经济上的窘迫,从外地回来,经常给杜甫买东西。杜甫特高兴,见着叔叔,比亲爸还亲,这让杜长江挺不舒服的,手头窘迫,连爸爸都当得面目可憎了,等杜沧海再来给杜甫送东西,就严肃地强调,不能老给杜甫买东西,男孩子嘛,就得穷养!

杜沧海是何等聪明的人,就再没送过,可一到过年,父母给杜甫的压岁钱比杜长江一年的工资都多,郭俐美变着法儿从杜甫手里哄出来,坐在床上,一张一张地给他数,满脸的兴奋,一会儿说全新票子呢! 一会儿又说还是连号的呢! 然后,犹豫着到底存不存银行,存银行的话,连号的喜庆劲儿就没了;不存银行吧,放在家里其一会忍不住乱花,其二怕被贼惦记上一窝端了。更重要的是放在家里没有利息!

一想到利息也是一笔钱,连号的喜庆劲儿就不值得惦记了。

看着曾经心高气傲的郭俐美如今为点利息算计得好几天睡不踏实,杜长江心脏上就跟扎了钉子似的,疼,却没能力往外拔。

他知道,凭父母的收入,给不了杜甫这么大的红包,是杜沧海,想接济他们,却又怕伤着他们的自尊,就年前准备好了钱,放到父母那儿,以爷爷奶奶给孙子红包的形式,体面地转递到他们手里。

他不敢想象,这几年要是没杜沧海明里暗里的接济,家里的日子会过成什么样。

要不是家里有点存款垫着底,郭俐美娘家拆迁的时候,她就不会有那么高的姿态,说:"都给郭俐军吧,我不回去争了。"

他不忿,说了她两句:"娘家拆迁你怎么就大方成这样了? 咱家拆迁的时候,不是咱的房你都能硬给讹过来!"

郭俐美说:"我们家吃不上饭了吗? 是你在造纸厂天天被臭气熏着有得鼻咽癌的危险吗?"

杜长江承认,虽然国货效益不好,但比郭俐军待在造纸厂好点,至少他没整天披一身熏死人于千里之外的臭味。

郭俐军也知道这臭味不好,想过辞职,可又舍不得十几年的工龄,再就是三十好几了,没文化没技术,重新找份合适也有保障的工作不是那么容易,所以,臭就臭吧,认了。

第二十章
昔日重现

1

在舞厅和人打过一架后,郭俐美对舞厅深恶痛绝,觉得舞厅里的男人都是伺机作案的老流氓,女的呢,但凡不难看的,进舞厅,没有不让人揩油的时候,可宁肯被人揩油还要去,分明就不是东西,和里面的男人,就是烂货配破货,污烂到一块去了。

郭俐美不去舞厅,却去了卡拉OK厅。

那天是她生日,和要好的几个同事吹下牛了,请大家去唱歌。

她们天天在国棉厂的生产线上跑得跟比赛的兔子似的,卡拉OK厅这种高级地方还没去过,都跃跃欲试得很,老早就给郭俐美把生日礼物备好了,盼着她生日这天早点到来,好去卡拉OK厅开开眼。

生日那天,郭俐美事先调成了早班,下了班带着买好的零食饮料就直奔卡拉OK厅,要了个大包间。

刚坐下,小姐就进来让点酒水,原来赠票是管唱歌的,点歌是免费,但最低消费不包含在内,郭俐美一看酒水单上的标价就毛了,这哪里是卖矿泉水和啤酒?分明是把人关包间里敲诈勒索!不点!

可服务员说不行,进了房间必须消费。

郭俐美就说她是杜天河的弟媳妇,他们经理见着杜天河都得点头哈腰,要见他们经理。服务员告诉她,经理晚上七点才上班。总之,一句话,想在包间里唱歌就必须消费,郭俐美在心里飞快地算了一下,这一圈最低消费点下来,她一月工资都不够,就说不要包间了,去大厅唱,服务员说不行,她们已经进包间了,吧台也登记过了,如果她们这么走了,她没法交代,让郭俐美必须把最低消费的钱付了。说完,服务员就倚在门上,用一副付不起你们就别来的眼神看着她,当着同事的面,郭俐美下不来台,就抬手打了她一巴掌。这服务员也不是个好惹的,抡着手里的空托盘,和郭俐美对打成了一团。

服务员有托盘当武器,郭俐美不是对手。同事们急了,上前帮忙,七手八脚地把服务员撕了个衣不蔽体。事儿就闹大了,闹进了派出所。

2

米小粟的姐夫张晋艇两年前从部队转业了,在这个派出所当所长。

卡拉 OK 厅报了警,郭俐美和同事们被带进了派出所。杜长江一听就急了,连忙打电话给杜天河,让他给卡拉 OK 厅的经理打招呼,别追究了,都是误会。

打完电话,杜天河还是不放心,就去了派出所。见是张晋艇,愣了,虽然几年前他和张晋艇见过一次面,可这次在派出所相遇,还是郭俐美闹了这么一出,杜天河挺不好意思的。

好在张晋艇反应比较快,握着他的手,连说幸会,就把他让进了所长办公室。

杜天河讪讪笑说这事闹的。

张晋艇说没什么大不了的,他辖区里十来家舞厅和卡拉 OK 厅,三天两头出事儿,什么幺蛾子都有。像郭俐美她们,其实也没什么,就是平民老百姓,不知从哪里弄了唱歌券,就进卡拉 OK 厅,不知深浅又认不下这壶酒钱,才闹来的事,小菜一碟。

不一会儿,卡拉 OK 厅经理也来了,见郭俐美是杜天河家的亲戚,就把卡拉 OK 厅领班骂了一顿,不仅啥事没有,还给杜天河赔了一顿不是。

张晋艇这才知道,杜天河已是文化局的处长了,不由得感慨当年,说米小粟虽然称了岳母的心意,嫁给了部队上的干部,可两人一个秀才一个兵,话说不到一块去,别别扭扭的,见女儿过得不开心,戴玉兰已经后悔了,但事已至此,也只能打掉了牙往肚子里咽。

张晋艇说:"命运就是一把酒壶,酒是自己喝的,酒钱得认啊。"

杜天河听得五味杂陈,但嘴角一直挂着浅浅的微笑。张晋艇见他只是一味地笑着,就问他:"怎么样?"

杜天河说:"还那样。"

张晋艇就小心翼翼地问:"孩子多大了?"

杜天河说:"没有孩子。"

张晋艇吃了一惊,以为他是丁克或是不能生育。杜天河说不是,是没找到那个和他一起生孩子的人。

张晋艇错愕不已,问:"怎么回事?"杜天河笑笑,说:"可能是缘分不到吧。"相互留了电话,过了几天,同事在办公室接了一个电话,把话筒递给杜天河,说找你的。

杜天河接过来,喂了一声,对方没回应,只听到话筒传来轻盈的呼吸声,有种要命的直觉击中了他,讷讷地叫了声小粟,对方就把电话挂断了。

毫无疑问是米小粟。

杜天河黯然地擎着话筒,不舍得放下,仿佛,只要他这样擎着,就还会响起米小粟的声音。

整个下午,杜天河失魂落魄,十几年了啊,他无法忘记米小粟,以至于永远都无法开始新的感情,因为父母的催促和眼泪,他尝试过几次,但是,无论别人给介绍的女孩子多么漂亮优秀,和她们在一起,他都有种隔了一层玻璃的感觉,虽说像是在谈情说爱,可对方永远都无法突破那层玻璃进入他的内心。每一次,他都会把女孩子惹哭,转身而去。也曾有个勇敢的女孩子,认为可以先身体,后灵魂,只要把婚书一扯,往床上一睡,他们就会变成无数对中国夫妻中的一对。他也曾努力成全她的勇敢,直到有一次他们去看电影,女孩想亲昵一点,看着看着电影侧过头来吻他,而他正全神贯注在电影里,被突然而至的嘴唇吓了一跳,下意识地大喝一声,你干什么?就站了起来。

所有人都不看电影了,回头看着他们。女孩子错愕地看了他一会儿,捂着脸哭着跑了出去。

那是十几年来杜天河最后一次恋爱,前前后后,只有一个半月的时间。

杜天河痴痴地等了一下午,电话铃没再响。

杜天河就给张晋艇打了个电话,跟他要米小粟的电话号码。张晋艇很犹豫,没给他,说米小粟调到市图书馆去了,她丈夫莫东方是现役军人,也是他的战友,他希望杜天河明白,贸然和米小粟取得联系,有破坏军婚的嫌疑。

杜天河懂得张晋艇的处境,毕竟自己和米小粟是前恋人关系,毕竟他和米小粟的丈夫是战友,还是他们婚姻的介绍人、亲戚,若是给他电话号码,在情理上,说不过去,能告诉他米小粟在市图书馆工作就已算是网开一面了。

之后,杜天河没事就去图书馆转转,终于找到了米小粟,她在期刊阅览室。

岁月是一泓无情的水,洗掉了她脸颊上曾经的红润。现在,她看上去有点苍白,消瘦得略显羸弱,气质更沉静了。就像杜沧海跟他说的,整个人看上去淡淡的。杜天河站在她面前,好半天没说话。

她先是看见了杜天河的脚,然后是他的裤子,心冷不丁地就疼了一下,一抬头,泪就掉下来了。杜天河说:"小粟,你好吗?"

米小粟怔怔地看着他,泪飞快地从脸颊上往下流,她说:"不好,我一点儿也不好。"

杜天河说:"我也不好,我没想到没有你的日子会这么糟糕。"

见周围的人都在看他们,米小粟擦了擦泪,让杜天河找个座位坐下,找了一本关于宇宙的期刊,放在杜天河桌上。杜天河抓住了她的手,米小粟艰难地抽了出来,小声说:"我姐姐都跟我说了。"

杜天河眼睛一潮,说:"你姐还好吗?"

米小粟说:"还行吧,跟我说你的事的时候,她哭了,说是我们家对不起你。"

杜天河说:"这么多年过去了,我最痛恨的人是我自己,当年我以为自己是在维护父母的尊严,现在看,没有你,我的单身生活成了他们心头的癌症。"

米小粟一字一顿地说:"天河,你等我,但是从此以后你不能再联络我。"

杜天河说好。

他知道,米小粟不让他联络她,其实是对他的保护,也是对她丈夫自尊的保护吧。一个男人,如果说妻子提出离婚是他的痛苦,那么妻子因为另外的男人提出离婚,就是男人的痛苦加耻辱。再者,米小粟是军婚,他们也不得不有所顾忌。

3

可是,重新发芽的爱情,让杜天河发疯一样地想念米小粟。

想得实在没办法了,就去学校找米小樱,让她帮忙把米小粟约出来。

对他和米小粟的旧情复燃,米小樱很吃惊,但不意外,去问米小粟,才知道她都进入离婚程序了,但莫东方不离,因为他觉得米小粟挺好,安安静静的,知书达理,他对这个妻子很满意。米小粟说她不满意,因为结婚这么多年,她一直觉得自己活得像个死人。莫东方就笑,说她是清闲日子过腻歪了,再要不就是在图书馆看言情小说看多了看得走火入魔了。

"那都是骗人的!"莫东方说。觉得米小粟傻得真是不可理喻。

米小粟就去了法院,但莫东方还觉得她不过是使女人的小性子,没当真,上庭时说他们俩感情基础很好,婚姻生活也很好,死活不离。这要是普通离婚,一审判下来,过半年再起诉,基本就判离了,可军婚不适用这条法律,只要莫东方不答应,离婚就要无限期地拖下去……

米小粟很绝望,就睡到了女儿床上,和莫东方分了居。莫东方很生气,曾经半夜里潜入女儿的房间,试图强行把米小粟抱回床上,米小粟又打又咬,没得逞,他这才知道米小粟是铁了心要和他离婚了。

原本挺威风一军人,老婆却死活要离婚,挺伤面子的,就问米小粟他到底是怎么惹她了。

米小粟淡淡地说:"我神经衰弱,你睡觉打呼噜,我睡不好,都抑郁了。"

莫东方就到处打听治疗呼噜的偏方,咬牙,还跑医院去做了个小手术,果然不再打呼噜了,让米小粟回床上睡。米小粟被逼到了死胡同里,只好说:"莫东方,你别这样,我已经不爱你了。"

莫东方觉得这种说法很好笑。照米小粟这说法,好像爱情就是一只动物,看得见摸得着,某天睡醒了,突然发现它不见了,就要离婚,就笑着说:"米小粟你闹够了没有?"

米小粟说:"我没闹。"

莫东方说:"你都闹上法庭了,我没跟你计较,你还想怎么着?"

米小粟说:"以前我就不爱你,可我没勇气说,但现在我有勇气了,我就是不想像个演员似的稀里糊涂过一辈子。"

莫东方感到耻辱,是的,非常地耻辱,这个和他结了婚生了孩子的女人居然说以前就不爱他,那么,她为什么要和他结婚? 这不是耍他吗? 就火了,说:"米小粟你想侮辱我也要有个底线,你不爱我和我结什么婚?"

米小粟说:"以前我就告诉过你,我不想恋爱也不想结婚,是你非要和我结婚的,你说你非常自信结婚后一定会让我爱上你,可是,结婚这么多年了,我并没有爱上你,所以我不想凑合了。"

莫东方感觉很毁灭,好好的日子,米小粟怎么能说不过就不过了呢? 就和她找别扭,和她吵,有几次,几乎要动了手,问米小粟是不是外面有人了。米小粟说没有,莫东方不相信,好好的两口子,说离就一定要离,肯定有故事,他盯米小粟的梢,暗中跟踪她,却什么破绽也没找到。

两人就这么耗着。

米小粟跟杜天河说:"委屈你再忍忍,我和他婚内分居两年就可以离了。"

有时候,杜天河实在是太想米小粟了,就去市图书馆借本杂志,一坐就是一个下午,也不说话,趁人不注意的时候,相互用目光抚摸对方。

每当这样的时候,杜天河就能感觉到米小粟的目光,如同柔若无骨的手指,温暖地抚摸过他的头发、他的额头以及他的胸膛、他的心脏,让他幸福得恨不能就地躺在地板上,尽情享受这精神上的抚摸。

这样久了,米小粟的同事看出了端倪,因为杜天河从不和米小粟说话,他们也就无从知道杜天河和米小粟的关系,只是觉得,这个男人怪怪的,很花痴,拿本杂志,一坐就是一整天,也不见他翻几页,就知道痴痴地看着米小粟。就有同事好心地提醒米小粟:"小心这个男人。"

米小粟吓坏了,这才知道,原来,眼神永远撒不了谎,就让杜天河以后别来了,免得被同事们看出来,尤其是在她闹离婚的关口,很容易风雨满城,这对离婚不利。

杜天河虽有一万个不情愿,但觉得米小粟说得对,也不想给她造成精神压力,就不去市图书馆了。

4

晚上,杜天河一个人待在家里,没有工作分散精力,就呆呆地仰坐在沙发上,一夜一夜地想米小粟,想得满脸是泪,也会给米小樱打电话,打到家里,听她说说小粟的事,仿佛也能解一点相思之苦。

米小樱和米小粟的声音很像,说着说着,杜天河就忘了电话那端是米小樱,叫成了小粟。把米小樱叫得一愣,脸就红了。张晋艇问是谁,米小樱说杜天河。

张晋艇不高兴,很后悔把遇见杜天河的事告诉米小樱,也怪米小樱多事,不该要了杜天河的电话给米小粟,这跟往平静的湖里扔一块石头没什么区别,破坏性太大了。自从米小粟提出离婚,莫东方就很抓狂,常找他喝酒诉苦,让他通过米小樱了解一下,米小粟是不是外面有人了。

张晋艇隐约觉得米小粟要离婚和杜天河有关,问米小樱,米小樱矢口否认,很坚决。说真的,他愿意相信米小樱,因为一旦米小粟真是因为杜天河才要和莫东方离婚的,他有洗不脱的责任。如果不是他告诉米小樱碰巧遇上了杜天河,米小粟和莫东方的婚姻虽然算不上幸福,但也没差到非要离婚的程度,这让他觉得,自己在莫东方的痛苦里,扮演了一个很不光彩的角色。所以,米小樱接杜天河的电话,他很反感,说如果说王婆对西门庆和潘金莲的奸情,起到了推波助澜的作用,那么米小樱现在扮演的角色,就是王婆!就是没有道德底线!就是狼狈为奸!

米小樱知道,没人愿意成为别人人生的罪人,张晋艇也是,就撒谎说杜天河和她联系,是当地政府想和驻青岛高校联合推出文化项目,正好他是项目负责人。

张晋艇将信将疑,说:"谈项目你们就谈项目,少提小粟,何况最近她闹离婚,正是敏感时候,就别火上浇油了,要不然,对不起莫东方。"

米小樱是女人,对爱情有天生的不切实际的浪漫幻想,再加上她对杜天河印象很好,就只是嘴上答应了张晋艇,让杜天河以后把电话打到单位,否则张晋艇会起疑心的,倒不是疑心她和杜天河,而是疑心米小粟的离婚和杜天河有脱不了的干系,这样的话,不管是对米小粟还是杜天河,都没好处。

杜天河表示理解。

作为一个挣扎在婚姻与爱情旋涡里的女人,米小粟也远没有她自己以为的那么坚强。

比如说,她会想念杜天河,想他想得管不住自己的时候,就给他打传呼,在图书阅览室,在众目睽睽之下,不好说情话,更不好说约见面的话,就说一串数字,那串数字,是见面时间,地点是固定的,是米小樱学校后面的山上,这样,一旦路上遇到熟人,也好解释,她是去找米小樱的,不容易引起怀疑。

他们在学校后山见了,大多是坐在石头上,望着远处的海,或是躺在草坪上,看白云悠悠,说说彼此近况,流泪,唏嘘一番,然后再回到各自苦行僧一样的生活中。

有时候,他们也会叫上米小樱,一起吃顿饭,亲人一样聊聊家常。

这样隐秘而疯狂的幸福,持续了半年多,就出事了。

第二十一章
别了，亲爱的米小粟

1

那天，是米小粟生日，莫东方原本想借这机会和她修好，早早把孩子送到了戴玉兰家，订了饭店，还买了礼物，说下班后去接米小粟。

米小粟说不用了，她早就和姐姐约好了，晚上一起吃饭逛街看电影。

莫东方很生气，就打电话问米小樱，是不是这样。米小樱说是的，她也劝过米小粟，可她听不进去，谁都拿她没办法。

其实是杜天河想给米小粟过生日。

米小粟怕莫东方起疑心，就撒谎说和米小樱在一起，米小樱本不想去，却又知道莫东方最近疑神疑鬼的，怕米小粟说了和自己在一起，莫东方会跑家里去看看，如果她在家的话，就露馅了，只好去给他们当电灯泡了。为了不让米小樱多跑路，杜天河特意把饭店订在了米小樱学校对面的麦岛。

那时候，麦岛还属郊区乡下，虽还没开发，可随着城市逐渐东移，已相当繁华，沿香港东路两侧，是村民自己盖的两到三层小楼，装修漂亮，大多开成了饭馆，主打菜系是刚上岸的原生态海鲜，但凡对吃有点讲究的人，请客都会选择麦岛，虽然价格不菲，但海鲜新鲜，也有面子。

怕遇见熟人，杜天河特意选了个不靠马路的饭店，在二楼订了包间。

为了给两人多点时间和空间，米小樱快八点了才去。杜天河和米小粟眼睛红红的，肯定是哭过了，就唏嘘了半天，都快十点了，米小樱说不早了，该回家了。杜天河要送两人回家，米小樱说莫东方疑心很重，盯得也紧，没这必要。

米小粟也坚持不用。杜天河就跟米小樱说："我送你没事吧？"

米小樱家在老城区，离麦岛三十多公里，没直达公交车，十点多了一个人往家走确实麻烦，米小樱就说可以。杜天河让她先在酒店等会儿，他去送米小粟打出租。

麦岛的街灯不多，黑暗中，杜天河握着米小粟的手。米小粟低着头，无声地落泪，把杜天河的心掉得碎碎的，好半天才来了一辆出租车，杜天河拉开车门，看米小粟上车，目送车子钻进看不到边的夜里。

杜天河是在送米小樱回家路上出的事。

当时已是夜里十一点，北方城市的青岛，街上几乎看不见人影，车子也好半天才过一辆，米小樱担心自己回去太晚了，张晋艇会生气，就催杜天河快点。

杜天河就狠踩了一下油门。

他们是在辛家庄出事的，那一带正在大搞基础建设，一到晚上，满载的渣土车轰鸣着往外跑。

在一个丁字路口，杜天河的车和突然驶出的渣土车迎面相撞……

杜天河只记得米小樱尖叫了一声，车子打了几个滚，就什么也不知道了。

等他醒过来，已经是第二天上午，全身打满了石膏，头上也缠满了纱布，又闷又黑，什么也看不见，他想说话，可发出的只有呜噜呜噜的声音。

然后，他就听见开门的声音，人往这边跑的声音，母亲哭着喊他名字的声音。

他知道自己还活着，想扯下挡住眼睛的东西看看自己究竟是在哪里，手却动不了，就急得不行，试着动身体其他的部位，也动不了。感觉全身就像被注射了麻醉药，关在了一个壳子里，与世隔绝了。他绝望地大喊，却只能发出含混的啊啊声。

不知过了多久，他听见了张晋艇的愤怒咆哮，被人撕扯着，忽近忽远。他才想起来，米小樱坐在副驾驶位置，好像没系安全带，不知道她怎么样了，是否活着，心里就急得要命，却又问不出话，正五内俱焚着，就听母亲哀求张晋艇："不能,我家天河我知道,他要是那种人,这些年得多少姑娘的父母找上门来算账,不是,肯定不是……"

张晋艇压根儿就没听进去,咆哮着说他不听这些,铁的事实摆在那儿!原先他还敬杜天河是条汉子,没想到他如此猥琐不堪!

赵桂荣还在这这那那地不成句地说着,但他明显能听出来理亏气短的滋味,正困惑的时候,就听张晋艇咆哮,让赵桂荣给他个解释,杜天河努力想听清他到底要让母亲解释什么,声音却越去越远了,他急得不行,又动不了,只能在无尽黑暗的禁锢中,心急如焚。

2

是的,当交警从路边绿化带中找到昏迷的米小樱时,他们几乎可以确定,这是一起因为在驾驶过程中行为不检点才造成的车祸。

渣土车司机也说,事发前,他看见杜天河的车子,像喝醉了酒一样在路上摇摇晃晃地向他撞来。

杜沧海说:"不可能,杜天河不是这样的人!"

但是,没人能解释为什么米小樱会赤裸着下半身躺在绿化带里。

米小樱摔断了一条腿,腰椎骨折,交警在绿化带中找到她时,她就已昏迷了,但没有生命危险,送医院后直接进了手术室,做了三个小时的手术,送到病房没多久就醒了。

出车祸时,她恍恍惚惚记得,车子被渣土车顶得在马路上翻了好几个跟头,自己被一股强大的惯性给撕出了车窗,是的,她能准确地感受到那种力量,是撕扯着,把她拉出了车窗,落地时她的腰和一条腿狠狠地砸在了道边石上,然后,在一阵钻心的疼痛中,她失去了知觉。

米小樱张望着雪白的病房,看见了米小飞,就气息虚弱地叫了一声哥。

米小飞说:"醒了?"

他声音有点冷,心事重重地看着她,好像很生气,但又隐忍不发的样子。

米小樱想,大概是因为车祸,是她和杜天河一起发生的吧,还庆幸地想,幸亏出车祸的是自己而不是米小粟，要不然，她和杜天河的事肯定就暴露了，说不准杜天河就会因为破坏军婚而被拘留。

正这么想着，张晋艇从外面进来了，身上带着浓重的烟味，黑着脸，很愤怒，似乎用尽了全身的力气，在忍着、按捺着，不让自己砸烂这世界。

她艰难地微微笑了一下，说："对不起啊，老张，我跟你撒谎了。"

下班前，米小樱给张晋艇打电话说不回家吃饭了，因为今天是米小粟生日，因为正和莫东方闹离婚，米小粟心里很苦闷，想和她说说话。张晋艇也没多想，就说去吧，只是让她早点回来，因为孩子马上要期末考试了，如果回来得早，还可以给她辅导辅导功课。

但她不知道自己被找到的时候赤裸着下体，甚至，他们找遍了事发现场也没找到裙子和内裤，更不知道严重疲劳驾驶的渣土车司机为了推卸责任而撒了谎，人们的猜测和渣土车司机的谎言，相互印证，已把她和杜天河的关系推向了肮脏不堪的境地。

张晋艇看着她，半天没接她的话。米小樱以为他还在为自己撒谎而生气，就虚弱地笑笑。张晋艇却突然爆炸似的说了一句话："你好好养着吧，等你出了院，我们离婚！"

米小樱急了，说："我都跟你道歉了，我没说和杜天河一起吃饭，是怕你又嫌我多事。"

她本想把事实真相和盘托出，可又怕她一坦白，米小粟和杜天河的婚外情就暴露无遗，更何况张晋艇一直反对她掺和米小粟和杜天河的事，就忍了忍，没说。

张晋艇额头上青筋暴起，只是恨恨地瞪着天瞪着地。米小樱一肚子冤枉没地儿说，让他弄得惶惶的。米小樱伤成这样，张晋艇还不依不饶地大发雷霆，这要搁以往，米小飞早火了，但今天没有，本着息事宁人，他推着张晋艇往走廊里去，边走边说："晋艇，小樱伤成这样，不是说狠话的时候。"

米小樱也委屈，不就瞒着他掺和杜天河和米小粟的感情纠葛掺和出事儿来了嘛，至于闹到离婚这步吗？就赌气地喊了声哥。

米小飞回头看看她，还是跟张晋艇出去了，好半天才回来，站在床边，一副欲言又止的样子，说："你……唉！"

好像有些话,羞于出口。

米小樱说:"我怎么了? 哥,你说啊。"

米小飞捶了床沿一下,说:"这个杜天河,他简直就是我们家的灾星!"

话音刚落,米小粟进来了,两眼肿得通红。她望着米小樱,眼泪扑簌簌往下落,哽咽得几乎直不起身子,说:"姐,我不信。"

米小樱就更是云里雾里了,说:"你们这到底是哪儿跟哪儿? 都把我弄糊涂了。"

米小粟还是哭着说:"我不信,你和天河不是那样的人。"

米小樱说:"哪样的人?"

米小粟说:"他们说天河打着追我的幌子和你好。"

米小樱满脑子都是打雷声,说:"小粟,你说什么? 你再跟我说一遍。"

外界风起云涌的传言,米小粟就从头到尾说了一遍,大意是杜天河当年和米小粟好,也是因为看上了米小樱,奈何米小樱已婚,但杜天河还是坚持和米小粟谈恋爱,原因是只有这样才会有机会,也方便见米小樱,最后杜天河主动和米家翻脸,就是因为知道娶米小樱无望而决定绝尘而去的手段,但这么多年他一直忘不了米小樱,所以才一直单身,直到后来又和米小樱联系上,却还是拿着米小粟当幌子,把米小粟骗惨了,米小粟当了真,回家跟丈夫离婚,直到昨天夜里,杜天河在车里和米小樱调情调出了车祸,才掀开了这一真相……

米小樱听得像听天方夜谭,突然明白了张晋艇为什么会愤怒成即将爆炸的样子了,就问米小粟:"这也太传奇了吧? 小粟,你信吗?"

米小粟哭着说:"姐,他们发现你的时候,你下半身没穿衣服。"

米小樱瞠目结舌,喃喃地说:"不会吧?"

米小飞也痛心疾首,说:"都这样了,你要说你俩没事,谁信?!"

米小粟说:"我信。"

米小飞突然火了,吼道:"十几年前你就信他是这辈子唯一能给你幸福的男人,可事实呢? 他完全可以娶你,给你想要的幸福,可是,是他自己放弃了! 都这样了,你还袒护他!"

3

随着杜天河和米小樱出事,关于杜天河、米小粟、米小樱的故事,坊间流传了无数个版本,就像一千个人读《王子复仇记》就有一千个不一样的哈姆雷特,每个人口中都有一个自己解读的杜天河,虽然杜天河和米小樱身受重伤,但在满街汹涌的谣传里,最惨的是米小粟,最痛苦的是张晋艇,最无辜的是莫东方。

人们认为,张晋艇的痛苦来自:这么多年以来,他生活在天衣无缝的谎言里。莫东方的无辜在于:他的妻子心里一直装着别人,但这个别人是个骗子。大家都觉得,只要米小粟迷途知返,他们就可以像被万恶的生活骗苦了的熊孩子一样,抱头痛哭一场,重新开始他们新的人生航程。

可是,米小粟让大家失望了,她不承认自己被骗了。她像疯狂而又固执的堂吉诃德,孤军奋战,挑战舆论的风车,并试图扭转它的方向,证明:米小樱是无辜的,杜天河和她米小粟的感情是真挚的。

但她一个人的力量,太微弱了,微弱到了这声音还没有发出去,就被风卷回来,啪啪地抽在她脸上。

杜天河在重症监护室躺了一周,被推出来的当天,眼上的纱布也拆掉了,他看见了憔悴得不像样的老父老母以及心急如焚的杜沧海。

一看到他的脸,赵桂荣就哭了。因为杜天河毁容了,他眼睛周围缝得就像在拼凑一块支离破碎的布,完全是靠针和线勾连在一起的,眼睛往下,脸上一个血痂一个血痂的,是碎了的前挡风玻璃扎到肉里去了,医生用镊子和钳子一块一块地挖出来了,以至于他的脸看上去千疮百孔,狰狞得好像被人拿着当足球踢了不下十场。

赵桂荣哭够了他的脸,就说:"天河啊,你怎么能干出这么没廉耻的事来?"

杜天河还以为母亲说的是他和米小粟的事,就说:"妈,我欠了小粟的,得还她。"

赵桂荣说:"我要是小粟,我都恨不能一头撞死算了!"

杜天河想笑,可嘴角一动,脸上就一阵剧痛,好像刚结痂的伤口又要被撕开,没笑成，就别扭地歪了歪嘴角，觉得母亲肯定是认为他做了米小粟婚姻的第三者，拆散了她的婚姻，很不道德，他想说，妈，你的观念陈旧得太迂腐了，还停留在一百年前。看看母亲满眼的痛心疾首，就知道说了无益，人的认知，是很难改变的，尤其老了以后。

一直站在门口黑着脸生气的杜建成，有气没地方撒，突然扬手，一巴掌就打在了杜沧海脸上："都是你！要不是你把车给他，他做的丑事也不至于张扬得满城风雨！"

杜天河就惊了，说："爸，我和小粟的事情，和沧海有什么关系？"

杜沧海也纳闷，问："哥，你真不知道？"

杜天河说："什么我知道不知道？"

杜沧海想了想，就让父母先出去一会儿，然后掩上门，问杜天河："发生车祸前，车里到底发生了什么事？"

杜天河说："什么事也没有啊，就米小樱催快着点，说要回去帮女儿检查作业。"

杜沧海说："你两个没在车里……那个？"

杜天河没回过神来："哪个？"

杜沧海一脸难堪地说："就是那个……男人和女人的那个……"

杜天河就恼了，满脸的伤口胀疼成一片，似乎齐齐要跳脚重新绽开，就怒道："沧海！你还把我当人吗？"

杜沧海默默地看着他，慢慢地坐下来，两手捂着头说："米小樱被发现的时候下身一丝不挂。"

杜天河就蒙了，也倏然就明白了父母的愤怒，喃喃地说怎么会这样。

杜沧海说事实就是这样，然后又把交警怎么发现米小樱以及渣土车司机的话说了一遍，杜天河顿时就恨不能浑身上下的伤口都化成嘴把这一切说清楚，却是徒劳。

半个月后，米小樱出院，留下了后遗症，右腿瘸了。

在出院后的第二天，张晋艇把一纸离婚协议拍到了她的面前，她看着这张纸流了几分钟的泪，拿起笔，签了字。

而米小粟，依然在坚持不懈地要求离婚，莫东方觉得搞笑极了，整座青岛市的人都知道这是一场拿她当掩人耳目幌子的骗局，她还要执着地离婚，跳进这场早已根本就不再需要她的骗局中去。

米小粟很平静，说不管这是不是骗局，她只需要一个交代。

莫东方问她："需要一个什么样的交代？"

米小粟说："给爱情一个交代，我的爱情不能死得肮脏不堪，不然我会死不瞑目。"

莫东方拿她没办法，说："好，我给你自由，让你去交代，但是你得答应我一件事。"

米小粟说："你说吧。"

莫东方说："如果你离婚了，杜天河娶的是你姐而不是你，你要陪我去杜天河的单位，当着他全局人的面扇他两个耳光，吐他脸上一口唾沫。"

米小粟说："可以。"

他们就把婚离了。

离婚后，米小粟跟杜天河要车钥匙，说要去修车。

杜天河还没出院，他躺在病床上，说："都该撞报废了吧，修什么修？"

米小粟说："车是你弟弟的，人家将好车借给你，你撞坏了就得给修好了还回去，报不报废那是杜沧海的事。"

杜天河觉得也是，就把钥匙给了她。

米小粟拿着钥匙，趴在他脸上看，好像要把他看进自己生命里似的。杜天河让她看得心酸，捧着她的脸说："小粟，你相信我。"

米小粟点头的时候，泪掉在他脸上。杜天河就捧着她的脸，温柔地笑着说："我变丑了。"

米小粟摇摇头："在我心里，你一直都那么好看。"

杜天河说："在心里好看不行，得面上也好看，等将来我去整容，要不然，你挽我胳膊上街，人家得说这男人多大的款啊，丑成这样还娶了个这么漂亮的小媳妇，为了不让人家把你当成傍大款的，我也得把容整了。你想我整成什么样？周润发？刘德华？"

米小粟就泪光闪闪地笑,说:"我还要原来的你。"

杜天河说:"别呀,整了一顿,就整个帅的。"

米小粟搂着他的脖子,贴在他脸上,过了好半天才说杜天河的脸是她今生今世看到的最英俊最帅气的一张脸。然后,就去修车了。

4

修了整整十天,车终于有了原来的样子,在从修理厂提出车的当天晚上,米小粟穿着和米小樱出事当晚一模一样的上衣和裙子,在同一个地点,以同样的速度撞向了一辆渣土车。

没系安全带。

因为米小樱出事的那天晚上也没系安全带。

米小粟像米小樱一样,随着巨大的惯性,被撕扯出了车前挡风玻璃,是的,她明显地感觉到了破碎的车前挡风玻璃像一双张着尖利指甲的手,剥掉了她的裙子、内裤,然后,她重重地落在了渣土车的前方,划着车的前脸,滚落到地上。

只是,她没有米小樱幸运,抢救一天一夜,终因大量内出血后造成的心脏衰竭而去世。抢救过程中,杜天河一直攥着她的手,一遍遍地问:"小粟,小粟,为什么?你为什么要这么傻?"

自始至终,米小粟没再说一句话。

想说的,都写在遗书里了,决定开车去撞渣土车前,她写好了遗书,包里一份车里一份,一模一样,像她对杜天河的爱情,在十几年以前和十几年以后的一模一样。

遗书是公开的,也是写给杜天河的。

天河:

如果我幸运,这封信,你永远不会看到。假如你或其他人看到这封信,我想,我已经死了,或者濒临死亡了吧。是的,我知道你们会说我疯狂,怎么会想到去重现那天晚上的车祸。

天河，姐姐，我相信你们，可是没人相信我。我必须这么做，如果车祸之后我和姐姐的情况一样，那就说明，如果人穿的是裙子，在车祸发生的瞬间，挡风玻璃确实会扯掉人下身的衣服，那么，请你们相信，姐姐和天河，是清白的。

姐姐，你那么疼我，为我做了那么多，我必须还你清白。天河，你那么爱我，爱得这么多年来都形单影只，我必须还这份爱情以干净。

多么希望，当我还姐姐以清白，还爱情以干净之后，还有机会亲手撕掉这封信，拥抱你们。

小粟

米小粟走的时候，嘴角一直挂着微笑，当杜天河把一枚戒指缓缓套上她的无名指时，米小粟落下了在这个世界的最后一滴泪水，在清亮的阳光里，泪水飞快地滑过她苍白而安详的面庞。

既没宗教信仰也不迷信的杜天河在米小粟去世以后，决定买一块墓地，墓地选好了，钱不够，去找杜沧海，说要带他去一个地方看看。

他说得隆重而又神秘，就像挖地的农民发现了一个宝藏，忍不住要炫耀又怕知道的人多了会去抢。

杜沧海就跟他去了，在即墨县境内，是一片陵园。

杜天河选了一块墓地，是双穴的，在整片陵园里，占地面积最大，地理位置也是最好的，背靠着高高的山脊，漫山遍野的松林一直蔓延到陵园边上，晚风乍来，松涛阵阵，站在墓穴的位置，可以看见每天早晨的太阳，从东南方向的海面上升起来。

杜天河说："小粟最喜欢看海上日出，宁静、祥和而广阔，仿佛未来有无限希望。"

杜沧海知道他想买这块墓地，环视了一圈，说："确实好，你买吧。"

杜天河点点头，说米小粟活着的时候，他们没能在一起好好过一天日子，等去了另一个世界，他一定要补偿她，每天早晨陪着她看日出，再也不分开。

杜沧海很难过，想起了那个在阳光下递给他一根冰糕又摸摸他头的米小粟，想起了那个偷偷塞给他几张电影票让他去看电影的米小粟，还想起了很多很多个娴静而又美好的米小粟，如今，她在命运的颠沛流离中变成了一把灰，在这片山岗上，静静地等待她的爱情在几十年后再次光临，然后，在这里承接阳光雨露，看云起云落，看沧海桑田，归于永久的沉寂。

杜天河说，他找了整整一个月，找到这里，一眼就看好了。当时，他是骑着自行车来的，站在山脊下，望着漫山遍野的松林，在心里说，小粟，如果你也喜欢这个地方，就给我一个回应。很奇怪，原本在阳光下寂静无声的松林，突然松涛阵阵，他的泪就下来了。

杜沧海问多少钱。

杜天河说九万，他手头只有两万多块，就想到了杜沧海。说着，惭愧地笑了笑，说："你看，咱家不管谁，一旦有事自己解决不了，就会想到你，我枉当了这个大哥。"杜沧海就笑，说："哥，你们觉得这是麻烦，可我挺高兴，说明你们没和我见外，说明我对这个家还有点用处，人活一辈子，被需要，才有点意思。"

杜天河笑，过了一会儿，又说如果是他自己，随便刨个坑埋了或扬到大海里都行，可是，有米小粟，不行，他不能再让她受委屈了，必须让她睡在最好的地方。

杜沧海在心里长叹了一声，说是啊。也明白杜天河拉他一起来看墓地的原因，知道他对米小粟的感情，不亚于亲姐姐杜溪，知道米小粟的死对他造成的打击，更知道他肯定是愿意为米小粟做点事的。

兄弟两个默默地在山岗上坐了半天，杜天河说："我真没用。"

杜沧海就把手搭在大哥背上，望着远处的海说："哥，你知道吗？当你说和小粟姐散了的时候，我比自己失恋了都难过，特别想揍你一顿。"

杜天河点点头："那会儿年轻气盛，没想到分手之后我们各自的人生会这样，要早知道，当年我宁肯回家跪在爸妈跟前让他们打我一顿发泄怨气也不和小粟分手！"

可是，人生的悲壮，就是有太多无法更改的前情，而你还忍不住一遍遍泪流满面地假设如果回到从前……

回了市区，杜沧海去银行提钱转存给杜天河，要转九万。杜天河说要七万行了，杜沧海知道在钱财上他是个矜持的人，要不是为了米小粟，他绝不会在钱上和自己开口，也就没再勉强他。

第二十二章
生活永远比戏剧精彩

1

米小粟去世后,杜天河沉浸在痛苦中不能自拔,休了三个月的假,在米小粟墓地的旁边,租了一个农家小院住着,白天上山发发呆,和米小粟说说话,晚上,念叨着让米小粟到梦里来。

杜沧海每次回青岛,都要到山上去看他,陪他说会儿话,几个月而已,杜天河的头发,白花花成了一头刀光剑影。杜沧海心里,也很黯然,催他休完假就回单位上班。杜天河已是万念俱灰,说米小粟没了,活着,对他来说已经失去了意义,他既不求升迁也不求前途,行尸走肉而已,何必那么认真呢?

杜沧海就火了,说再这么下去,他整个人就毁了,如果只有他自己,随便他毁,他屁都不放一个,可是他还有老父老母。他问杜天河,知不知道父母在家一提起他就泪流满面,因为父母都很愧疚,愧疚当年他们太注重面子上那一套,非要去米家表达什么敬意,结果把杜天河和米小粟的婚姻给敬毁了。

杜天河也咆哮,说其实有时候他也生父母的气,甚至恨他们!本来,他和米小粟都已经商量好参加集体婚礼的事了,他们家也不干涉,可父母非要去米家表达什么敬意!其实,往深里想,他们想表达的,并不仅仅是对米家的敬意,还有他们作为穷人的自尊,想让米家看看,虽然他们是大粪场旁边的挪庄人,但是他们有礼有节,并非米家人认为的穷凶极恶上不了台面!如果不是他们的死要面子,他和米小粟一定结婚了,一定是幸福的,孩子也该上小学了,可就因为他们要面子,不仅这一切都没了,小粟的命也没了!

杜天河咆哮得泪水横流,被杜沧海一拳打倒在炕上,杜沧海说:"哥,谁想这样?咱爸妈想这样?还是你我?可是,你想没想过,性格决定命运?!如果不是你过分强调自尊,当场和张晋艇动了手,被戴玉兰赶出来,会这样吗?就算被戴玉兰赶出来,如果你能放下你那所谓的自尊,主动去找小粟姐,会是今天这样吗?我告诉你,杜天河,你要还是个男人,还有点良心,你就没有自甘沉沦的理由,因为,你还有年近七旬的老父母!你这样会让他们心碎你知不知道?我第一个不答应!"

杜天河仰面躺在炕上,一动不动地瞪着天花板。杜沧海商量也不和他商量,把他的东西收拾了一下,塞了满满一行李箱,拖着就上车等杜天河。

没一会儿,杜天河蔫蔫地来了,上了车,开出去几十米,又喊停。杜沧海停了车,回头看他。杜天河不声不响地下了车,回了院子,过了一会儿,怀里揣了只兔子出来了,说有一天在小粟墓地旁发现的,很小。估计是兔子妈妈被老鹰或是黄鼠狼之类的天敌吃了,它惊慌之下逃到了墓地里,他养了两三天了,很奇怪,它就是不吃东西。杜沧海回头看了一眼,说这是野兔,野性大,家养是养不活的。杜天河说是吗,杜沧海嗯了一声,说放了吧,带回市区是要它的命。杜天河就恋恋不舍地把小兔子放进了路边的树丛。

回市区,杜天河到单位埋头忙了一阵,攒下的事情处理完了,又开始想米小粟,想和她有关的人和事,就想到了米小樱,想到了她因为自己而破碎的婚姻,如今,米小粟用生命还了他们俩清白,也不知张晋艇是什么态度。就给米小樱打了个电话,问她和张晋艇怎么样了。

米小樱匆忙说还那样,很含糊。杜天河捉摸不透这个还那样是怎么样,就问米小粟的遗书给张晋艇看了吧,米小樱说要上课了,以后再说,就把电话挂了。

杜天河也没多想,以前给米小樱打电话,也有过这么几次,说着说着,米小樱到点该去上课了,就会挂电话,但上完课回来,会打回电话,跟他继续说,但这一次没有,都快下班了,杜天河也没等到她的电话,就给打了过去。同事说米小樱出去了,下午不会回来了。

杜天河就想,涉及婚姻,尤其是离婚复婚这种个人隐私,大概米小樱不愿当着一办公室人的面聊吧?下班以后,就直接去了她家。

等到了,杜天河才想起来,她家是部队上分给张晋艇的房子,如果没复婚的话,她不会住在这里。但觉得米小樱和张晋艇以前没矛盾,离婚也纯是因为误会,现在误会消除了,复婚的可能性很大,就敲了敲门。

开门的是一女的,年轻、漂亮,媚眼如丝,穿着一条灯芯绒的孕妇裙,怀孕没多久的样子,她愣愣地看着杜天河,可能被他脸上坑洼不一的伤疤吓着了,讷讷的,一脸害怕,语无伦次。杜天河也愣了一下,以为自己走错门了,说了声不好意思,转身要走,却听见张晋艇在里面大声问:"谁啊?"

女的回头说:"不知道,敲错门了。"说着,要关门。杜天河忙一手撑住了,问:"这是张晋艇家?"

女的说:"是啊。"

杜天河一脸纳闷地说:"那……你是?"

女的说:"我是他对象。"说着,把门开大了点,冲里面说:"晋艇,找你的。"

杜天河大吃一惊:"你们结婚了?"

女的自自然然地笑着说:"再有五个月,晋艇都要当爸爸了。"

女的边说边给杜天河拿了一双拖鞋,让他换上,杜天河没换,呆呆地站着,看着从里屋出来的张晋艇。

张晋艇没想到是杜天河,显得很尴尬,大老远伸着手说:"是杜处啊,什么风把您给吹来了。"

杜天河不动声色地说:"是你前妻那阵风。"

杜天河这么直言不讳,女的也愣了,好像害怕了的样子,往张晋艇身后躲了一下,小声问:"这是谁啊?"

张晋艇微微冲她偏了一下脑袋,说:"就是和米小樱一起出车祸的那个。"

女的低低地呀了一声,好像终于见到了传说中的奸夫淫妇的样子。杜天河指了指女的,问张晋艇:"你俩好了很长时间了吧?"

张晋艇不愧是见惯了各种场面的人,打着哈哈说:"杜处,今天我们就不说个人私生活问题了吧?"

杜天河说:"张晋艇,如果不谈个人私生活问题,和你这种人渣,我还能有什么好说的?我真没想到你是这样的人,我他妈的痛心,米小粟把命都豁上了,就是为了证明你老婆的清白,可她没想到你是个这么肮脏的人,根本就不配'清白'这两个字!"

"够了!杜天河!你别在这儿给我装义正词严,就你和米小樱那点破心思,瞒得过我?当年你和米小粟恋爱的时候就惦记着米小樱,别以为我看不出来,她对你也没少动心思,要不然就不会不顾父母的反对让米小粟带你一次次地到我们家吃饭!"张晋艇满脸恼羞成怒,一副随时要暴跳如雷的样子。

杜天河没想到,为了自己那点虚弱的道德感,张晋艇居然能信口开河到这程度,扬手就是一拳,把张晋艇打得一个趔趄倒在了沙发上。铺天盖地的愤怒让杜天河浑身都有使不完的力气,跳上去,骑在张晋艇身上,左右开弓地打,仿佛把张晋艇打成肉酱都不能解心头之恨。女的吓坏了,捂着脸尖叫,拿起电话要打110,被张晋艇喝住了,他一把攥住杜天河的手,盯着他说:"杜天河,你打够了没有?"

杜天河又打了他一拳,咆哮道:"没有!"

张晋艇一个鲤鱼打挺,把他从身上掀下来。杜天河倒在了茶几上,杯子稀里哗啦掉了一地,张晋艇从茶几上抄起水果刀,逼在杜天河脖子上,一字一顿地说:"杜天河,你知不知道,现在如果我一刀捅下去,完全可以说是正当防卫。"

杜天河突然就落了泪,说:"你捅吧,你捅了我会谢谢你。"说着,就闭上了眼,他从没像今天一样,觉得自己的人生罪孽深重,如果不是当年他逞一时之强,他和米小粟就不会分手,也就不会有后来米小樱的离婚,没有米小樱的离婚,米小粟就不会为此深感自责而纵身向死也要还她清白,而且是个毫无意义的清白。

张晋艇还是松开了手,颓然地坐在沙发上,看着躺在茶几上泪流满面的杜天河,黯然地说:"杜天河,我什么都不想解释,我只想告诉你,我没你想象的那么卑鄙,我们也不像你想象的那样。"

杜天河却一下子跳起来,抓住张晋艇握刀子的手,死命往自己胸口扎,张晋艇吓坏了,拼命地往外挣手,说:"杜天河,你是不是疯了?"

杜天河一边把他握刀子的手往自己胸前按,一边说:"是,我疯了!张晋艇,你正当防卫吧,杀了我吧!"说着,就一翻身,把张晋艇压到了身底下,还是抓着他的手往自己胸口刺,张晋艇一边挣扎一边喊,让女人快打110。

2

警察冲进来的时候,张晋艇被杜天河压在身底下,与其说他手里还攥着刀,不如说是杜天河抓着他的两手攥着刀正拼命地想往自己胸口扎。

警察七手八脚地把杜天河从张晋艇身上拉起来,问张晋艇怎么回事。张晋艇气喘吁吁地坐起来,说杜天河是个疯子,非逼着他杀了他。

杜天河被带到了派出所,一副生无可恋的样子,问什么也不说,后来,警察就从他的传呼机上找到了杜沧海的电话号码。杜沧海不想吓着父母,就给米小樱打了个电话,让她赶紧过去看看,自己这就开车往回赶。

是米小樱把杜天河从派出所领走的,两人走在黑漆漆的路上,杜天河突然叫了声小樱姐,泪就落了下来,说:"谢谢你来见我。"

米小樱说:"以后别这样了,不值得。"

后来,他们溜达进东方饭店斜对面的一家咖啡店,要了两杯咖啡。

他们抿着咖啡,掰了很多幸运饼,一种形状像饺子的烤点心,空心的,里面的馅是一张预言性质的字条。他们看了一张又一张的预言,好的、坏的、幸福的、伤感的,都有。

米小樱说:"你信吗?"

杜天河说:"不信。"

米小樱说他和米小粟刚分手那会儿,米小粟天天拉她来这吃幸运饼,总希望会有一张字条告诉她,杜天河马上就回来找她了。

杜天河问:"她吃到过我会回来找她的字条吗?"

米小樱说:"吃到过很多,每一次她都高兴得流泪,但每一次你都没有来。后来,我觉得再这么下去,她就毁了,就答应了张晋艇,撮合她和莫东方相亲。和莫东方见面的前一天晚上,她吃光了这里所有的幸运饼,希望吃到你还爱她的字条,很奇怪,那么多字条,没有一张说你们的爱情是会复活的,她很绝望,哭了。现在看,如果说幸运饼里真的藏着神谕的话,那天晚上的神谕是准确的,到死,你们的爱情都没真正复活。"

杜天河歪着头,看橱窗外的人来人往,这曾都是他瞧不起的凡俗人生,而他的米小粟,却连拥有一份这样人生的机会都没有了。

米小樱说:"以后不要去找他了。"

杜天河哽咽着嗯了一声,说:"对不起,我不知道事情会变成这样。"

米小樱倒是淡淡地笑了,说:"这就是命运的迷人之处,你永远无法预知前面的路上有什么在等着你。我已经看淡了,人生不是一条路,是一片黑漆漆的旷野,不管往哪个方向走,都有无限的可能,没有一条路是绝对正确的,也没有一条路是绝对错误的,往前走吧,总有希望的。"

杜天河问张晋艇和那女的是怎么回事。

米小樱说她不想知道,很多人试图告诉她这件事的来龙去脉,都被她拒绝了。杜天河问为什么。米小樱说我不想自取其辱。

杜天河就明白了,没再提,这就是知识女性的性格,感情的事,既然俱往矣,不可回溯,提了也是徒劳的羞辱与伤悲。

米小樱看了一会儿杜天河,建议他去整整容,杜天河说不,这是他留在米小粟眼里最后的样子,怕整了容,去天堂米小粟会认不出。

3

虽然接到派出所电话的当晚没赶回来,第二天一早,天刚蒙蒙亮,杜沧海就给还在睡梦中的大狮子留了一张字条,开车回青岛了。

那段时间,杜沧海差不多每十天就开车往返一趟青岛,在家陪老婆孩子玩两天再返回温州,也都会带些南方土特产去夏敬国家里坐坐。

每次,夏敬国都会有意无意地说起他不在时吴莎莎的各种情况,比如,她经常招呼人回家打牌,特别吵;周围邻居都有意见;经常把孩子留给保姆自己跑出去玩……让杜沧海回家提醒提醒,牌可以打,但要注意影响,家里男主人不在,牌搭子最好是女的,男的少往家里招惹。杜沧海就不自在,觉得自己来,在夏敬国看来,有打听自己不在时吴莎莎言行举止的意思。甚至,夏敬国以为杜沧海能把房买到他楼上,也是对他的信任,他当然要恪尽职守。

天地良心,杜沧海真没这意思,又不能挑明了说,怕夏敬国尴尬,只好他一说到类似话题,就岔开,甚至替吴莎莎辩解说,她虽然是青岛人,可亲友不多,就一个父亲,还说不到一块去,所以,她愿意找人回家打牌就回家打牌吧,权当她消遣寂寞了。

其实,杜沧海对吴莎莎召集人回家打牌这事还是很反感的,可一转念,不让她去跳舞,再不让她打牌,让她干什么?

人活着,工作是为了挣钱,吃饭固然是第一要素,还有一个原因是人总得有点事打发着,要不然多无聊。所以,吴莎莎愿意打牌就打吧,但别在家抽烟。

杜沧海不抽烟不喝酒,对烟酒味特别敏感。

每次他一踏进家门,汗馊和烟草掺杂在一起的味道,就扑面而来,让他想起了八十年代初,他汗流浃背地拥挤在肮脏的火车上来回奔波的生涯,每一口呼吸里,都充斥着汗酸、口气和劣质烟草混合在一起的味道。远离那种生活环境以后,再回头去看,还是很不堪的,尤其是躺在干干净净的酒店大床上的时候,会觉得当年的自己真扛造,这一路,究竟是怎么摸爬滚打过来的?

人活着,都在用自己擅长的方式寻找存在感,科学家用行业领域内的知识,艺术家靠艺术天赋,做生意的靠金钱的积累,现在,他凭自己的努力,可以过上干净舒适惬意的生活,可吴莎莎却把家弄得让他一进门就想起了那些肮脏不堪的岁月。

汗馊和烟草混合的味道,在杜沧海的味觉意识里,就是穷苦不堪、毫无体面可言的劣质人生的味道。

如今,这味道天天充斥在他的家里,他的孩子们也浸泡在这味道里。

杜沧海不胜其烦。

这次回来,是因为杜天河,事发突然,就没告诉吴莎莎,到家已是下午了,开了大半天车,人又累又乏,一打开门,关在家里发酵了好久的乌烟瘴气伴随着搓麻将的稀里哗啦声扑面而来,杜沧海下意识地捂着嘴,大声咳嗽了两声,麻将声

126

戛然而止。

透过缭绕的烟雾,他看见吴莎莎傻了一样看着他,拿在手里的牌都忘了放下,杜沧海进门,把手包往沙发上一扔,乌烟瘴气中几个打牌的人面面相觑一会儿,彼此丢个眼色,落荒而逃一样地走了。

吴莎莎小心翼翼地起身,送大家到门口,又小心翼翼地关上门,怯怯地看着杜沧海。

杜沧海把家里的窗都打开了,脸上带着几分不悦,看着吴莎莎:"这就是我不在家你过的日子?"

吴莎莎自知理亏,闷闷地撒着娇说:"人家在家闷得慌嘛。"

杜沧海毫不客气地拉开大门,冲着门口大声说:"看看!你都往家招了些什么玩意儿?!把咱家当什么了?麻将馆吗?有钱玩就去麻将馆开房间,没开房间给我滚蛋!滚远点!"说完,砰地甩上门,虎视眈眈盯着吴莎莎,"我在外面做生意是为了让你们活得更好点,可你怎么能让孩子们天天泡在这种下三烂的味道里?!"

吴莎莎天天在这样的环境里待着,已习惯了,闻不出异样,认为杜沧海突然回来,就是因为不信任她,是突然回来查她岗,结果撞到了她在和朋友们搓麻将,就气急败坏,懊恼得很,觉得在杜沧海眼里,自己真成了谣传中的放荡女人,就满腹冤屈地跟杜沧海吵了起来,说杜沧海不信任她,要离婚。杜沧海指着满地板的烟灰说:"你在家把日子过成这样,我再怎么信任你?我知道你在家闷,你也可以找朋友玩,可你不能把家弄成猪窝!你闻闻这家里还是人的味道吗?"

吴莎莎使劲抽了两下鼻子,说:"不是人的味道还能是奸夫淫妇的味儿?"

杜沧海怔怔地看着他,突然地,一句话也不想说。

吴莎莎抓起麻将牌,扔得满地都是,说:"杜沧海,当初是你死皮赖脸非要娶我的,我没拿刀架脖子上逼你,你要后悔了就明说,我给你腾地方!"

杜沧海心里的崩溃,就跟雪崩似的,每当他要对吴莎莎表达不同意见时,吴莎莎都会引申到当初,说当初她谁也没想拖累,是杜沧海非要当英雄,现在,他过够了英雄瘾,就要猪八戒甩耙子,把她扔在半路上。

吴莎莎说得一把鼻涕一把泪。杜沧海只有投降的份儿,举起双手,说:"我投降,我真没那意思,是我不对行了吧,我不该说咱家味儿不好,我也不是怀疑你,我就是讨厌别人在咱家抽烟,你也知道我爸抽烟抽得那么凶,家里整天乌烟瘴气,我就特别反感,也在心里起过誓,将来无论如何我都不能抽烟,这味儿太难闻了。”

吴莎莎就噘嘴,表示勉强信了。

4

杜沧海匆匆出门,去见了杜天河。他已没事,在局里上班。

杜沧海把他叫出来,说晚上一起吃饭吧。

杜天河说不了,想一个人待着,眼神灰灰的。

杜沧海有点怕,一个人可以凶可以愤怒可以激动也可以悲伤,有这些情绪,说明对这个世界还有期望,有继续人生的愿望,只是难以接受当下,度过情绪高峰期后,也就没什么了。可杜天河的样子,已是万念俱灰,厌弃了这个世界,从楼顶上飞下来、纵身跃进黑漆漆的大海,都是指不定什么时候就会发生的事,怕吓着父母,又不敢跟他们说。温州那边,就大狮子管前不顾后的脾气,一个人顶几天可以,时间长了,不敢指望,就只好跟杜溪说,没事多陪陪杜天河,别让他一个人待着。

杜溪问怎么了,杜沧海就把张晋艇其实在和米小樱离婚前就有了婚外情,而且第三者已经怀孕的事说了。说这件事对杜天河的打击,比米小粟的死,一点也不小。如果说米小粟的死,对杜天河来说是爱情以撕心裂肺的方式失去,那么,张晋艇早就有外遇,却要以杜天河和米小樱有染为由离婚,又飞快地和已怀孕的第三者结婚,对杜天河来说,就是对人性的绝望,他无法相信人可以如此卑劣而虚伪,并深深地为自己和张晋艇这样的人同为一种叫人的动物而感到羞愧……

杜溪既生气又心疼杜天河,让杜沧海放心,最近她会以果果学习成绩下降了为由,让杜天河下班就过来给果果补课。其一,有事忙着占着他心思;其二,身边有亲人陪着,心里总能多些宽慰。

杜沧海的心,这才稍稍踏实了。傍晚回家,家里已经收拾干净了,空气中还飘着空气清新剂的香味,心情就好了许多。夜里,吴莎莎把身子往他身上靠,可奔波了大半天,再加上让杜天河的事弄得,挺没心情的,又怕不回应,吴莎莎会多想,就用毫无激情的身体走了一遍程序。

后来,他想,那天晚上,与其说是做爱,不如说是应景的交配,质量不高,而吴莎莎发出的兴奋的声音,不过是讨他开心的表演,他听得出来也感觉得出来。

做爱做到后来,吴莎莎几乎没有分泌,那种没有润滑的肉体的相互摩擦,除了痛楚是无法给人带来快感的。

第二天早晨,他看见阴茎上有一块指甲大小的地方都磨红了。

吴莎莎应该也很疼吧?可是,为了哄他高兴,她还要假装快活地大喊,突然地,他就有些心疼吴莎莎,除了他和孩子,她真的是一无所有,这么想着,就去厨房给吴莎莎和孩子们做了早饭,盛好了粥端着往外走的时候,吴莎莎穿着睡衣,倚在门上,忧心忡忡地看着他,见他回过头来,吴莎莎显得有点猝不及防,匆忙换上了一脸微笑,接过他手里的稀饭碗,说:"怎么起这么早?"

杜沧海说:"醒了,睡不着,就起来了。"

吴莎莎放下稀饭,从背后搂着他的腰,说:"沧海,你不会不要我了吧?"

杜沧海就笑,说:"说什么傻话呢。"

吴莎莎就倚在厨房门上,看着他忙活,眼里泪光闪闪地说:"你知不知道?"

杜沧海说:"什么?"

吴莎莎说:"丁胜男出来了。"

杜沧海就觉得脑子里唰啦一声,好像一道幕布被人拉开了,说:"她啊……"

接下去,不知该说什么好,因为吴莎莎那么确凿地知道他是喜欢丁胜男的。杜沧海边从筷笼里拿了筷子,边想怎么回答才不会引起吴莎莎的警惕,一直到坐下了,却又说成了她啊。见吴莎莎眼里有了幽怨,就笑笑,说:"她找你了?"

吴莎莎嗯了一声。

"打牌?"

"找你。"

杜沧海心里又轰隆一声,指着自己的鼻子说道:"找我?她找我干什么?"

"借钱。"吴莎莎喝了一口稀饭,把碗重重地放在桌子上说,"就没见过像她这么脸皮厚的女人,上门来大言不惭地就说找你,把我当什么了? 把孩子们当什么了? 好像她进去是因为你似的!"

杜沧海不知道该怎么接茬儿才好,就没说话。吴莎莎又说:"跟我要你的传呼号,我说你没有,她说那就把大哥大号码告诉我。"

杜沧海飞快地从吴莎莎的叙述里猜想丁胜男现在的样子,却怎么也拼凑不起来。吴莎莎见他不吭声,有点警惕:"该不是已经找到你了吧?"

杜沧海说没有。吴莎莎说那你怎么不说话。杜沧海说:"我在想她现在变什么样了。"吴莎莎啧啧了两声,说:"还那样,脸上那妆,化得可浓了,跟京剧里的青衣花旦似的,这要晚上出来,能吓人一跳。"

在阔别七年之后,丁胜男的形象,在杜沧海脑海里,一下子就活了起来,他想着丁胜男原本略黑的皮肤,化了浓浓的妆的样子,大概像《小二黑结婚》里的小琴她妈吧? 皮肤黑,扑很多粉,又扑不好,就活脱像驴粪蛋上下了一层霜,就喷然地笑了,但又一转念,丁胜男怎么可能是小琴她妈的样子? 她虽然黑,但皮肤细腻,缎子一样光滑,以前在学校做课间操的时候,丁胜男就在他左前方,他常常能看见太阳光打在她缎子一样的皮肤上,散发着栗色的迷人光芒,让他总有伸手摸摸的欲望。

吴莎莎警惕地问他笑什么。

杜沧海就说让她说的,想起了《小二黑结婚》里的小琴她妈。说完了,自己在心里呸了一声,想在男女的事儿上,男人真天生是骗子,譬如现在,他还没见着丁胜男呢,就开始对吴莎莎撒谎了。

吴莎莎就笑了,大约听杜沧海这么想丁胜男,就是对她已全然没好感了的表现吧。一会儿,小兰也起来了,见杜沧海把早饭做好了,挺不好意思的,做饭带孩子,本是她分内的事。但杜沧海觉得无所谓,招呼她坐下一起吃,说这两年,自己在家的时间少,多亏了有她帮着吴莎莎,他才能安心在外面做事业。

被家主夸了,小兰很感动,好像老黄牛一样兢兢业业了一辈子的人,终于有人看见了她的丰功伟绩,眼睛都湿润了。

吃完饭,杜沧海不想回温州,想帮小兰把孩子送幼儿园去,再回父母那边看看。吴莎莎说约了朋友,就不去了。

第二十三章
彷徨

1

去学校送了家宝和家欣,回家路上,小兰突然吞吞吐吐地说:"大哥,有个事我也不知道该不该和你说。"

杜沧海说:"什么事?"

小兰说:"你别说是我说的。"

杜沧海觉得事情有点严重,就说:"你说吧。"

小兰说:"我觉得李向东不是个好东西。"

李向东?杜沧海第一次听说这名字,但从小兰顺口就来的口气来看,她对李向东的熟悉一点也不比自己这男家主少,就问李向东是谁。小兰好像很奇怪他不知道李向东是谁,就说:"吴姐的照片都是他拍的啊。"

杜沧海就知道了。吴莎莎说过,她认识一个摄影师,在一家杂志社当摄影记者,平时很闲,有一间摄影工作室,经常天南海北地拍照,给她拍了不少照片。

李向东给吴莎莎拍的照片他都看过,确实很有感觉,墙上都挂满了,床头柜上也摆了十几本影集,装的全是李向东给吴莎莎拍的肖像。他从没多想,是听吴莎莎说过,李向东比她小六七岁,不知为什么,在杜沧海的概念里,只要女人比男人大六岁以上,他就感觉是安全的,不会往男女的事儿上想。

睡觉前吴莎莎总会抱着影集满脸自恋地看,他都没多想,觉得女人嘛,都这样,喜欢自欺欺人,把漂亮当饭吃。可今天听小兰这么说,好像吴莎莎和李向东不仅仅是摄影师和顾客的关系,就故作轻描淡写地说:"李向东的照片拍得不错。"

小兰说:"他老花吴姐的钱。"

杜沧海哦了一声,说:"是吗? 他不是有工作吗,怎么还花你吴姐的钱?"

小兰说:"吴姐说搞摄影这爱好可烧钱了,要去外地拍照,还要买器材什么的,反正,他一买东西就拉着吴姐去,吴姐每次都抢着给他付钱,有时候他还跟吴姐借钱。"

杜沧海心里轰隆轰隆的,但面上不动声色,说:"这你吴姐没跟我说过。"

小兰说:"他可会说了,还经常跟个小孩子似的跟吴姐撒娇,可我觉得他就是个骗子。"

杜沧海问她是不是经常见李向东。小兰嗯了一声,说有时候吴莎莎去拍照片,家欣小,要跟着,她就跟着一起去了,都是李向东给吴莎莎拍,她和家欣在旁边玩,有时候也会给她和家欣拍几张。

杜沧海虽然气,但表面上还要装出一副风轻云淡的样子,说:"没事儿,你吴姐也不是个小孩子了,别人骗不了她,他给你吴姐拍了那么多照片,你吴姐买点东西还人情也是应该的。"

小兰就小声嘟哝说:"他给吴姐拍照都是收钱的。"

杜沧海努力压着内心的怒气,不动声色地问:"知不知道今天你吴姐约了什么人?"小兰说:"就是李向东,说是要搞摄影展,让她帮着挑相框去了。"说完,又小声嘟哝:"什么帮着挑相框,还不是让吴姐去付钱。"

杜沧海什么也没说,等到了楼下,让小兰回家,自己在车里坐了一会儿,等心气平静些了,才给吴莎莎打了个电话,问她在哪儿呢,要去接她。

吴莎莎在的地方很嘈杂,言语间的气息也很慌乱,说正陪朋友逛家具城,让杜沧海不用管她。

杜沧海说好。挂了电话,想了想,吴莎莎也没撒谎,相框一般都是在家具城的装饰品区,青岛家具城不多,最大的是海博家具城,那儿东西最多也最全。杜沧海估计他们肯定是去了那儿,就开车去了,把车停好,戴上墨镜就进去了。

家居装饰品在负一楼,才转了一半,果然就看见了吴莎莎和一年轻帅气也特别有艺术气质的年轻男人站在一起,杜沧海猜他就是李向东了。

吴莎莎正在让家具城的人把选好的相框打包装箱,服务员开好了小票,递给李向东,李向东看都不看,眼睛盯着吴莎莎。服务员似乎明白了怎么回事,转而把小票给了吴莎莎。吴莎莎接过来看都没看,就往收银台走。

收银台前面还有两个人在排队,吴莎莎站在后面,按开大哥大看了一下时间,并没发现站在身后的杜沧海。

轮到她了,她把小票递给收银小姐的时候,杜沧海一把接过来,说:"我来。"

吴莎莎傻了一样,看着他,半天才说:"你……你怎么来了?"

杜沧海说:"我看你的照片有不少没往相框里装的,就想来买几个,顺道接你回家。"

吴莎莎慌得不行,怔怔地看着他,半天脑子回不过弯来。杜沧海交好了钱,拉着她的手,往李向东站的地方走去。

显然,李向东也在纳闷这是突然冒出个谁来,盯着他眼都不眨一下,到了跟前,吴莎莎才总算缓过点神来了,手忙脚乱地介绍说:"沧海,这是李向东,我的照片都是他拍的,他想做一个肖像系列的摄影展,拉我来帮他挑挑相框。"

杜沧海嗯了一声,冲李向东伸出了手,不动声色地说:"我是你吴姐的老公,杜沧海。我看了,照片拍得不错。"

李向东也终于缓过神来了,和他握手:"杜大哥,久闻您大名。"

杜沧海笑笑,说:"什么大名,社会上摸爬滚打的小虫一个。"说着,把收款小票递给服务员,看看地上的几箱相框说:"送哪儿?我开车给你送去?"

李向东没想到杜沧海会这么大度,忙说不用了,他约了一朋友,待会他开车来拉。

杜沧海哦了一声,说:"挑相框的时候,你朋友怎么没来?"

李向东说:"他有事。"

吴莎莎已经听出了杜沧海话里的讽刺,就拉了他一下,说:"沧海,没咱的事了,走吧。"

杜沧海扒拉开她的手,看着李向东,一字一顿地说:"以后,需要用钱了,跟我说,别糟蹋了这副好皮囊,你爹妈把你生成这样,就是为了让你吃软饭的?"

李向东显然没想到杜沧海话锋会转这么快,被抢白得脸一阵阵发白:"杜大哥,不是跟我开玩笑吧?"

杜沧海说:"我从来不和地痞无赖开玩笑!会拍几张照片你就成艺术家了?去找个茅房撒泡尿照照你这德行,吃软饭吃到我杜沧海家里来了!我告诉你,以后别让我看见你,否则,我他妈见一次打一次!"

说完,杜沧海一把拽起吴莎莎的手腕,怒喝了一声:"走!"

吴莎莎吓得大气都不敢喘,像做贼被捉了手腕的小贼,不敢有半点反抗,被杜沧海拽到车前,拉开车门,塞进去。

杜沧海砰地关上车门,站在原地恨恨了片刻,才绕到前面,坐在驾驶座上生闷气,吴莎莎怯怯地看了他一会儿,小心地从后面探过身子,把着驾驶座的靠背小声说:"沧海,你别瞎想,我就是觉得他给我照相照得好……我和他,真没事。"

杜沧海也知道他们真没事,就像他和丁胜男真没事一样,可是一想起丁胜男,他的身体,总会下意识地产生生理反应。他相信,吴莎莎能一次又一次地给李向东充当钱包,肯定也有这成分,她和李向东没事,那一定不是她想没事的,而是李向东抓住了女人的心理,一次次欲擒故纵地利用她,其实,就精神意义上来说,这比吴莎莎真和他上了床还让人恶心。因为这意味着他这做丈夫的已不能满足吴莎莎的精神需要,李向东才是她的异性精神教主,只要他稍微一主动,吴莎莎会毫不犹豫地和他上床,至今没上,只是李向东不屑而已,而她还在贼心不死地给他当钱包。

一想到这里,杜沧海特别想揍吴莎莎一顿,怎么就这么贱呢?

但他还是忍住了,把拳头攥得嘎巴嘎巴响,从小经常挨大吴揍的吴莎莎都吓哭了,说:"沧海,你别这样,你要讨厌他,以后我就不和他来往了。"

杜沧海没说话,黑着脸开车回家,到走,都没和吴莎莎说话,只是自己简单收拾了一下,就回温州了,送他出门的时候,吴莎莎站在门口,怯怯地看着他,杜沧海头也没回。

开着车,沿着黑龙江路开出青岛市,满心满肺不能言说的悲怆,在胸口发酵,觉得堵得慌,就在路边停下了车,想平复平复情绪再走。

他放倒了驾驶座靠背,仰躺在车里,歪头往外看,见一家公司门口张灯结彩的,好像刚开业,门口两侧各摆了一排花篮,很俗,但蛮喜气洋洋,他定定地看了一会儿,刚想往回收目光,就见大门口走出来一人,前呼后拥的,看着面熟。

杜沧海愣了一下,又抬头去看红色彩绸掩映着的公司招牌,就见上面写着薛氏运务公司,心下怦然一动,想,莫不是薛春峰的公司?前几年就听说他养了不少车,生意越做越大,这都成立公司了,就推开车门,仔细打量众人簇拥着的中年男人,果然是薛春峰。

现在的薛春峰已不再是十几年前那个拉着板车满世界跑的薛春峰了,优渥的生活,让他胖了不少,西装革履,俨然已是大老板的派头。

老友相逢,让杜沧海忘记了家中的不快,大步走向前,叫了声师傅。

杜沧海没怎么变,薛春峰一眼就认出了他,一愣,就笑了,来跟他握手,又跟他介绍了身边的几个人,问他最近忙什么呢。杜沧海就说在温州做旅游鞋批发。

薛春峰就哦了一声,说都这么多年了,怎么还小打小闹地做小买卖?言语里,有不屑的成分,杜沧海多少有点不舒服,呵呵笑了两声,说做惯了这行,一时没找到其他适合做的行业。

薛春峰还是哦,说男人嘛,要有雄才大略,不管能不能做好,关键是你得敢想,才敢去做。说着,指了指他身后的集装箱场站,说:"看见没?我的,这要十几年前,咱俩一人拉一辆板车的时候,我敢想今天?"

杜沧海让他说得,很自惭,忙说薛总雄才大略,那不是一般人能比的。

薛春峰让他到办公室喝茶,杜沧海看出了送客的意思,忙说不了,他尽量争取在上半夜之前赶到温州,就要告辞,薛春峰这才突然想起来似的,摸了一张名片给他,让他下次再回来给他打电话,一起吃饭叙旧。杜沧海说好,也拿了一张名片给他,就告辞上车了,发动汽车的时候,从后视镜里瞥了一眼,就见薛春峰用小指轻轻一弹,不易觉察地把他的名片轻轻地弹到了路边,杜沧海心里咯噔声,就觉得一阵热血往脑门上涌,咬了咬牙,忍着没发作,一脚油门,轰地走了。

一路上,想薛春峰约他所谓下次回来一起坐坐,不过是客套话,要不是刚才瞥见他把自己的名片当废纸弹到路边了,他都差点当了真。或许,在薛春峰心目中,他们已经不是一路人了,他家大业大,是大老板了,而杜沧海还是小商小贩,只不过把地方换到了温州而已。

回了温州,大狮子见他脸色不好,问怎么了,杜沧海不想跟他说吴莎莎的事,否则,和他说了,就等于是告诉了杜溪,告诉了杜溪,就等于是告诉了全家,家里人本来就对吴莎莎印象不好,他不想雪上加霜,就说没什么。

大狮子说:"没什么,你脸黑得跟包公似的?"

杜沧海就把杜天河把张晋艇打了的事说了,大狮子捶着床沿说:"这才他妈的真是贼喊捉贼呢! 便宜这王八蛋了!"

2

后来,杜沧海想,其实薛春峰扔掉他的名片,对他的刺激还是很大的,鞋业批发城的房租合同期满了,原本,他是想续签的,可是一想薛春峰说男人要敢想敢做时的口气,胸口有一股气在涌动,很不甘,也想证明自己并非鼠目寸光的小商小贩,就和大狮子说不想在温州干了,大狮子是个恋家的人,在温州漂了两年,早已心生倦意,就应声附和说,对,把生意挪回青岛去做。

可杜沧海想到的,却不是把生意挪回青岛这么简单。他跟大狮子分析,这几年随着旅游鞋市场的看好,全国各地冒出来不少鞋厂,作为北方鞋业市场集散地的温州,功能已被逐渐分化,这是他不想继续在温州经营鞋业批发城的最主要原因。当然,虽然温州逐渐失去了鞋业集散地的领军地位,但旅游鞋的市场还是在的,只是被全国各地的更多厂家瓜分了而已。杜沧海的意思是去俄罗斯做旅游鞋批发。

那会儿,苏联刚刚解体,俄罗斯物资匮乏,是去拓展市场的好机会。大狮子说这两年他们在温州,自觉欠下了老婆孩子很多,这又要往俄罗斯跑,等他回来,说不准果果都不认识他这爸了,不想去。

杜沧海试着劝了几次,大狮子油盐不进,最后,索性连鞋业批发城的业务也不帮他打理了,离合同到期还有好几天呢,就一个人回了青岛。

鞋业批发城的房租合同虽然到期了,但还有部分库存没处理完,杜沧海又在批发城的旁边租了个小点的门脸,批一赠一地处理了两个月,才把库存清出来,收拾收拾就开车回青岛了。

车一进青岛市区,心,莫名地就不安了起来,以为是连夜开了一千多公里,累了,就在路边把车停下,想闭眼眯一会儿。一闭眼,吴莎莎的样子,就幻影似的出现了,她幽怨地看着他,怯怯地,好像做了对不起他的事情。

是的,杜沧海最不喜欢的就是吴莎莎眼里的怯怯,会让他觉得自己不好,好像他是心坚如铁的恩主。哪怕吴莎莎不会撒娇,至少也要像丁胜男似的向他撒野,那样,他才能找到自己是她男人的感觉。

可吴莎莎从来都不会。

杜沧海发动车子,直接去了父母家。

杜建成老两口很高兴,给杜天河打电话,让他回家吃饭,杜天河正忙着接待来访的俄罗斯艺术团,回不来,杜沧海一听,忙接过电话,说他正想去俄罗斯做生意,让杜天河忙完不管多晚,都过来一趟。

快九点了,杜天河来了。

杜沧海跟他打听俄罗斯艺术团的人对中国商品感不感兴趣。杜天河说,别提了,俄罗斯轻工业产品严重匮乏,演员喝完的矿泉水瓶子都舍不得扔,要带回去用。

一听俄罗斯的物资都匮乏到了这程度,杜沧海去俄罗斯做生意的信心就更加坚定了,当晚就联系了温州的鞋厂厂长,说国内的旅游鞋市场已经饱和,但他想转移到俄罗斯,过几天回去和他们商量合作方式。因为国内旅游鞋市场竞争激烈,鞋厂厂长们没一个不为销售犯愁的,听杜沧海这么说,都开心得不得了,恨不能杜沧海这就连夜驱车赶过来签合同。杜沧海说不急,他要先做好前期市场调研,只要有市场,大家就都有钱赚。

杜沧海车后备厢里放了十几双旅游鞋,原本是带回来送人的,都拿给了杜天河,让他送给俄罗斯艺术团的人,顺便试探一下这种鞋在俄罗斯会不会有市场。

第二天晚上,杜天河去了杜沧海家,说俄罗斯艺术团的演员拿着鞋,感动得眼泪都快掉出来了,非要见杜沧海一面,当面表达感谢,被杜天河拦住了。

杜沧海问俄罗斯人喜不喜欢旅游鞋,杜天河说喜欢,俄罗斯冬天冷,春秋两季也比较长,适合穿旅游鞋。杜沧海的决心,就暗暗下定了:"去俄罗斯!"

吴莎莎在一边听着,这才知道,杜沧海昨天晚上回来先去了公婆那边,竟然跟她一字没提,心里也凉凉的,但也没说什么,以为等杜天河走了,杜沧海会跟她解释为什么昨天要睡在公婆那边。

但杜沧海没有,打了几个电话就出门了,也没说去哪儿。

吴莎莎的心,就像一口气吃了十个冰激凌。

其实,杜沧海是不愿意在家待。

自从在家具城看到了吴莎莎和李向东,杜沧海就觉得没法和吴莎莎的目光形成对流了,会有些不安、无措,甚至慌张的恼怒。

但又不愿意让吴莎莎看出来自己是不愿在家待,才故意打了几个电话,装作事情很多的样子,其实是去了即墨路。

他去温州之前,就把即墨路的摊位转出去了,现在回来一看,即墨路上的元老,不少都转行干别的去了,就找了几个还算熟的聊天,说起去俄罗斯做生意的事。有人说,卖袜子的老孙,也去俄罗斯了,一火车皮一火车皮地往俄罗斯贩猪肉,发大了,地上有一百块钱都懒得捡。

利好的消息越多,杜沧海的信心越足,想说服大狮子和他一起去。大狮子不干,说人这辈子,不能光会挣钱不懂得享受,这几年钱挣得也可以了,他不想撇家舍业,要守在老婆孩子身边享几天安逸福。

这意味着他要和合作了十几年的大狮子分道扬镳,杜沧海很落寞也很难过,回家后晚饭也没吃就上床睡了,吴莎莎以为他身体不舒服,要给他捏捏,他翻了个身,说不用。

吴莎莎心里难过,觉得杜沧海不是以前的杜沧海了,满鼻子满眼都是对她的厌倦,在床边怔怔地站了一会儿,转身走了,在客厅沙发上坐着生闷气。

家宝数学题里的一个字不认识,拿着书来问她,被她呵斥了一顿。家宝委屈得咧着嘴巴哭。杜沧海本来就烦,听着吴莎莎的河东狮吼和家宝委屈的哭声,就从房间出来了,抱起家宝问怎么了,家宝指着书上的一个字,说这个字不会念。杜沧海耐着性子告诉家宝这个字念什么,是什么意思,家宝欢天喜地地走了。杜沧海看着吴莎莎皱眉,说:"就这么点事,你用得着冲孩子发这么大火吗?"

吴莎莎说:"那我惹你了?"

杜沧海说:"好好的日子,哪儿有那么多惹不惹的?"

吴莎莎说:"那你一回家就挂一张驴脸。"

杜沧海说心情不好,不是冲她去的。

吴莎莎还是不依不饶,说:"你心情不好,我就得跟着蹑手蹑脚,整天看你脸色活着,我都快累死了!"

杜沧海和她说不清道理,每次闹别扭,只要他想据理力争,在吴莎莎那儿,就成了杜沧海捏着她短处欺负她。杜沧海也知道她心底的脆弱,所以,不管怎么争执,都不去和她讲道理,生怕讲不好,就被吴莎莎领会成挨欺负。

杜沧海就又解释了一下,说是因为大狮子,就把大狮子要单干的事说了。

吴莎莎一听也急了,说真的,虽然她对大狮子没多少好感,可是,这些年有他和杜沧海搭档,她很放心。首先,大狮子是个男的,不会和杜沧海有乱七八糟的事;再就是大狮子虽不是个善打的,可身材高大,和杜沧海站在一起,一般人不敢招惹他们;最关键是他没二心,处处护着杜沧海,有他在杜沧海身边,她放心。就像当妈的,免不了对只身在外的孩子操心,可一旦知道孩子身边还有别的小伙伴,就会踏实好多,所以,有大狮子在,杜沧海走到哪儿她都放心,况且杜沧海也习惯了有人和他搭个伴,这大狮子要不跟他干了,他一时上哪儿去找这么合适的人? 尤其是要去地域偏远的俄罗斯,单枪匹马的怎么行?

虽然这两年她和杜沧海之间,已各生嫌隙,但关键时候,她还是希望杜沧海顺风顺水,平安。

吴莎莎抓起包就往外走,说要让杜溪劝劝大狮子。

杜沧海说:"杜溪听大狮子的,劝不动。"

吴莎莎说:"那可不一定。"

吴莎莎是女人,女人就有女人和男人不一样的想法。

吴莎莎想,是男人就没个好东西,尤其是兜里有钱的男人。做了这么多年的生意,大狮子也算个趁钱的人了,可没弄出点乱七八糟的事来让杜溪操心生气,还不就是因为他和杜沧海一起干啊? 就算他有再多花花肠子也不敢当着小舅子的面使吧?

她打算把这番道理说给杜溪听听。

虽然平时杜溪都是听大狮子的,可在防男人花心这一点上,女人从来就没和男人一条心的时候。

果然,杜溪让吴莎莎说动了,死活不让大狮子单干,已经找好了生财之道的大狮子也急了,说谁单干?我还是跟别人干,做男人,就得有点气魄,要干就干个大的,整天跟着杜沧海挣那点针头线脑的钱,烦琐操心不说,还捆人,现在他要做的这买卖,忙活几天就顶以前忙活好几年。

和大狮子过够了牛郎织女日子的杜溪也心动了,又跑来帮大狮子劝杜沧海,只要把杜沧海劝动了,不也一样吗?不外是杜沧海想让大狮子听自己的,去做他看好的生意;大狮子呢,是想拉着杜沧海走他瞅准的道。不管谁听谁的,只要他俩还合在一块干,她心里就踏实。

杜沧海听他们两口子絮叨了半天,就问什么买卖像大狮子说的利那么高。

大狮子说:"你先跟着我看一趟不就明白了。"

杜沧海觉得也是,大狮子听他的跟着他走了十几年,于情于理自己也该听他一次,就答应了,但是,这一趟去,他就跟着考察市场,先不参与做生意。大狮子很高兴,说没问题,让他在家等消息。

3

过了一个星期,周六晚上,大狮子突然来电话,说今晚出发,让杜沧海到他家一起走。杜沧海问出去几天,好准备点衣服。

大狮子说什么也不用带,明天早晨就回来了。杜沧海就更纳闷了,问到底是什么生意。大狮子还是卖关子,说:"你去了就知道了。"

杜沧海只好收起满肚子的疑问,去大狮子家吃了晚饭。九点多,大狮子拉着他去了码头,杜沧海晕船,看着汪洋一片就打怵,说:"要上船啊?"

大狮子嗯了一声,让他上船以后只管听和看,什么也别问。

杜沧海说行,心里说,原来是在船上做买卖啊,就他这种一上船就晕得抱着栏杆一动都不敢动的人,还真做不了。

海上夜黑风高，船轰隆隆地开出去两个小时，就到了公海，杜沧海隐约看见前面也有一艘船正朝着这边开过来，心想不好，这不是要撞船吗？就喊了大狮子一声。大狮子嘴里咬着一根烟，很有港片黑社会的味道，嘿嘿笑着，说："没事，撞不上，过来接头的。"

这时，杜沧海一下子就猜到了，大狮子他们这是在走私。之前他听人说过，咱这边有背景的人，调动得了轮船，半夜开到公海上，走私韩国现代和大宇汽车，百分之百的利润。

杜沧海是因为贩私蹲过十五天拘留所的人，对走私很抵触，就说："大狮子，这是犯法你知不知道？"

大狮子一脸无所谓，说："老大，天掉下来，有个儿高的顶着，你怕什么？"

意思是上面有有背景的人罩着，出了事有他们打点，他们只是跟着扫扫边的小喽啰而已，没什么可怕的。杜沧海说："你知不知道，这种事，一旦东窗事发，平时号称罩着你的那个，就有本事把扫边喽啰变成顶梁柱替他们顶着塌天大祸。"

大狮子说："得了吧，老大。我发现这些年你生意做来做去硬是把胆子做小了，你当咱扫边的都是吃蠢饭长大的？我们是人精好不好？跟人家相比，咱那点钱，就是人家大锅菜里的一片菜叶子，如果不是搭上人家的便车，这种生意咱连个边边都摸不着。"

大狮子跟杜沧海干了十几年，虽然不显山不露水的，但也赚了几百万。自从有钱了，大狮子就不再是那个不被兄弟姐妹待见、不被父母放在眼里的熊孩子了，回家，谁都毕恭毕敬地尊着，尊来尊去，就把大狮子尊膨胀了，觉得自己也是个人物了，对杜沧海，虽然还是老大老大地叫，但叫出口的心境，已经不像刚开始那会儿了。

如果说一开始他喊小他三岁的杜沧海老大，是发自内心的敬仰和钦佩，那么后来这几年，作为姐大的大狮子再喊杜沧海老大，就是习惯性的，甚至是把老大当成了杜沧海的外号喊，亲昵还是有的，但尊重和钦佩的成分已荡然无存。

杜沧海比谁都清楚，大狮子这是在玩火，只是，从他轻描淡写的目光里，知道他已不再是过去的那个大狮子了，而他也不再是过去的那个大狮子眼里的老大了。

杜沧海悲凉地闭上了嘴，看着两艘船慢慢靠近，两艘船的船舷之间，搭了个桥，两个中年男人从对面船上走下来，身后跟着几个年轻力壮的男人，看上去像保镖。

大狮子的新老大也从船舱里走出来，甲板上的灯唰地亮了，雪白雪白地打在每一个人的脸上，双方老大握了手，好像寒暄了几句，有人从船舱里抬出来一个小型地磅。对方的人过来打量了一下，又用手按了按，大概觉得没问题了，做了个OK的手势。大狮子的新老大朝后挥了挥手，大狮子他们就抬出几个大箱子，看上去很沉，抬着的人很吃力，脚步都趔趔趄趄的。大狮子打开箱子，杜沧海才发现，里面是用塑料袋装着的一袋又一袋的钱！

大狮子他们把钱从箱子里掏出来，用透明塑料袋装着码到地磅上，像粮食贩子称粮食似的，拿上又拿下地称了几次，终于称完了，对方船上的龙门吊才把汽车一辆一辆地吊上这边的船。

杜沧海后来才知道，因为这是走私，账不能走银行，点现钞又太浪费时间，他们就测算好了，十元一张的钞票，一公斤是多少，按照这个比例，称重付钱。

这种像过磅粮食一样的付钱方式，深深地震撼了杜沧海，这也是他第一次，突然觉得，钱其实不是钱，而是游戏环节中的一个道具。

4

第三天，大狮子兴致勃勃地来家里找他，让他猜猜这趟挣了多少钱。

杜沧海看了他一眼，说："我不关心你挣了多少钱，我只希望你以后不要托付我照顾我姐。"

大狮子有点恼，说："老大，有你这么咒人的吗？"

杜沧海说："我不是咒你，是担心你。"

大狮子盯着他看了一会儿，生平第一次喊了他的名字："杜沧海，你给我记住，我杨松林这辈子只有别人欠我，我欠不下任何人的，就算将来有那么一天，我老婆孩子就是流落街头，冻死饿死，都求不到你头上！"

说完，转身走了。

杜沧海追到门口,冲着他下楼的背影悲愤地大喊:"杨松林!我也告诉你,想跳火坑你自己跳,不要连累了我姐和果果!"

夏敬国在楼下听见他俩吵吵,开门出来看,差点和从楼上冲下来的大狮子撞个满怀,就喊了他一声:"大狮子,有话不好好说,瞎吵吵什么?"

大狮子没头没脑地扔给他一句:"杜沧海病得不轻!"径直冲下楼走了。夏敬国疑疑惑惑地上了楼,见杜沧海还在生气,问这是怎么回事。

虽然和大狮子闹翻了,但杜沧海还是不想让人知道他在走私,就轻描淡写地说想去俄罗斯开拓市场,但大狮子不同意。夏敬国说是远了点,语言又不通,问杜沧海是不是真打算去。

杜沧海说:"已经想好了,下个月就动身。"夏敬国就劝他说:"现在还有一行也挺挣钱,还不用操心也不用出力。"

杜沧海问:"哪一行?"

夏敬国说:"期货。"他家亲戚的孩子在期货公司做操盘手,他试着让他给操作了几期,效果不错,利润也蛮高,就放心大胆地把资金投了进去。

杜沧海以前也听人说过期货,和股票有点像,但比股票风险大。就问夏敬国投了多少。夏敬国胸有成竹地说把棺材本都投进去了。杜沧海想说万一赔了怎么办,可一想刚才自己说大狮子万一把自己折进去别找他照顾杜溪和果果他都翻脸了,何况和夏敬国的感情也还没到这个份儿上,这种不乐观的预测,就更不合适说了,就婉转地说,对期货不了解,还是算了吧。

夏敬国就哈哈地笑,说:"沧海,就我们这批人,当初在即墨路做买卖,谁想过会发大财?还不是找不到工作被逼得没办法了?如果说《水浒传》里一百零八好汉是被逼上梁山的,我们这批人就是被逼上即墨路的,可谁知道因祸得福,即墨路把我们给成全了,所以啊,做事情,看好了就去干,用不着瞻前顾后,尤其是你,还年轻,别前怕狼后怕虎的,拿出点魄力来。"

杜沧海去俄罗斯的心意已决,也不想当场拂了夏敬国的面子,就说考虑考虑再给他答复。夏敬国信心满满地让他把心放到肚子里,人这辈子,谁都想挣钱,可挣钱这事,也有玄机,小钱靠勤,大钱靠运,让他别死心眼,撑死胆大的饿死胆小的这句老话,无论什么时候都不过时。

杜沧海见他走火入魔似的,内心的抗拒就更强烈了,就借口说跟父母说好了要过去吃饭,才把他送走了。

第二天,夏敬国上来问,见他还没考虑好,有点急,说亲戚家孩子说最近这波行情不错,别错过了,如果他是因为不了解期货,不敢贸然往里进的话,也好说,让亲戚家孩子过来给他全面讲解讲解。

吴莎莎不知道怎么回事,问讲解什么。

夏敬国兴致勃勃地说:"期货。"

吴莎莎一听就急了,说可不能碰,这东西,碰不好会倾家荡产,她的一个牌友,家里也是个有钱的,可就因为丈夫不知听了谁的,去炒期货,结果赔了个倾家荡产。

夏敬国说:"事情不能一概而论,要照你这说法,就因为会发生车祸,就没人敢开车了? 他赔是他运气不好,眼光不准。"

杜沧海不想碰期货,借着吴莎莎的坡赶紧下驴,说这不是小事,不能他一人拍全家命运的板,得和吴莎莎商量通了再说。

夏敬国挺失望的,说杜沧海才多大岁数,就没了以前的锐气。杜沧海也不辩解,就咧嘴笑。

等夏敬国走了,吴莎莎又千叮咛万嘱咐,期货不能做,刚才她说的是真事,简直就是血的教训。

杜沧海说知道,想大狮子和夏敬国之所以在做生意上能胆大到了妄为的程度,就是因为当年走上即墨路做买卖,只是为了讨口饭吃,压根儿就没想发大财,却意外地发了大财,这从一定程度上,误导了他们,觉得钱这东西,就像火堆里的栗子,能不能拿到手,靠的是胆气和运气。仿佛,只要有胆去做,这世界就遍地捡金子。

是的,改革开放的八十年代初,确实如此,可到了九十年代,大家对市场经济完全接受,几乎到了全民皆商的地步,虽然机会越来越多,但分工也越来越细,一口吃成个胖子的时代,已永远地过去,再也回不来了。

这也是他决心去俄罗斯开拓市场的重要原因,现在的俄罗斯,相当于中国的改革开放之初,遍地商机。

心里一笃定,杜沧海就去了一趟温州,和鞋厂商量合作把鞋卖到俄罗斯的事。

第二十四章

抱歉，我已经不是曾经的杜沧海了

1

鞋厂都想把市场做大，虽然谈得顺利，可三天签了七八份合同，也够累心的，杜沧海想休息一下再回青岛，就在酒店蒙头大睡，一睁眼，都晚上了，又不想走夜路，索性多住一晚，出去吃完饭回来，刚洗完澡没多一会儿，大哥大响了，是青岛的电话号码，但不知是谁。

杜沧海盯着号码猜了一会儿，就接了，居然是丁胜男！

杜沧海心脏一阵狂跳，突然不知道说什么好了，呵呵傻笑，说是你啊，就再也没了话。

丁胜男还和过去一样，满不在乎的口气，问他在哪儿发财呢。杜沧海说谈不上发财，做点小买卖，又礼貌性地回问她这几年在哪儿发财。

丁胜男说发个屁财。

杜沧海一时不知该怎么接她的茬儿，就呵呵干笑了几声，想起上次吴莎莎和他说丁胜男跟她要传呼号时，已是三年前了。吴莎莎和他说完丁胜男，他也想过她几次，想一个三十岁的女人了，坐完牢出来，青春没了，钱没有，在男权社会的中国，挺欺负女人的所谓好名声也没了，真不知道她怎么在这世界上立足，为她难过的同时，也有那么一点心疼她，但后来，生意一忙，就忘到脑后去了，只有一些睡不着的夜里,偶尔想起她,就像想起生机勃勃的青春,闪亮、美好,却已不可追溯地成了过去。

每当想起丁胜男时,杜沧海就会觉得人性,是残酷的,想当年,不少男生像他一样喜欢过像野马驹一样的丁胜男,可自从丁胜男进去了,和他们的生活不再搭界,渐渐地,她不仅从他们的视野中消失了,也从大家的话题中消失了,这样的消失,在杜沧海看来,其实是某种意义上的死亡!

见他不说话,丁胜男又扯着尖尖的嗓子说:"杜沧海你干吗啊,干吗不说话?跟我摆臭架子是不是?"杜沧海忙说我能有什么架子,又问她这几年在哪儿发财。

丁胜男愤愤地说深圳!

语气恶狠狠的,好像她说的深圳不是一座城市,而是她不共戴天的仇人。

深圳是一座热门的新兴城市,很多年轻人跑去寻找未来,杜沧海问在深圳待得怎么样。丁胜男让他少废话,有时间的话出来和她见一面,她回青岛了。

杜沧海只好说在温州,今天回不去。丁胜男问他什么时候回。杜沧海说明天吧。丁胜男说要不我去找你吧。

杜沧海以为她开玩笑,说:"这么远,你怎么来找我?"

丁胜男说:"我打出租啊,怎么?你不想见我?"

杜沧海说:"想见,我明天就回去了,你也没必要打出租来见我吧。"

丁胜男说:"懒得在青岛见你,城市小,一出门就满街熟人,张三李四王二麻子见着了都得招呼一声,烦!要看咱俩在一起,就他们那点井底之蛙的见识,还不知得意淫出什么典故来。"

听丁胜男噼里啪啦地说着,杜沧海觉得挺爽的,就笑,说:"就咱俩,能有什么典故?"

丁胜男说:"你追过我啊,有奸情啊。"

丁胜男说得如此直接露骨,杜沧海倒不知怎么应对好了,就呵呵地干笑了两声,说:"真有你的。"

丁胜男以为他当了真,就呸了一声,说:"尤其挪庄那帮货,看我那眼神,啧啧……真他妈不是盖的,别说男人,不管是猪还是狗,只要是公的,只要我多看他

146

们一眼,都跑不了有奸情的嫌疑! 操! 老娘是有底线的好不好?!"

杜沧海本想问她的底线是什么,却又咽了回去,觉得问出来,有挑逗的意思,就说:"你愿意来就来吧。"

丁胜男说:"这可是你说的,到时候你给我付车费啊。"

杜沧海嗯了一声。丁胜男就欢快地说知道你有钱,付得起,又问了他住的宾馆和房间号就把电话挂了。

但杜沧海并没当真,青岛离温州一千多公里呢,神经病才会打出租车跑这么远来见一个人,何况他明天就回青岛了,就简单洗漱了一下,睡了。

第二天早晨,杜沧海醒过来的时候,已八点多了,他下楼吃完早饭上来,想稍事休息一下,就开车回青岛,屁股刚挨到床沿,大哥大响了,接起来一听,是丁胜男,在电话里大呼小叫说她到了,让杜沧海下去付车费。

杜沧海当她逗自己玩,就从走廊窗户往下看了看,果然停着一辆青岛牌照的出租车,心里咯噔一声,就往下跑,到了一楼大堂,就见丁胜男站在吧台前东张西望,身边还站着一男的,满眼警惕,好像随时在防备着丁胜男跑路,恨不能把她和自己绑在一起的样子。

杜沧海忙挥着手冲他们嗨了一声。

丁胜男听见了,眉开眼笑地往这边跑,出租车司机也紧紧黏在她身后,丁胜男烦了,回头瞪了他一眼:"跟我这么紧干什么? 揩油啊? 真是的,老娘是那种会逃单的人吗?"说着,像热恋的情侣一样,自然而亲昵地迎上前,挽着杜沧海的胳膊,笑靥如花地说:"说好的啊,你给我付车钱。"说着,趾高气昂地看着出租车司机:"我没骗你吧?!"

杜沧海问多少,出租车司机说一千五。杜沧海从钱包里掏出一千五递给他。出租车司机认真数完了,看了杜沧海一眼又打量了几眼丁胜男,好像难以理解的样子。

见司机微微地摇了摇头,丁胜男生气了,一把拽住他,说:"你摇什么头?"

出门在外,司机不想惹事,就装模作样说:"我摇头了吗? 我怎么不知道。"

丁胜男就嫌恶地说:"别装了,我看见了,你摇了。"

杜沧海忙拉了丁胜男一下,让她别吵吵了,司机跑了一夜,也挺累的。丁胜男这才哼了一声，对司机说："告诉你吧，我是他梦中情人，追了我多少年都没追上，给我掏点出租车费才到哪儿，是不是，沧海？"说着，把脸埋在杜沧海胳膊上，一副撒娇的妩媚样。杜沧海就笑，也一本正经地对司机说："当年我为了她，差点提菜刀砍人。"

司机敷衍地笑笑，说了句大哥有眼力，就打了个躬，转身走了。

丁胜男趾高气昂地看着司机走远了，把他的胳膊又往怀里抱了抱，杜沧海能感觉到自己的胳膊肘已经被丁胜男抱得顶在了她柔软的胸上，就很不自在，讪笑着说："没想到你真能来。"

丁胜男就一脸天真地说："我是那种说话不算话的人吗？"

好像是杜沧海主动约她来，她虽然答应得勉强，但却说话算话。

两人一块往楼上走，走到一半，丁胜男突然问："你真有过为我砍人的念头？"

杜沧海不敢再往深里调侃，唯恐陷进暧昧的语言环境里，再拔身就难了，就故作朗声大笑地哈哈了一会儿，说："我这不是配合你逗司机玩嘛。"

丁胜男就噘了噘嘴，挺失望的样子。

杜沧海只觉得被丁胜男挽在怀里的那只胳膊，滚烫滚烫的，好像那已不再是一只胳膊，而是一根熊熊燃烧的火炭，就忙说："你跑了一夜也累了，上楼坐坐歇口气。"

丁胜男说好啊的时候，夸张地扭了一下腰肢。在楼梯上，杜沧海想仔细打量打量丁胜男，又怕她误认为自己是怀揣情色觊觎她，就低垂着眼往上走，只能看见丁胜男露在外面的小腿，还是那么修长，细而不伶仃，很性感的样子。

当"性感"这两个字在杜沧海脑海里跳出来，吓了他一跳，在心里呸了自己两声，都想哪儿去了！丁胜男大约也感觉到了他蠢蠢欲动又矛盾的心理，三米宽的楼梯好像走不开他们两个人一样，紧紧地贴着他胳膊的一侧，乳房时不时地在杜沧海胳膊上蹭一下，杜沧海就觉得身体里像有一团火在灼热地燃烧，恨不能在楼梯上就把丁胜男按倒，把对她攒了十几年的钟情化作情欲喷薄而出。

丁胜男仿佛读懂了他的心，应景地挽住了他的胳膊，杜沧海的手，也顺势搭在她腰上，不自在地笑了一下，丁胜男好像得到了鼓励，拉着他的手，往自己腰上卷得更紧了一些。摸着她软软的腰,杜沧海心里万马奔腾,可是,随着掏出房卡,咔嗒一声开了门,杜沧海看着环着他脖子努着嘴迎上来的丁胜男的脸,他热血沸腾的心,就像一台出了故障的机器,咯噔就停了下来。

明明知道自己马上要回青岛了,丁胜男还千里迢迢地奔袭而来,究竟是为了什么? 心里有了疑虑,眼神里就有了距离,就故作绅士地拥抱了丁胜男一下,又飞快地放开了,问丁胜男喝茶还是咖啡。

丁胜男感觉出了他刻意的理智,也没急攻,先是倚在电视机柜的一角上,风情万种地睥睨着他,说:"只要是你倒的,毒药我都欢天喜地地喝。"

杜沧海就笑,说:"还毒药呢,咱俩有那么大仇吗?"说着,给丁胜男冲了一杯速溶咖啡,递给她,自己拖过一把椅子,坐在窗前,看着她狐狸一样一口一口地抿咖啡。在密闭的空间里,孤男寡女,气氛暧昧得有点黏稠,杜沧海渐渐不自在起来,就指了指卫生间说:"跑了一夜,不去洗把脸?"

丁胜男冲他狐媚地一笑,拍拍自己的脸问杜沧海,隔这么多年没见,觉得她老了没?

杜沧海说没,和当年一样。

丁胜男就用看穿他完全是虚假恭维的表情哼哼笑了片刻,说她要洗个澡。进卫生间的时候,还把着门缝,冲他抛了个媚眼,大有我在卫生间等你的意思。

杜沧海心里乱得稀里哗啦的,在椅子上坐着,闭上眼,满脑海都是脸上浮着毛茸茸金子的丁胜男。

岁月真是无情啊,十年了,那层毛茸茸的金子已经在丁胜男脸上荡然无存,她努着嘴想吻他时,他甚至瞥见了她的鱼尾纹,妆还是化得那么重,经过一夜的千里奔袭之后,已经狼狈不堪,可她还要铆足了精神,和他撒娇卖俏,让他想起了鞋厂老板招待他时找的夜总会小姐,衣着暴露,化着浓妆,小心翼翼地伺候他,努力讨他欢心的样子,真是让人心酸。

杜沧海在椅子上坐了一会儿,突然想,一会儿丁胜男从卫生间出来会怎么样? 有点怕,甚至后悔,不该见丁胜男,如果不见她,那个虚荣的、骄傲的、倔强的、脸上浮着一层毛茸茸金子的丁胜男还在他的记忆里鲜活着,可现实版的丁胜男一出现,曾经的丁胜男就像原本宁静而又明亮地停泊在静水中的月亮,被现实扔了一块巨大的石头,瞬间荡然无存。这种幻灭式的破碎,让他难过,甚至有点恨丁胜男,好像她把自己珍视的什么东西,一把抢过去,撕烂了踩碎了,只剩了不堪。

作为成年男人,他知道目睹女人出浴意味着什么,尤其是曾经喜欢过的女人,当女人也拿捏准了男人的那点心思时,防线还是很难守的,杜沧海越想越不安,忙起身出了房间,在走廊上站了一会儿,就去了前台,又开了一个房间。

房间开好没一会儿,大哥大就响了,是丁胜男,问他在哪儿。

杜沧海说在隔壁。

丁胜男说她已经洗完了,可以回去了。杜沧海说你过来吧,就你隔壁,出门右拐的第二个房间。说完,挂了电话,想,让丁胜男过来是正确的,因为她要出门走七八米的公共走廊才能到他房间,她一定会穿戴整齐。如果是让他过去,丁胜男在房间里不必出来,就不必顾忌外人看到,说不准会穿得春光怒放。依着他对丁胜男的了解,她能干出来。

事实证明,他还是想错了。

2

丁胜男是穿着酒店的浴袍过来的,连带子都没系,只是两手紧紧地裹着浴衣,和早晨那个飞扬跋扈的丁胜男完全不是同一个人,湿漉漉的头发像海藻一样垂下来,赤着脚,站在柔软的、灰白色的地毯上,看着他,可怜巴巴的,像在乞求他收下自己的身体。

杜沧海让她看得心乱如麻,起身,给她泡了一杯茶,指着旁边的椅子让她坐,丁胜男却倔强地坐在了他坐过的椅子上,杜沧海尴尬地笑了笑,坐在另一把椅子上,说:"刚洗完澡,渴了吧?喝点水,中午我带你出去吃饭。"

丁胜男喝了一口水咽下去,又喝了一口,含在嘴里,走到他身边,默默地看着他,一抬腿,骑坐在他腿上,搂着他的脖子,没有手拽着的浴衣就向着两边松开了,他看见了丁胜男潮湿而温热的身体,热腾腾地诱惑着他。

丁胜男搂着他的脖子,把嘴里的水咽下去,开始痴迷地寻找他的嘴唇,杜沧海被动地回应了她,慢慢地,也热烈了起来,丁胜男勾着他的脖子往床的方向走,一边走一边和他接吻,她的眼,仿佛两团炙热燃烧的火焰。

杜沧海突然觉得,她做这一切的时候,那么程序化,好像,她牵着的,不是一个有血有肉有感情有思想的人,而是一个被欲望驱使的动物,这种感觉,让他不安,就站住了,轻轻地拢住丁胜男纤细而婀娜的腰肢,把她推开了。丁胜男还以为是杜沧海迫不及待了,要把她推倒在床上,就顺势坐在床沿,满眼期待地看着他,见杜沧海满眼迷乱的冷峻,才知道他是在拒绝。

杜沧海咽了一口唾沫,润了润干燥的喉咙,替她掩上敞开的浴袍,说:"胜男,多年不见,我们先叙叙旧吧。"

丁胜男就哭了,她哭着的动作都那么诱人,坐在那儿,裸在敞开的浴袍里的身体蜷曲成一团,伏在自己的膝盖上,像是被谁羞辱了,正委屈地哭泣,说:"杜沧海,你不喜欢我了?"

杜沧海说:"喜欢。"

丁胜男就不哭了,用水汪汪的眼睛看着他。

杜沧海说:"我看过一本书,说人体细胞,每六到七年就要全部更新一遍。胜男,十年没见,我们都更新一轮半了,单是从构成我们的细胞来说,我们都不是十年前的那个我们了。"

丁胜男飞快地擦干泪,裹紧了浴衣,盘腿坐在床上,一本正经地说:"嫌我老啊?"

杜沧海笑,说:"好像我比你年轻似的。"

丁胜男说:"你是男人,我是女人,过了三十岁的女人不会嫌和自己同龄的男人老,可过了三十岁的男人会嫌和自己同龄的女人老。"

杜沧海说真没有。然后,就找不到话说,心里却在想,丁胜男出狱这三年的日子,怕是过得也不好吧,要不然,依着她的现实劲儿,做不出这种千里迢迢来献身的事。

丁胜男从床上下来,坐到他旁边的椅子上,问他有没有烟,杜沧海说:"我不抽烟。"丁胜男就用鼻子笑了一下,又问:"也还不喝酒吗?"杜沧海嗯了一声。丁胜男用微微带了些讥笑的口吻说真奇葩,起身出去了,没两分钟,又叼着一根烟卷进来,把烟盒和打火机往两把椅子之间的小桌上一扔,坐下,歪头看了他一会儿,很风情的样子,突然笑了,说:"你这个人真奇怪。"

"怎么说?"杜沧海觉得自己完全是没话找话。

丁胜男伸出几根手指:"不抽烟,不喝酒,不好女人。"

她说一次屈上一根手指,在他眼前晃了晃说:"你还是个男人吗?"

杜沧海就咧着大嘴笑,说:"莎莎觉得我是。"

丁胜男切了一声,自言自语地说了一遍吴莎莎的名字,才睥睨着他,道:"就你那破鞋老婆,是个男人她都拿着当宝待。"

杜沧海就跟让人抽了一巴掌似的,脸上火辣辣的,说:"能不用这种口气说莎莎吗?"

丁胜男说:"好吧,那我们就说说你的初恋。"

杜沧海说:"有什么好说的,往事就相当于不能起死回生的尸体。"

丁胜男就不高兴了,说:"杜沧海,你成心怼我是不是?"

说着,冲杜沧海喷了一口烟,杜沧海被她呛得咳嗽了几下,怔怔地看着她,想他们的过往,一起成长过的童年,她曾是他情窦初开时的爱情寄托,这么多年,每当想起她时,都像亲人一样地亲切,可为什么见了反倒隔膜了? 又想起她刚才的那些柔情蜜意甚至深情款款,和现在完全一副烟花场上老师傅的做派,让他很痛心,或许,她来,并不像他以为的那样,仅仅是见他,叙叙旧吧?

果然,丁胜男抽完一支烟,突然说:"杜沧海,你看,我现在很落魄。"

杜沧海看着她没说话,等她下文。

"我知道你一定很好奇出狱以后,在深圳这三年我都干了些什么?"说着,她把头往杜沧海这边探了探,小声说,"挨操!"

杜沧海错愕地看着她,说:"胜男,话可以不说得这么糙吗?"

丁胜男一脸无所谓,说:"不能,只有这么说,我才觉得过瘾,解恨。"说着,她抽了自己一耳光,很响很脆,说:"杜沧海,其实我特他妈的恨自己。"

杜沧海的心脏,突然地就疼了,不知是心疼丁胜男,还是心疼那些被时光埋葬的美好青涩的往事,说:"胜男,别这样,你这样我难受。"

丁胜男看着右前方的窗上角,眼里明晃晃的,但泪没掉下来,她揩了一把,才说出狱以后,她在舞厅认识了一个到青岛出差的深圳大老板,说只要丁胜男愿意陪他十年,他会给丁胜男一些产业。丁胜男就去了,才两年多,他就喜欢上更年轻的了,要和丁胜男分手。丁胜男说要分手可以,但是要给她青春损失费,男人不给,她就去把他办公室砸了,然后就回来了。

所以,她早就信不过男人了,没一个好东西,全是用着你的时候恨不能跪下来给你舔脚指头,想甩你的时候你去舔他脚指头他都要一脚端开的货。

杜沧海说:"不是所有的男人都这样。"

丁胜男就诡秘地盯着他冷笑:"你是说你吗?"

"差不多吧。"杜沧海笑笑。

丁胜男说:"那就证明给我看。"

杜沧海觉得很滑稽:"这有什么好证明的?我又没承诺过你什么。"

丁胜男说:"你喜欢过我是真的吧?"

杜沧海没否认。

丁胜男就说:"你觉不觉得初恋的感觉是最美好的?"

杜沧海想了想,觉得是,觉得爱情吧,没有好的坏的这一说,不过是在你想结婚的时候遇到了谁,谁就是最好的,当然也有一种是你遇见了他,他启动了你结婚的欲望,还有更多的婚姻,关乎的因素太复杂,有感情、爱情、道义、责任、良知……当它们一起涌现的时候,就是乱棍齐架,把人推进了婚姻,他和吴莎莎的婚姻,大约就是如此,感情多于爱情。

"好,你已经承认了,你曾经的初恋那么美好,你忍心看她落魄街头吗?"

丁胜男没说这句话之前,杜沧海对她此行的目的一无所知,就仿佛一个黑黝黝的山洞,现在,她正在一点点卷起帘子,让光线透进来,他已大体明白了,就说:"说吧,你想让我怎么做,只要我能做到的。"

丁胜男说:"你肯定能做到。"说着伸出了两根手指晃了晃:"我想做生意,但没本钱,你借我二十万。"

杜沧海几乎想都没想,说:"好,我借你。"

丁胜男一下子就扑了上来,说:"杜沧海,你怎么这么好。"

杜沧海也搂着她,哈哈大笑。很奇怪,这一个拥抱,完全没有男女的情色感觉,它干净清爽,一个想表达自己的激动,一个想表达如释重负的轻松。甚至,杜沧海一下子把她抱起来原地转了几个圈,说:"丁胜男,以后你有事直说,别弄景吓唬我。"

丁胜男说:"德行吧,你,你老婆给你戴的绿帽子都能拉好几火车皮了,你君子成这样,有什么意思?"

杜沧海一下子就怔住了,说:"丁胜男,你这话什么意思?"

丁胜男好像很惊诧于杜沧海居然什么也不知道,也犹豫了一会儿,问:"你真不知道?"

杜沧海说:"我什么也不知道。"

丁胜男问:"你认识李向东吧?"

杜沧海说:"认识,一个摄影师。"

"还是吴莎莎的相好。"丁胜男补充道。

见杜沧海满脸都是不相信的惊诧,丁胜男又说:"真的,他住的房子都是吴莎莎给租的,李向东是搞摄影的,又要全国各地跑着拍美景又要买材料,开销大着呢,这些年全靠吴莎莎,他女朋友因为这都快疯了。"

杜沧海就觉得整个身体里都奔跑着一列失了控还着了火的列车,不想在丁胜男面前失态,半天才平静下来,问丁胜男听谁说的。

丁胜男说李向东的女朋友是她朋友的妹妹,她朋友为这和妹妹吵过很多次,让她和李向东这人渣分手,她妹妹舍不得,只要不惹着李向东,他还是很绅士的,情商又高,也帅,据说床上活儿也一流,总而言之,如果完美男人一百分是满分的话,那么他至少打九十分,那十分是因为爱吃软饭给扣掉的。

可是,杜沧海不相信,三年前在家具城见着吴莎莎和李向东,他有种强烈的直觉,他们应该是还没有肉体关系,这么多年以来,杜沧海特别信任自己的直觉,几乎就没出过差错。他明明已经严厉警告过李向东了,吴莎莎也赌咒发誓以后不和他联系了,怎么会这样?

丁胜男说:"这你就不懂了吧?不管是正经谈恋爱还是勾搭成奸,想让两人分手,除非是他们自己厌倦了,否则,外力屁用没有。不说远的,你看看杜溪就行了,她和大狮子看对眼了,父母拿瓶毒药要喝都拦不住他俩往结婚的路上奔。还有我自己,孙高第父母和姐姐们给我的白眼少啊?可我就喜欢他,为他挪用公款,为他坐牢我都觉得幸福。什么是爱?就是你需要他肯定你,你需要通过他的存在来告诉自己是幸福的,因为他是你唯一想跟这世界要的,得到了,就是幸福的全部含意。我觉得吴莎莎和李向东就是当年的我和孙高第。"

杜沧海不信,为表达不信的坚决性,还和丁胜男吵了一架,说:"丁胜男,我知道你嫉妒吴莎莎,可你不能因为这就诽谤她。"

丁胜男歪着头,看他,嘴角微微有一抹诡异的笑,悲天悯人地说:"杜沧海,我没想到你这么脆弱。"

杜沧海就有让人掀了老虎皮露出了一身兔子肉的淋漓痛感,也很是无地自容,就拎起行李箱,转身走了。

丁胜男猜他要去退房,忙跑回自己房间换上衣服追出来,气喘吁吁地跑到楼下,杜沧海果然铁青着脸在前台办理退房手续,就去门口站着等他,等他出宾馆,丁胜男亦步亦趋地跟在身后上了车,一路上,杜沧海还是铁青着脸开车。

丁胜男说:"你要不愿意相信就当我没说。"

杜沧海突然靠路边停下车,回头看着她说:"丁胜男!请你不要用这种口气和我说话!"

丁胜男说:"我哪种口气?"

"我自欺欺人!"

丁胜男知道杜沧海脾气大,怕真把他惹火了,走半道把她撵下去,就抱着胳膊,�’着嘴说:"好吧,你就当我是嫉妒吴莎莎。"

"本来就是!"杜沧海几乎是咆哮道,"你打小就没把吴莎莎放眼里,可现在,曾经爱你的男人娶了她,给了她幸福的生活,而你,自视甚高,却越混越落魄,再看吴莎莎,你就严重心理失衡!"

丁胜男让他说得,都忍不住要笑了,但又怕笑出声来会惹爆杜沧海,就咬着下唇用力忍着。

是的,虽然她和吴莎莎同是挪庄人,可在吴莎莎跟前,她有种天生的优越感。吴莎莎虽然皮肤白皙,也漂亮,但眉眼里总透着一丝贱兮兮的巴结,天生自带贱货的光环。上学那会儿,她和很多同学这么说过。但她也有良心发现的时候,想吴莎莎对自己那么好,自己还要嫌恶她,是不是很坏?就问她妈,她妈说好什么好。那是因为吴莎莎家庭不好,她要再不巴结着你点,谁跟她玩儿?对了,她妈还说过,龙生龙凤生凤老鼠的儿子会打洞,吴莎莎这种奇葩家庭长大的女孩子,肯定是贱货,没跑!

那会儿她还小,对事物的认知也简单,觉得她妈给的这答案对。长大以后,就觉得不尽然,尤其是在深圳这几年,无所事事,靠回忆过往打发时间,就经常想她和吴莎莎,其实是矛与棉花的关系。她是矛,吴莎莎是棉花,吴莎莎之所以这样,是因为知道杜沧海喜欢她,而她又是那么地喜欢杜沧海,生性软弱的吴莎莎对她好,不过是对杜沧海好的另一种表达。

少年时代的吴莎莎,对杜沧海好到了没原则、没底线的程度,如果允许一夫多妻,她都能欢天喜地地给杜沧海做小妾。可岁月是最诡异的棋手,十年之后,那个哪怕给杜沧海做小妾都欢天喜地的吴莎莎是杜沧海正牌的妻子,她这个曾经不屑于杜沧海爱情的,反倒成了《红楼梦》里的多姑娘。

一想这些,丁胜男无限唏嘘,黯然得很。

一路沉默了几百公里,车里气氛压抑,丁胜男想缓解一下,问杜沧海以后的打算。杜沧海也觉得自己一大老爷们,跟女人置气不说话不大气,就把去俄罗斯的打算说了。丁胜男说:"我和你一起去吧。"

杜沧海说:"你不要做生意吗?"

丁胜男说:"也可以去俄罗斯做啊。"

杜沧海没接茬儿。

3

车到青岛已经是晚上了,杜沧海问丁胜男是不是回她父母家。丁胜男说从出狱她就不在家住了,她这样的女儿:坐过牢,三十多岁,没男人要,在父母看来,就是耻辱,她就不在他们眼前晃荡着添堵了,在八大关那儿租了一栋老别墅中的一间,乐得清闲,又告诉了杜沧海地址,说愿意的话,可以去找她,但去之前一定先打传呼,因为她不一定在家,或者不一定方便。

看着没心没肺地说着这一切的丁胜男,杜沧海突然觉得她活得就像一只勇敢的烂地瓜,苦涩、溃口遍布,却倔强昂扬,只要给点土壤,就能扎根发芽,茁壮成长。

如果丁胜男住父母家,杜沧海就给送回去了,可她一个人住,他去送,难免让人产生联想,就也没和她多客气,在广西路口把她放下,自己开车回父母家了。

都快九点了,杜建成刚泡完脚,正要上床,见他回来了,以为有要紧事,杜沧海说刚从外地回来,过来坐坐。赵桂荣问他吃饭了没。杜沧海这才想起来,因为生气,赶了一千多公里的路,水米未进,竟也没觉得饿,母亲一问,才觉出肚子空落落的,就说没。

赵桂荣说今天赶海剥了新鲜的海蛎子,要给杜沧海煮碗小面。

山东小面是烟台蓬莱那边的,这手艺,赵桂荣也是从她妈那儿学来的,面最好是拉面,赵桂荣不会拉面,就改手擀面了。小面的好吃,关键在卤上,要用新鲜的五花肉切碎丁爆炒一下,再倒少许酱油,爆出酱香,添水,加盐,煮开锅之后,把新鲜的海蛎子肉或是新鲜扇贝丁下锅,给汤勾芡,打蛋花,撒一把韭菜末就好了,浇在煮好后用冷开水过了一遍的面上,汤要浩浩荡荡地淹过了面,边吃面边喝汤,味道鲜美到可以秒杀杜沧海吃过的所有面类食品,超级无敌。

小时候,为了吃小面,杜沧海装过好几次病,因为小孩子生了病胃口不好,吃不下饭,赵桂荣就不厌其烦地做小面。

现在,杜沧海吃着母亲煮的小面,和父亲聊天,才发现父亲老了,很多事,都记混淆了,杜沧海就特别难过,觉得岁月真是一把钝刀子,谁都不曾饶过,眼泪不知不觉地就掉了下来。赵桂荣吃了一惊,问他怎么了。因为流泪,杜沧海鼻子囔囔的,说话不很清楚,吴莎莎外遇的事,不敢说,怕父母知道了能气爆,也不能说觉察出了父亲的衰老,就只好说觉得这些年虽然挣钱,可活得太累了,不像人,像一路奔跑的猪,自己跑得欢着呢,可在别人眼里,气喘吁吁,狼狈极了。

杜建成两口子真信了,说人活一辈子,只要想要点好,就没有不累的,哪行都有哪行的不容易。

一碗小面下肚,杜沧海身心熨帖了好多,想起自己一男人,下车前也没问丁胜男饿不饿,挺失礼的,正想着回家之前,给她打个传呼,约一下明天见面,把她要借的钱给了，大哥大就响了，是丁胜男。

丁胜男说房东家装了个公用电话，就这号码，找她的话可以打。杜沧海说好，刚才遗憾着的那些没尽到的客套，反倒说不出来了，但丁胜男似乎也没挂电话的意思，就干干地笑了一下，问她还有什么事。丁胜男这才说，杜沧海是唯一一个有这个电话号码的异性。杜沧海就又局促了，干笑着说："是吗是吗，我这不责任重大了。"

丁胜男说："那是。"然后又说，"回家不会和吴莎莎打架吧？"

杜沧海明白她说的什么，却装傻说："好好的，打什么打啊？"

丁胜男用隔着电话线也能戳穿他的语气哼了一声，说："别忘了给我钱！"

杜沧海说记着呢，约她明天上午工商银行见。

说完挂了，继续吃面，见母亲怔怔地看着自己，若有所思的样子，就问怎么了。

赵桂荣说："谁来电话？"

杜沧海不想让父母知道太多，就说："一个朋友。"

赵桂荣说："我听是一女的。"

杜沧海说："朋友也可以是女的啊。"

赵桂荣还想说什么，又拿捏不准，就看着他出神。杜沧海笑笑，说一生意场上的女性朋友，相互拆借点资金，经常的事。

赵桂荣哦了一声，过了一会儿问吴莎莎还出不出去跳舞了。杜沧海说不跳了，光两个孩子够她忙的。赵桂荣说好像以前没孩子给她忙活似的，说这话的时候，一脸的嫌弃和对吴莎莎的不信任。

杜沧海笑笑，也不想多解释什么，就想：每个人，只要在父母眼里，都是天底下一等一的好，这世上就没有配得上他的人和事吧？

吃完面，又陪父母聊了一会儿，说了去俄罗斯的打算。杜建成说："去干两年就回来吧，家宝是男孩子，大了，吴莎莎一个女人，怕是管不住他，得有个男人镇唬着。"

杜沧海说："好，干两年我就回来。"

4

回家,已是半夜,房间里静悄悄的,只有家宝房间还亮着灯,灯光从门和地板之间的缝射出来一隙,使夜显得更安静了。

杜沧海抬腕看了一下手表,轻轻敲了敲家宝的门,刚要说都几点了还不睡,就听家宝房间里响起了一阵稀里哗啦的声音。推门一看,家宝正手忙脚乱地关电脑。

杜沧海就明白了,家宝在偷偷地玩游戏。从前年开始,贮水山公园门口,陆续开了几家电脑公司,家宝想要一台电脑。吴莎莎不给买,说作家才买电脑打字,你要电脑干什么?家宝说要了学习,杜沧海说:"不就一台电脑吗,既然孩子说对学习有帮助,就给他买。"第二天,直接去了贮水山公园门口,挨家电脑公司看下来,挑了台配置最高的,给买了回来,家宝高兴得跟什么似的,玩了一个通宵。

吴莎莎就说杜沧海早晚有一天得把家宝惯坏了。

其实,也不是杜沧海想惯着家宝,而是因为家宝的微妙来处,两口子都想用家宝来表明自己的态度。吴莎莎是想用严厉管教家宝给杜沧海看:虽然这孩子是硬生生安到你头上的,但我一定不让他给你丢脸;杜沧海是想:虽然孩子不是我的,但我要让你知道,我会像疼亲生儿子一样疼爱他。

结果,家宝就掉夹缝里去了,总觉得爸爸才是真心疼爱自己的,妈妈就是个只知道臭美、搓麻将的庸俗女人,处处和她对着干。吴莎莎降不住他,就向杜沧海告状,可家宝一看见杜沧海,就变成了听话孩子,杜沧海说什么是什么,杜沧海一转身,马上原形毕露。吴莎莎气急了,咬牙切齿地说真是你爹的种。家宝还很开心,跑去问杜沧海他小时候是不是也经常惹奶奶生气,杜沧海说没有。

确实,因为是苦出身,杜沧海打小就体恤父母不容易,有几次惹父母生气的经历,也都是无心之失,这在男孩子当中,很少见。杜沧海问家宝为什么这么问。家宝就把吴莎莎的话学了一遍。杜沧海心里一阵发闷,跟吴莎莎发火吧,她也是气话,较真显得自己不大气,话在舌头上打了几个滚,又咽了回去。

为了不让吴莎莎觉得自己对家宝有隔膜,杜沧海对家宝的好,是即墨路上的佳话,吃的用的玩的都是最好的,肯德基1990年在青岛设店,那会儿大家都没见识过洋快餐,小孩子们更是趋之若鹜,只是价格贵,只能偶尔吃一次。但杜沧海就能天天带家宝吃肯德基,吃得连赵桂荣都不高兴了,说杜沧海惯孩子,嘚瑟,有多少钱你天天带孩子吃肯德基?虽然现在看肯德基的价格不高,可在当时,像杜长江这种国营单位的职工,月工资才一百出头,杜沧海和家宝吃一顿肯德基就四五十块钱,太奢侈了。搞得杜甫一看见家宝就跟看见敌人似的,因为长这么大,他只吃过两次肯德基,一次是杜沧海领他去吃的,一次是杜溪领他去吃的,每吃一次,肯德基就会赠送一个小玩具,吃两次他得了两个玩具,他每天揣口袋里带学校去玩,跟同学们讲肯德基有各种各样的玩具,说叔叔和姑妈说了,要带他吃齐这些玩具。听他说这些的时候,同学们都满眼羡慕。可是,家宝不仅吃齐了这些玩具,有的还一款好几个。杜甫羡慕得要命,回家和杜长江使性子,被杜长江打了一顿,让他滚,给杜沧海当儿子去!杜甫跟爷爷奶奶告状,赵桂荣也说过杜沧海,让家宝在杜甫跟前收敛着点,都是孩子,一个活在天上一个活在地上,杜甫能不攀吗?可他再攀他爸也就那么点能力了,成不了他叔,杜长江心里能舒服吗?男人过日子,不怕过得穷,就怕被人比长短,都是人,比人家短了,脸没地方搁。回家后,杜沧海就悄悄地把家宝的肯德基玩具扔了,逢年过节带孩子回父母家,也很注意,家宝带过去的吃的玩的,尽量朴素。如果杜甫他们来家玩,杜沧海会让吴莎莎把高档玩具什么的收到阳台上去锁着。结果,有一次被杜甫看见了,要玩,郭俐美误会了吴莎莎,以为是玩具高档,吴莎莎不舍得拿出来给杜甫玩,故意锁起来的,就说了几句风凉话,连饭都没吃就拉着杜甫走了,说人家都把咱当贼防了,咱就别杵在这儿让人家累心了!吴莎莎罪人似的,第二天赶紧买了同样的玩具,让杜沧海给送了去。莫名其妙地收了一大堆高档玩具,杜长江给弄得云里雾里的,问郭俐美,郭俐美就把前天去杜沧海家看见玩具锁着把吴莎莎抢白了一顿的事说了,杜长江把郭俐美骂了一顿,借口玩具颜色不合适,跟杜沧海要了小票,去商场把玩具退了,本想把钱给父母,却被郭俐美一把夺了去,说:“饭都快吃不上了,你活那么要脸好像别人还能把你当回事似的!”

　　现在,家宝怯生生地看着他,杜沧海就知道他又在玩游戏,就过去摸了摸电脑显示屏后背,果然滚烫。

为家宝整天沉溺于玩游戏而疏于学习,吴莎莎很抓狂,跟杜沧海哭过好几次。杜沧海也找家宝谈了,家宝每次都说好的,可就是改不了。吴莎莎发狠要把电脑砸了。杜沧海说:“砸什么砸?你把家里的砸了,他去外面网吧玩,那些地方更乱,你又不能为了找他满大街钻网吧。”

杜沧海坐在家宝床沿,拍了拍床沿,示意他坐下,家宝坐过来,还没等杜沧海批,就主动道歉,说:“爸,其实今天我没想玩游戏。”

“那你为什么还玩?”杜沧海压着内心的怒火,虽然家宝和他没血缘关系,可从吴莎莎怀孕期间到他出生,到现在,他都在努力扮演好父亲,也从没把他当情敌的孩子对待过,甚至有时候他会出现错觉,觉得家宝长得和自己越来越像了。

“我心里烦。”家宝说。

“小孩子家,有什么好烦的?”杜沧海摸摸他后脑勺。

家宝小声说:“今天放学的时候,有个女的找我。”

“找你干什么?”

“跟我要你的大哥大号码。”

杜沧海一愣:“跟你要我的大哥大号码?”

家宝点点头:“她说要找你谈谈。”

“她说她是谁了没有?”

家宝说:“她说她叫王丽丽,是李向东的女朋友。”

杜沧海就觉得满胸膛都热血奔涌,却压抑着不动声色地问:“你告诉她了没有?”

家宝摇了摇头:“她说妈妈是个坏女人,抢她男朋友。”说完,家宝可怜巴巴地看着杜沧海,“爸,她要找你,你会不会和我妈离婚?”

杜沧海只觉得脑仁一奓一奓的,好半天没说话,过了好久好久,才问家宝告诉吴莎莎了没有。家宝说:“想跟妈妈说来着,可一回家,看见妈妈在家哭,身上衣服也破了,脸也被人抓出血来了,就没敢说。”

杜沧海就猜了个大概,应该是李向东的女朋友王丽丽忍无可忍,上门来找吴莎莎谈判,没谈拢动了手,吴莎莎没占到便宜,但王丽丽决定破釜沉舟,找他摊牌，所以才去学校门口截着家宝跟他要自己的大哥大号码。

杜沧海就突然心疼家宝，虽然他还小，可有些事，也朦胧懂得一点了，就拍拍他的肩，让他别怕，他会处理这件事，也不会和妈妈离婚，让他早点睡觉。家宝到底是孩子，信了，上床躺下，说："爸，你不要凶妈妈了，下午她哭得可惨了。"

杜沧海点点头，给他关了灯，带上门，回了自己房间，在黑暗中站着，没开灯，月光透过窗帘缝钻进来，整间屋子半明半暗的，吴莎莎背对着他，安静地躺着，腹部的位置，有规律地起伏着，看样子是睡着了。

杜沧海在床沿坐了一夜，天还没亮，就起身出门了。

他前脚走，吴莎莎后脚就坐了起来，其实她根本就没睡着，从杜沧海进门，到杜沧海去家宝房间，到杜沧海一声不响地在床沿坐了一夜……她知道，有些事藏不住了，她怕极了，不知道杜沧海会怎样对她咆哮，不知道杜沧海咆哮的时候她要怎样忏悔哀求，才能被宽恕原谅。

可是，她提心吊胆了一夜，杜沧海却一声不响地走了。

第二十五章
请原谅，我要和你说再见

1

　　杜沧海开着车，在街上兜兜转转了好半天却不知道该怎么办，这是生平第一次，觉得自己无能。转了半天，决定去找丁胜男。

　　丁胜男租的房子在正阳关路上，是一个小院，院子中央矗着一栋德式小楼，小院的西南角上贴墙盖了一排偏房，丁胜男租了其中一间，盖这栋别墅的当初，这排偏房的功能大概相当于用人房。

　　丁胜男敞开门，看着眼圈乌黑的杜沧海，吃了一惊，忙裹了一下睡衣，把他拽进来，问："怎么了？"

　　杜沧海一头扎到她床上，含混说："别说话，让我先睡会儿。"

　　丁胜男小心翼翼地趴在他脸的前方看了一会儿，替他脱下鞋子，搭上毛巾被："睡吧。"

　　然后，她就像慈爱的小母亲，看杜沧海昏昏然睡了半个小时，等他醒了，冲了杯咖啡端给他，然后，坐在床对面的单人沙发上，跷着二郎腿看着杜沧海，好像志在必得，而他是猎物。

　　杜沧海默默喝完咖啡，说："把你朋友妹妹的联系方式给我。"

　　丁胜男一愣，说："怎么了？要核实我是不是骗你啊？"

杜沧海嗯了一声。

丁胜男说："神经病，核实出真相别来要死要活啊。"

杜沧海说："不会。"

丁胜男从包里翻出通讯录，拿过他的大哥大打了个传呼。没一会儿，电话就回过来了，丁胜男看了杜沧海一眼，在电话里问："你妹妹传呼号多少？别问了，你不是希望她和那渣男分手吗？我给你助一把力，行了行了，别瞎问了，说，嗯，好，我知道了。"

丁胜男挂了电话，看着杜沧海说："我朋友妹妹昨天去找吴莎莎了，渣男把她打了。"

杜沧海没说话。

丁胜男小心翼翼地问："你知道了？"

杜沧海紧紧抿着嘴，还是没说话。

丁胜男就拿过一张纸，记下了一串数字和地址，递给杜沧海："叫王丽丽，在环球体育用品商店上班，和李向东谈好几年了，李向东就是不结婚。"

杜沧海拿起字条就想走，被丁胜男一把拉住了："洗把脸，刮刮胡子再去，就为那么个女人，你还一副痛不欲生的憔悴样，会让王丽丽瞧不起的。"

说着，把杜沧海推进卫生间，从洗刷柜里找出刮胡刀和一次性牙刷。见杜沧海看着刮胡刀诧异，就妖妖地笑了笑："我有男人的，就是不固定。"

已要开始刮胡子的杜沧海突然就觉得别扭，擎着刮胡刀看了看，吉列的，刀片缝隙里藏着可疑的短毛发楂子，就也没顾忌丁胜男，拿到水龙头下，用牙刷打上牙膏仔细刷干净了，才细细地刮胡子，刮着刮着，从镜子里瞥见丁胜男哭了，就回头看了她一眼，扬了扬手里的刮胡刀："不刷刷觉得别扭，像两个男人脸贴脸，你不觉得别扭吗？"

丁胜男就哭着说："杜沧海，你浑蛋！"

杜沧海心里也有种莫名的难过，微微笑了笑，边刮胡子边说："咱俩啊，半斤对八两吧，谁也别说谁。"

等他放下刮胡刀，丁胜男突然从背后圈住他，脸贴他背上，说："在你眼里，我就那么烂啊？"

杜沧海说:"我可没说。"

"那我说刮胡刀是其他男人用过的你就信?"

"这种事,还有亲自往自己头上栽赃的?"

丁胜男含着泪,扑哧一声就笑了,松开他说:"去你妈的杜沧海,我和你开玩笑的,那是我自己刮毛用的。"说着,丁胜男擎了擎胳膊,让他看刮得光溜溜的腋窝,性感的、深深陷进去的腋窝。杜沧海没敢多看,埋头把脸洗干净了,就去环球体育找王丽丽。

环球体育用品商店在国货斜对面,也是老牌国营,专卖体育用品,进门,谁也没问,他一眼就找到了王丽丽。

因为王丽丽的眼是红肿的,眼神哀怨,好像整个世界刚刚对她施过虐,完全符合刚刚被爱情残酷践踏过的样子。

平心而论,王丽丽并不漂亮,虽然红肿,但依然能看出她眼睛不大,是单眼皮,眼皮还略厚,瓜子脸,鼻子不怎么出色,嘴唇稍厚,微微有点嘟,大概二十六七的样子,从气质上看,很像个性感的怨妇。

杜沧海锁定目标后就径直走过去,敲了敲柜台,说了声你好。王丽丽看了一眼杜沧海,很警惕,杜沧海勉强笑了一下,说:"我叫杜沧海,是吴莎莎的丈夫。"

王丽丽马上就怒目圆睁,杜沧海忙摆摆手,说:"冤有头债有主,我和你之间没有恩怨,今天我来找你,就是想把这事做个了断。"

王丽丽让旁边的小伙子帮她照看一会儿柜台,就出来了,边往外走边说:"我们出去说。"

杜沧海知道,如果说男人把事业的成功当脸面,女人就是把爱情的幸福当骄傲。对女人来说,没有比被人睡了却不为人所爱更失败的事了,据说王丽丽和李向东已经同居了,但李向东总有各种各样的理由不和她扯结婚证。

他们在河南路上找了家咖啡馆,王丽丽毫不客气地点了最贵的咖啡,说:"听说你很有钱,这单你买。"

杜沧海说:"我买。"

王丽丽喝了一口咖啡,说:"你怎么这么囧?"

杜沧海说:"你觉得我们两个在这里相互指责对方囧,缺乏魅力,有用吗?"

王丽丽的眼泪一下子就掉了下来，丢也似的把咖啡杯放回桌上，说："要不是你老婆他早就和我结婚了！"

看王丽丽激动成这样，杜沧海反倒心平气和了，说："照你这说法，我是不是得替吴莎莎骄傲骄傲，她一个比李向东大七岁的已婚女人，战胜了比她小八岁的年轻女人。"

王丽丽气，喝了一大口咖啡说："怎么？来找我的目的就是替你老婆出气？"

杜沧海说："我护短还没护到那么不要脸，听说昨天下午你找我儿子要我的联系方式了，找到我你想干什么？"

"管管你老婆！"王丽丽生气地说。

杜沧海说："你觉得这事能管住吗？三年以前，她就跟我赌咒发誓不和李向东来往，结果呢？"

"你跟她说，李向东根本就不爱她，只是因为她有钱。"

杜沧海说吴莎莎自己有脑子，说这个没用。问王丽丽接下来打算怎么办。王丽丽说我想怎么办有用吗，要是我想有用的话，就是马上和李向东结婚，也问杜沧海打算怎么办。

杜沧海说："不知道，走一步看一步吧。"

王丽丽小心翼翼地问："你不会和她离婚吧？"

杜沧海看了她一眼，没说话。

王丽丽却突然站起来，给他跪下了，哭着说："大哥，我求你了，你千万别离，李向东说了，找你也没用，大不了就是你和吴莎莎离婚，吴莎莎要是离了，他马上娶她，一刻也不耽误。"

咖啡馆里的人纷纷往这边看，服务生还跑过来问怎么了，让他们有话好好说，文明点。杜沧海忙扶起王丽丽，突然觉得，女人活着，比男人辛苦多了，男人大多以事业为重。事业这东西，只要踏实用心，智商不是特别短缺，总能有点收获。女人是感情动物，感情这东西看不见摸不着，也不能量化，有多少人拼命爱着的却是一个憎恶自己的人，把心剖出来烹给对方吃还要赚对方一声啊呸，多可怜见的。

虽然王丽丽坐了回去，可她绝望的啜泣，引得周围的人总是往这边看，杜沧海就起身说车里说吧。

杜沧海拉着她沿着海边兜了几圈,说:"我们都两个孩子了,我不会和吴莎莎离婚,即便如此,你也别恋着李向东了,一个不爱你的人是给不了你幸福的。"

王丽丽说杜沧海不了解李向东,他这个人,打小没妈,是个极度缺乏安全感的人,所以他才会喜欢比自己大七岁的吴莎莎,不认识吴莎莎的时候,他不这样,知道王丽丽喜欢吃烤地瓜,遇上卖烤地瓜的,会揣在怀里,傻孩子似的跑一路给她送去,剥了皮一口一口地喂她吃,对她可好了。

说这些的时候,王丽丽的眼里,闪烁着幸福的光芒。

杜沧海说人是会变的,问他们谈了几年了。王丽丽说认识李向东七年十个月零八天,恋爱谈了四年。

杜沧海说人身上的细胞每六到七年完全更新一遍,也就是说你现在爱的那个李向东已经不是以前的那个李向东了。王丽丽用惊异的目光看着他,好像他讲的是天方夜谭,杜沧海终于明白,痴情其实就是一种情感认知上的病态,你永远无法跟一个认知上出了问题的人讲明白道理,就把王丽丽送了回去。

王丽丽下车往环球体育走的时候,还回头双手合十向他作揖,大约是求他不要和吴莎莎离婚吧。

2

杜沧海回家已经是中午了,家里收拾得干净整齐,餐桌上还炒了几个菜,吴莎莎坐在餐桌旁,一副等他等得心无旁骛的样子,见杜沧海进门,她站起身,说:"你都一夜没睡,怎么又出去跑?"

杜沧海站在客厅中央,打量着桌上的饭菜,打量着吴莎莎。

吴莎莎说:"我让小兰去超市买东西了。"

说小兰去超市了,大约就是暗示他,想说什么就说吧,家里没外人。杜沧海却什么也不想说,只是把手里的车钥匙,狠狠地扔到了墙上,然后去了卧室。

吴莎莎跟过来,倚在门上,柔柔地说:"沧海,我对不起你,我不配做你的老婆。"

杜沧海再也忍不住了,指着她大喝:"别人检讨是为了改过自新,你呢? 吴莎莎,你告诉我,你跟我检讨有几个意思?"

吴莎莎哭着说:"沧海,你不觉得有些错说改是自欺欺人吗? 我不是因为你不好才和他好的,就是你对我太好了,和你在一起我老觉得有压力,老觉得我欠了你的,我活得不舒展,像一棵有罪的草,只能在道德的大石板底下压着。和他在一起我就没这种感觉,我不欠他的,我觉得他对我的好,是男人对女人的好,你对我的好,是主人打发要饭的好。"

杜沧海突然害怕,女人一旦如此坦诚地解读自己的婚外情,大概目的只有一个,那就是不过了。

他曾经以为吴莎莎不是他的最爱,可多少年后再见丁胜男,才突然意识到,记忆是被过分修饰的谎言,如果以他现在的心智,把抹掉感情前尘的丁胜男和吴莎莎摆在他面前,让他选择其一共度余生,他肯定是选吴莎莎而不是丁胜男,因为面对丁胜男的时候,他的心,像一只警惕的兔子,没有丝毫安全感。

可真相却又是如此残酷,毫无道理可讲,让他那么有安全感的吴莎莎,出轨出得那么义无反顾,这让杜沧海觉得不可思议。

现在,吴莎莎确凿无疑地承认了她和李向东的感情,他最痛恨的,居然不是吴莎莎,而是他自己! 他呆呆地看着嘴巴一张一合的吴莎莎,她都说了些什么,竟全然没听进去,他的身体里,好像响着一台疲劳挣扎的机器,轰隆隆地响着,每一个部件都在拳打脚踢,打的全是那个无辜的自己。

后来,吴莎莎说:"我们离婚吧,我什么都不要,李向东说只要离了,就和我结婚。"

杜沧海从牙缝里一个字一个字地往外蹦:"也不要钱?"

吴莎莎说:"不要,我得证明给你们看看,李向东和我在一起,不是因为钱。"

杜沧海说:"如果证明正好相反呢?"

吴莎莎说:"不会,他活得比我们都诚实,我信他。"

杜沧海想说可他跟王丽丽说和你在一起就是为了花你的钱,最终还是没说出来,作为男人,传递女人挤对女人才编派出来的话,有点卑鄙。

杜沧海说:"我不离。"

吴莎莎说:"离吧,沧海,跟你说实话,每当我和李向东在一起的时候,我就盼着你能死在外面,这样,我就不用和你离婚了,离婚多麻烦啊,街坊邻居,亲朋好友,说什么的都有,还肯定是说我不好,孩子们也会恨我,可你要死了,这些就都不是问题了。离吧。盼着你死让我觉得自己罪孽深重,我不想这样了。"

万念俱灰。

杜沧海和杜天河说,当他听吴莎莎说完后,就这感觉。

3

他们终于还是离了。

为了证明李向东品行澄澈,离婚的时候,吴莎莎不要钱。杜沧海坚持要给,她坚持不要,即将拥抱崭新的爱情,让她满眼闪烁着圣洁的光芒。她说:"沧海,如果我要了你的钱,我就会觉得自己没廉耻,是个处心积虑的骗子,我只要家宝,你知道的,我为什么要家宝。"

虽然是吴莎莎给他戴了绿帽子,可杜沧海还是做不到让一个女人净身出户,就用家宝的名字办了一张存折,给存上了一百万,让她拿着,说将来给家宝上学和结婚买房子用。吴莎莎说家宝又不是你的孩子。说这话的时候,她声音很小。眼泪却像溪水一样从杜沧海通红的眼里流了出来,转身把存折放进家宝的书包里,说:"给了你也等于是没给,这存折是有密码的,等家宝用钱的时候我再告诉你密码。"

吴莎莎就蹲在地上哭,一下一下地打杜沧海的腿,说:"杜沧海,你这样让我觉得自己特别卑鄙特别邪恶特别不是人。"

杜沧海喘了口气,觉得喉咙都是疼的,像发了四十度以上的高烧,全身的每一个关节每一寸肌肉每一个细胞都是疼的。

办完离婚手续,吴莎莎回家收拾东西,收拾了两行李箱衣服,让家宝帮她拖一个,然后抱着家欣亲了亲,让她跟着爸爸要听话,小兰一脸慌张,像丧家犬,仿佛不知该怎么着好了。

杜沧海已经想好了,等吴莎莎走了,就让小兰回老家,或是给她找份工作,把家欣送父母那边,他把门一锁,就去俄罗斯。

这一刻,他才明白,为什么老人把子女结婚叫成家。一个家,如果没有女主人,就散了。

家宝还不明白是怎么回事,见吴莎莎收拾了两行李箱衣服,还以为是要去旅游,就问吴莎莎去哪儿。家欣也以为妈妈要带哥哥出去旅游却不带自己,哭了,吵着要去。杜沧海心如刀割,忙抱起家欣,说一会儿爸爸带她去旅游。家欣哭着问都是出去旅游,为什么不和妈妈他们一起去。

杜沧海就说:"因为我们去的不是同一个地方。"

想想也是,他和吴莎莎的人生,就此别过,吴莎莎目的地笃定,而他却不知自己将去向哪里。

家宝满肚子问号地跟着吴莎莎走了,上了街,吴莎莎叫了出租车,直接去了李向东家。

当时王丽丽在,正跟李向东哭,说她不在意他和吴莎莎好,只要他肯跟她扯结婚证。李向东很烦,说:"那张纸就那么重要吗?"

王丽丽说:"既然那张纸不重要你为什么不给我?"

李向东说:"因为你不爱我。"

王丽丽好像遭了天大的诬陷似的看着他。

李向东说:"如果你爱我,就不会这么纠缠我,王丽丽你知不知道,你的纠缠让我很痛苦。"

王丽丽大哭着说:"我这么爱你,你却非要说成是纠缠你!李向东,你没良心!你不知好歹!"

李向东说:"王丽丽,你错了。你爱的不是我,是你自己。你没把我当人,把我当成了一个什么东西,你喜欢的、想拿到手的东西。如果你爱我,就不会这样,你尊重我是个人,也有自己的喜好和选择,你就不会不顾我的心情我的痛苦非要把我绑定一辈子。王丽丽,我还得告诉你一个真理,爱一个人是信任、是你的付出从不计回报、你要让对方一辈子因为有你而幸福,如果你知道我会因为有你而痛苦,你就会觉得不安而且羞愧,你会转身就走,而不是纠缠不休。"

王丽丽愣了一会儿,拿起一把水果刀就要剖开自己的胸膛把心脏挖出来给他看看。

吴莎莎就是这时候进来的,拖着两个巨大的行李箱。一看见她,王丽丽就不剐自己了,挥着刀就扑了过去,非要把她的脸划了不可。

吴莎莎吓得尖叫着往后躲,家宝认识王丽丽,见她张牙舞爪地要扎自己的妈妈,就急了,扑上去抱着王丽丽的胳膊就咬了一口,王丽丽痛得大叫一声,张皇失措,一刀就扎在了家宝的肋骨上,鲜血唰地就涌了出来。吴莎莎一看儿子被扎,也疯了,扑上来想打王丽丽,可又怕激怒了她做出更过激的事来,就发疯地尖叫李向东的名字,李向东也吓傻了,说:"丽丽,你别这样,你松手,我这就和你去登记结婚。"

王丽丽疯狂地大喊:"我不信,你骗了我这么多年,我随时随地带着户口簿,就怕你答应和我登记的时候我找不到它!"

李向东忙说:"我这就去拿户口簿,咱俩这就去登记。"

李向东折回房间,手忙脚乱地打110报了警,然后拿着户口簿跑出来,说:"你看,户口簿!"

王丽丽愣了片刻,伸手去拿户口簿的时候,吴莎莎猛地扑上来,从她手里夺过家宝就抱着往楼下跑。

吴莎莎虽然个子高,但很瘦,那天也不知哪儿来的力气,她抱着十多岁的家宝,疯狂地跑下楼梯,冲到街上,拦了一辆车就去了401医院。

好在只扎断了一根肋骨,没受内伤,家宝在医院躺了半个月。王丽丽以故意伤害罪被检察院提起公诉。

这种桃色纠纷,本来就是人们茶余饭后的嚼料,又惊动了公安机关走司法程序,就上了媒体。

家宝出事,吴莎莎自觉愧疚,没敢跟任何人说。可一上报纸,纸就包不住火了,第一个知道的是杜建成,正在外面下棋呢,就见老华拿着一张报纸慌张得有些夸张地跑过来,说:"三哥,出大事了!你还在这儿下棋!"

杜建成了解老华,惯于一惊一乍,就慢条斯理地找了合适的位置,把棋落下,说:"火上了房顶,我也得把这盘棋下完了再说。"

老华说:"你家老三离婚了。"

杜建成一愣，也没觉得有什么不对的，倒是心下释然，说："早就该离了。"可心里还是有点怨杜沧海，离就离吧，他和赵桂荣没意见，可你也得回家跟我们做父母的通个气啊，悄没声地自己就办了，这让街坊邻居知道了，也显得你太不把我们这些老东西放在眼里了。

老华又说："不光离婚，还闹出事了。"

杜建成心里一乱，棋失一招，就输了，恼恼地说："老华，我看你真是越老越糊涂了，要风平浪静的，他们离哪门子婚？"说着站起来，拎起马扎，往背后一抡，微驼着背往家走。老华屁颠屁颠地追过来，把报纸往他手里一塞，说："莎莎相好的女人把家宝扎了！"

杜建成这才慌了，抖开报纸，顺着老华的手指看完了，家也顾不上回，就往杜沧海家去，杜沧海已经去了医院。

4

家宝躺在床上，不明白为什么妈妈要拖着行李箱去李向东家，就问杜沧海。

不得已，杜沧海只好说他和吴莎莎已经离婚了，以后他得跟着妈妈过。家宝一听就不干了，躺在病床上哭得惊天动地。

杜建成就是循着这哭声找来的，见了杜沧海，先朝着他后背砸了一马扎，说："你离婚不要紧，怎么能把我的孙子给她带？！"

这时，吴莎莎拿着几瓶矿泉水进来，家宝挣扎着从床上坐起来，说："妈，你给我爸赔礼道歉。"

家宝还不懂男女，也不懂爱情，只知道爸妈离婚，是因为妈妈做了对不起爸爸的事，老师说过，知错就改就是好孩子，可以被原谅的。所以，他以为只要吴莎莎赔礼道歉承认错误，他们一家人就可以像以前一样。

但是，出了这么多事，吴莎莎比谁都知道，永远不可能了。

大吴也从街坊邻居们的议论里知道了大概，提着一根棍子就去了李向东的摄影工作室，进门抬手就砸。

和吴莎莎好了这几年，李向东见过大吴，但大吴并不知道他是吴莎莎的相好。都是吴莎莎回挪庄给大吴送东西,李向东陪着她,但没进门,远远地看着,大吴送吴莎莎出来的时候,李向东照过几面,也知道他今天为什么来砸,没拦也没声张,等大吴砸完了外间,就问:"里面还有,您砸不砸了?"

大吴两眼通红地看着他,突然扬起手,一棍子就打在了他身上,说:"你这是毁我们爷俩。"

李向东说:"老爷子,您是怕莎莎离婚了杜沧海就不给您酒钱了吧? 您放心,还有我呢。"

大吴说:"放你妈的狗臭屁!"

"您来找我,就是为了砸一顿出出气?"

大吴说:"你离我家莎莎远点。"

"那您得先问问莎莎愿不愿意。"

大吴瞪着他:"说来说去,你的意思是我家莎莎纠缠上你的?"

李向东说:"我也缠她,和她在一块的时候,我心里踏实;没她的日子,我总想往外走,要去哪里,我自己也不知道,就是觉得不安,就是想找个让自己心安的地方。我遇见莎莎姐就不这样了,她心里装着我,她走到哪儿,哪儿就是我的家。"

大吴突然一屁股坐在旁边的摄影器材箱子上,老泪纵横地说:"我他妈的不安了一辈子,就没睡过一个踏实觉!"

李向东说:"我比您有福。"

李向东也拖过一个箱子,坐在他对面。两人就这么怔怔地坐了半天,大吴才又不无担忧地说:"莎莎比你大七岁,你到底看上她什么了?"

李向东说:"看着她我心里就安逸。"

第二十六章
风雪交加的莫斯科

1

因为故意伤人,王丽丽被判两年有期徒刑,缓期三年执行。

虽然缓刑后不用去坐牢,但从拘留所出来后,王丽丽被单位开除了,人变得恍恍惚惚的,身边得有人看着,要不然她就往外跑,要去找李向东领结婚证,因为他说了,会和她结婚的,连户口簿都拿出来了。

家宝痊愈出院,走到医院门口,跟吴莎莎说他不去李向东家,这辈子都不去,死也不去。吴莎莎说:"可是在离婚协议上你是要跟着我生活的。"

家宝说:"我是人,不是东西,你说了不算!我要跟爸爸!"

杜沧海也挺难过的,感慨,虽然他讨厌孙高第,可对家宝,他连半点异样的感觉也没有。就对吴莎莎说:"既然这样,家宝还是跟着我一起生活吧。你要想他了,随时来看他。"

杜沧海和吴莎莎交涉的时候,家宝一直倔强地看着蓝天。

吴莎莎知道他的倔,就没再勉强,给杜沧海深深地鞠了个躬,说:"杜沧海,我欠了你的,下辈子还吧。"

2

离婚的事,前后折腾了一个多月,杜沧海安顿好一切,准备起身时,已是初秋了,收拾行李时,想起了丁胜男,就给她打了个电话,说他要去俄罗斯做生意了,问她去不去。

丁胜男说:"去,当然去。"

两人先到北京,从北京去满洲里,又因为签证,在满洲里待了三天,才进入俄罗斯。

此时青岛才是深秋,但莫斯科已是大雪纷飞。莫斯科能把人的骨头都冻上的冷,和青岛湿漉漉的冷不一样。初来乍到,杜沧海这号称不怕冷的大男人都有点受不了,丁胜男更是受不了,天天把衣服裹得紧紧的,蜷缩在酒店床上,恨不能整个冬天都不踏出酒店门半步。可他们是来做生意的,不是来猫冬的,杜沧海拉着丁胜男出门,丁胜男就要赖,就势往被窝里一钻,让杜沧海先进被窝暖和暖和再说,说着,掀开睡衣,给他看裸着的乳房,杜沧海别着脸不看,说:"丁胜男,你是个女人。"

丁胜男说:"知道。"

杜沧海说:"知道你就要点脸!"

说完,就上街了,像当年他闯广州闯上海一样,想上街看看,找合适落脚的地方,可毕竟这是俄罗斯,语言不通,或许天冷的缘故,满街俄罗斯人的脸,板得好像在冰天雪地里放了好久的钢板,一副随时随地准备和人干架的模样,让初来乍到的杜沧海很是打怵。

他一路比画,好不容易打听到了萨达沃市场,为了记路,也没打出租车,从地铁站买了一张莫斯科市地图,又问清楚了在哪一站下,就坐地铁去了。

这是杜沧海记路的独家窍门,只要去陌生城市,就先买一张地图,坐公交车或地铁,不是为了省钱,而是知道,人一旦坐上出租车,就会对出租车司机产生依赖,不再用心记路,可坐公交车和地铁就完全不一样了,要留意观察沿途站点,一条线路,很快就熟了,整座城市是由无数的公交车和地铁站点组成的,只要记住几条主要的公交车和地铁线路,一座城市的大概,就了解得差不多了。

萨达沃市场看上去和国内的批发市场很像,区别在建筑风格上。萨达沃市场里百分之九十是华商,有的在苏联解体前就来了,俄语说得比汉语都溜。耳边不时有人说汉语,杜沧海的心,一下子就踏实了,和早来的华商们一聊,知道他们大多是东北边境一带的居民,商品也大多产自东北,糙得很,尤其是服装鞋帽,有些是国内卖不出去的老款式了,但是,因为质量过硬,在俄罗斯依然很受欢迎,尤其是中国的翻皮皮靴,因其结实、扛造、暖和,很得俄罗斯居民青睐。

杜沧海跟卖翻皮皮靴的老板老苏聊了一会儿,晓得他是哈尔滨人,过来七八年了。杜沧海说他过来是想做旅游鞋批发。老苏说保准行,俄罗斯雪多,中午太阳一晒,雪就化掉了,满街都湿答答的,很适合穿旅游鞋。

杜沧海在市场里转了几圈,就把萨达沃市场的情况摸了个大概,也觉得旅游鞋市场前景不错,就让各鞋厂把货调集在一起,先发一车皮过来。傍晚,要请老苏他们吃饭,说初来乍到,语言也不行,以后跟俄罗斯人打交道,还得请老苏他们多帮衬着点。

老苏就笑,说大多数华商们俄语都不行,做生意靠的是往计算器上按数字和在本子上写数字,一天下来,说不了几句话,嘴巴快要憋臭了,在异国他乡遇上同胞,心里有天然的亲近感,所以,杜沧海一招呼吃饭,都答应得很痛快。

老苏找了家中餐馆,几个人刚坐定,丁胜男就来电话问杜沧海哪儿去了,杜沧海就说在萨达沃这边的中餐馆吃饭,让她一起过来。

天天在宾馆被窝里蜷着,丁胜男全身的骨头都快蜷折了,让杜沧海先吃着,她收拾收拾就过来。丁胜男所谓的收拾,就是化妆。和丁胜男在俄罗斯这段时间,杜沧海已经摸准了丁胜男的生活习惯,只要是见人,哪怕是见他、见宾馆服务员,也要化一个浓浓的妆。杜沧海说:"你至于嘛,化过来化过去,累不累?"丁胜男就说:"这是做女人最基本的修养:美给这个世界看。"

老苏他们都喝了好几轮了,丁胜男才来,画得烈焰红唇的,穿着貂皮大衣,像坐山雕的姨太太,这是老苏说的。丁胜男反驳,说:"为什么不像坐山雕的老婆而是姨太太?"老苏说给坐山雕当老婆她还不够胖,也不够老,再就是她太漂亮了。

丁胜男很受用，端杯就和老苏碰杯，说，就冲这句话，她认下老苏这朋友了。老苏就冲杜沧海竖大拇指，说："怪不得你不喝酒呢，原来带着杀手锏。"又说："跟俄罗斯人打交道，只要有酒，就没有办不成的事，俄罗斯人喜欢喝酒，尤其是高度白酒，遇到市场管理人员和警察刁难，塞两瓶高度白酒比塞钱还管用。"

丁胜男就不可理喻地呵了一声。

杜沧海问老苏，为什么俄罗斯人看上去都一脸苦大仇深的样子，好像这世界欠了他们几百万。老苏说："俄罗斯人就这样，整天板着脸，看上去很不好打交道，其实不然，俄罗斯人内热，也喜欢帮助别人，但就是不爱用语言表达，等你和他们混熟了，会被他们的热情吓着，当然也有很差劲的，但毕竟是少数，你得祈祷自己千万别碰上这号的，要不然，遇上一个，就够你受的。"

丁胜男就问他遇没遇上过。老苏说刚来那会儿，租了一个俄罗斯人的房子，房东就是个脸皮特别厚的俄罗斯人，因为楼上楼下地住着，他也想和房东搞好关系，请房东吃了几顿饭，结果，坏了，从那以后，房东就经常来蹭饭吃，买不起洗衣机，见老苏有，就隔三岔五把脏衣服丢到楼上，让老苏顺手给洗了，这倒没什么，外套衬衣什么的，扔到洗衣机里就行了，可房东连内裤袜子也往老苏这儿扔。别人贴身穿的东西，带着体味和分泌物，老苏觉得恶心，不愿意放洗衣机里洗，就给扔洗脚盆里泡着，兑点洗衣粉找根棍子给搅搅就算洗了，晾干还给他，可没过多久，房东说老苏有传染病，非要赶他走。把老苏弄得莫名其妙的，有心和他理论，语言又不通，加上只身在外，再大的本事也斗不过地头蛇，就忍气吞声地搬了，后来才听说，房东穿着他洗过的内裤，鸡鸡又红又肿，去看医生才知道是霉菌感染，就怀疑老苏也有这毛病，把他衣服混在一起洗时给传染上了，知道原因后，老苏笑得不行，就明白了，问题就出在他用洗脚盆给房东洗内裤上，因为他有脚气，可他不知道脚气会往鸡鸡上传染。

老苏讲得绘声绘色，说他来这么多年，就碰上这么一个难缠的，让杜沧海也不必太担心。杜沧海原本有点紧绷的心，就松弛了不少。

老苏问杜沧海他们住哪儿。杜沧海说酒店。老苏咋舌说太贵了，建议在萨达沃市场附近租个民居，既经济也方便。

杜沧海说初来乍到，对这边不了解，就想先看看再说。老苏大包大揽，说这任务交给他了。杜沧海看看丁胜男,说租两套,最好离得不要特别远,有事方便相互照应,老苏又重新打量杜沧海和丁胜男,说:"你俩不是两口子啊?"

杜沧海哈哈大笑,说:"不是不是,我们是同学,搭伴来俄罗斯闯天下的。"

丁胜男一副什么也不在乎的样子,拍了拍杜沧海的肩膀,示意他不要说话,然后对老苏说:"上高中那会,我是杜沧海的梦中情人,但我的梦中情人不是他,现在杜沧海是我的梦中情人,但是他的梦中情人不是我,明白了吧?"

老苏飞快地眨了一会儿眼睛,好像想明白了似的,说:"绕来绕去的,直接说你们俩阴错阳差就是没走一块去不就行了?"

丁胜男睥睨着杜沧海,又诡秘地笑了一下,说:"但是,现在,我单身,杜沧海离婚了,你说我们俩这算什么?"

老苏怔怔地看着丁胜男,忽然无声地大笑,表示丁胜男的意思,他明白了,这一臂之力,他助到底了。

丁胜男就端起酒杯碰了碰他的杯子,一仰头,要把大半杯白酒干了,被杜沧海一把夺了下来,说:"差不多就行了。"丁胜男不服输地嘟哝了句你干吗管我啊,说着,歪着身子来抢酒杯,众目睽睽下,杜沧海不想让她太难堪,就说喝完这杯别喝了。丁胜男也不言语,拿过酒杯,一仰头干了。

和老苏他们喝到深夜,走的时候,丁胜男腿都喝软了,一拉起来,就往地板上出溜,浑身没骨头似的,杜沧海只好把她扛在肩上,站在街边打出租车。老苏就笑,说这才来呢,就入乡随俗了。杜沧海问什么入乡随俗。老苏说俄罗斯人爱喝高度白酒,如果丈夫深夜不回家,老婆就会去他们常去的酒馆里把烂醉如泥的丈夫拎到肩上,像扛麻袋粮食一样扛回家。

杜沧海把丁胜男扛回酒店,在房间门口把她放下,一手揽了腰不让她出溜到地上去,一手从她包里找钥匙,丁胜男的胳膊软绵绵地搭在他脖子上,赖唧唧地说:"杜沧海,我都喝醉了,你还忍心让我一个人睡啊?"

杜沧海不言语,打开门,把她抱到床上,又给倒了一杯水放在床头柜上,说:"睡吧。"

丁胜男歪在床上,说:"杜沧海,别端着了,我知道你想睡我。"

杜沧海说:"我真不想,你喝醉了的时候,我更不想。"

丁胜男从床上爬起来,追到门口,赖皮似的搭在他肩上,说:"在俄罗斯,你这种不喝酒的男人根本就吃不开。杜沧海,你信不信,以后很多事你得仰仗我帮你。"

杜沧海也不说话,弯腰抱起她,放在床上,一声不响地走了。

他真的,一点也不想睡丁胜男,尤其是这时候,他只希望睡那个清醒的,对自己没有利用欲望,也一往情深的丁胜男,他不是自诩君子或是圣人,而是对有交换目的的肉欲,有种本能的抗拒。

所以,这辈子,杜沧海做不了嫖客。他在温州的时候,和鞋厂谈事,鞋厂都安排在夜总会收梢,也会给他安排小姐,钱都付过了,他可以在这些女孩子身上为所欲为,甚至带走过夜,但他一次也没有,一想到这些女孩子为了钱,每天晚上对各种各样的男人都在做同样的表演,就觉得索然无味。

3

根据老苏的指点,杜沧海买了几瓶高度白酒,跑了两天,萨达沃市场的场地就谈妥了,公寓也找到了,就一套。

杜沧海打量着从老苏手里接过的钥匙,下意识地问道:"就一套?"

老苏就诡秘地笑,也不怕他看出来,和傍在他身边的丁胜男相互丢了个看你杜沧海能奈我何的眼色,说道:"目前只找到这一套,你们就先凑合着住吧。"

杜沧海就看看丁胜男,把钥匙递给她,说:"要不,你先搬过去住吧,我再另找。"

丁胜男很下不来台,说:"杜沧海,你怎么就这么矫情呢? 是显你高贵呢,还是嫌我不干净?"

杜沧海一时不知该怎么说好,就说:"孤男寡女的,我这不是怕你吃亏嘛。"

丁胜男说:"老娘等着吃你的亏都等了好几年了!"

杜沧海怕她越说越露骨,只好说:"好,好,既然你不怕,我也没什么好说的。"

当晚,两人就搬进了公寓。

房子收拾得很干净,两个房间加一个客厅,客厅里还有壁炉,家具陈设都很温馨。丁胜男挑了一个房间,把行李扔进去,站在门口对杜沧海说:"一人一个房间,我呢,随便你睡;你呢,让我睡我才睡。"

话说到这份儿上,杜沧海觉得自己再表达不想两人住在同一屋檐下,显得太打脸,就笑了一下。

晚上吃饭的时候,杜沧海问丁胜男打算做什么生意。丁胜男好像很奇怪他会这么问,说:"做旅游鞋啊。"

杜沧海一时没回过神来,问她从哪里进货。丁胜男说:"鞋厂不是已经给你发过来了?"杜沧海说:"是,可那是我进的货,怎么跟你搭上关系了?"

丁胜男就一脸不明白杜沧海为什么会这样说的样子,说:"杜沧海,你这么说,你还算个男人吗?我一女人,生意场上的新手,负债累累,千里迢迢地跟着你来俄罗斯,我图什么?不就图你能带着我一起做生意吗?"

杜沧海说:"那你也得先和我商量商量啊,我以为你来了,咱俩各做各的。"

"这还用商量?我跟你来了,就是打算和你合伙做生意的,要不然我来这个天寒地冻的破地方干什么?给你陪睡啊?就俄罗斯这破地方,买片口香糖比买鸦片还难,避孕套贵得跟金子做的似的,我跟你过来我有病啊?"

杜沧海没想到丁胜男能把强盗逻辑说得这么理直气壮,就定定地看着她生气,气着气着就笑了,说:"丁胜男,你真可以。"

好像,就这么应了,让丁胜男跟他合伙做生意。毕竟身在异国他乡,身边有个知根知底的人,能相互给彼此长个眼神,也不算坏事。然后问这一车皮鞋,她打算要多少。丁胜男说:"十万块钱的吧。"杜沧海说:"好,给你十万块钱的。丁胜男,你真可以,借了我的钱,从我手里撬货,你去卖了挣钱,我怎么觉得哪儿不对头呢?"

丁胜男说:"你觉得不对就对了,要对,咱俩孩子都上小学了。"

话题,突然就沉甸甸了起来,杜沧海就没再说话。

车皮还没到,杜沧海没事干,就不想待在家里,莫斯科冷,但室内暖和,经常是穿着厚厚的羽绒服出去,进门没一会儿就脱得只剩衬衣。丁胜男仗着身材好,洗完澡就光溜溜地在家里走来走去,晃得杜沧海都不敢睁眼,说:"丁胜男,咱俩什么事也没有,你能不能要点脸?"

丁胜男就妖妖地笑着,凑到他跟前说:"这是我的习惯,洗完澡不擦,晾干了再穿衣服。看吧,看吧,沧海,刚洗完澡的女人最漂亮了,水灵灵的香喷喷的,你要无动于衷我都怀疑你不行。"杜沧海就把眼一闭,抓起衣服就往外走,不知为什么,在内心里,他并没有把现在的丁胜男当女人看,就觉得是一个伴,和大狮子没什么两样。试想,如果大狮子时刻惦记着和他来一场鱼水之欢,成吗?不成,恶心,排斥得很。

4

杜沧海想过,如果说他的人生,算不上失败的话,这大约都要归功于勤劳和强烈的好奇心。

初到莫斯科,对这座巨大而又坚硬的城市,他充满了好奇,总想探究个明白,为什么俄罗斯人那么爱喝酒?为什么俄罗斯人被称为战斗的民族?转了几天,就明白了,俄罗斯人爱喝酒是因为俄罗斯太冷,酒能暖身,再就是冬天的时候,俄罗斯人都穿着厚厚的衣服保暖,喝点酒,微醺会让人产生轻盈的错觉,仿佛肉身已经脱离了衣服的沉重羁绊,飘飘欲仙,这种感觉大概很吸引他们,尤其是俄罗斯男人,喝醉了在雪地里趔趄的样子,看上去享受极了。被誉为战斗的民族是因为俄罗斯人不爱笑,也不爱说话,嘴懒但习惯于腹诽,在是非上,无法形成沟通的腹诽容易导致战争,因为人腹诽是非的时候,习惯于怪罪这世界对不起自己。和俄罗斯人交道打多了,也都相处友好,杜沧海就觉得俄罗斯人其实是看着闷,实际内心很骚,也就是说,俄罗斯是个看上去高冷彪悍实则闷骚的民族。有矛盾也懒得说话讲明白,还是比拳头更干脆,谁拳头硬真理就在谁那边。搞明白这些以后,杜沧海就决定,放弃国内的生意模式,旅游鞋明码标价,不和俄罗斯人讨价还价。其一,避免了语言不通的麻烦;其二,避免一言不合就抡拳头的可能。

回去和丁胜男说。丁胜男正穿着他的衬衣蜷缩在床上看国内带来的言情小说,对他的话,全然没入耳的样子,完全沉浸在小说情节里。

要命的是她没穿底裤,从衬衣的边缘,隐约可以看见她卷曲的体毛。看着她若隐若现的体毛,杜沧海好像一下子被魔怔了似的,想起了上高中那会儿的丁胜男,有一张闪烁着金色绒毛的脸,在阳光下,熠熠生辉,耀得他眼疼。

丁胜男又翻了两页,才把书往床上一扔,说:"杜沧海,怪不得这些年你做什么成什么。"

虽然已经习惯了她动辄赤身裸体和袒露胸脯,但杜沧海还是不想让丁胜男看见自己的异样,就别着脸,看别处,说:"这算表扬我?"

丁胜男说:"那是。"说着,突然往后一仰,躺在枕头上,媚眼如丝地看着杜沧海说:"杜沧海,你该不是有病吧?"

说着,就微微地张开了腿:"我真的怀疑你有病。"

杜沧海心一狠,就扑上去,把她压在身子底下,说:"来,我给你证明一下我没病。"

这就是杜沧海和他初恋女神的第一次,为了证明他是个没有丧失功能的男人。

丁胜男身材优美,闪烁着栗色光泽,蛇一样缠在他身上,说:"杜沧海,谢谢你。"

躺在杜沧海身下的丁胜男说得隆重而认真,一反她平时玩世不恭的女流氓德行。

"乱七八糟的,谢我什么?"

丁胜男说:"杜沧海,你不知道,在里面那几年,我全靠回忆着你对我的好,才能让自己这颗心暖和暖和,不然我会冻死的。"

杜沧海知道她说的冻死不是生理意义上的冷,而是精神上的。他听人说过,丁胜男进去以后,父母和姐姐们都以她为耻,没一个去看她的。杜沧海突然有点心疼她,就把她往自己怀里揽了揽,丁胜男却擦了擦眼泪,说:"我不会逼你娶我的。"

杜沧海没说话,从答应和吴莎莎离婚的那一瞬间起,感情的事,他就没再考虑过,再婚就更没想过。

丁胜男说:"因为我知道你不会娶我。"

杜沧海有些不自在了,觉得她这样说,很怨妇,自怨自艾给别人听,其实是一种卑微的示弱和乞求,比撒泼或是哭骂都更不能让人接受,因为自怨自艾是找准了人良心上的软肋,轻轻地,一下一下地戳,动用的是别人的愧疚,更折磨人。杜沧海就说:"胜男,我们能不能不说这个话题?"

丁胜男点点头,声音突然就晴朗了起来,说:"你已经娶了一个那样的吴莎莎了,如果再娶一个我这样的丁胜男,在街坊邻居眼里,你可真就成了收破鞋的专业户了。"

听她妄自菲薄得越来越离谱,杜沧海不由得,就怒了,噌地起身,穿上衣服就出去了。从那以后,关于婚娶的事,丁胜男再也没提过,但经常半夜睡着睡着,她就光着身子跑进来,什么也不说,钻进被窝,脱杜沧海的衣服。

有时候,杜沧海心情好,就会洗完澡,站在她门口,倚在门上,冲她露出贝壳一样洁白而整齐的牙齿笑。丁胜男看见了,也笑,灿烂地笑着,把自己摔在床上,一副就等你入侵了的放荡相。

第二十七章
逃离莫斯科

1

杜沧海的旅游鞋，很受俄罗斯人追捧，他四十多平方米的批发部，经常被来批发旅游鞋的俄罗斯人围得水泄不通。

本来，杜沧海在他的批发部旁，也给丁胜男搞了一场地，可丁胜男不要，说两个人挨在一起，卖同样的东西，这不有病吗？她自己跑到兰楼市场租了一间门脸，干得也风生水起的，销售量和杜沧海不相上下。

因为卢布币值不稳定，杜沧海和丁胜男每过一段时间，就把收到的卢布汇回国内换成人民币。每次去银行汇款，杜沧海都觉得，在俄罗斯不是挣钱，而是遍地搂钱。苏联解体以后，整个俄罗斯经济坍塌，本就不发达的轻工业更是全军覆没，相当长一段时间，俄罗斯人的日常生活主要靠几个由华商经营的大市场供给维持。

因身在其中，杜沧海知道，不少从国内运来的商品，质量很差，俄罗斯人也很不满，也会拿着买到的劣质产品，回市场理论，可又言语不通，自知理亏的中国老板，就用蹩脚的俄语辩解，推诿责任，可俄罗斯人是一言不合就开打的战斗民族啊，常常是讲理讲不通，就打成了一团。俄罗斯人身材高大，出手彪悍，中国商贩根本不是对手，吃亏是家常便饭，本着帮别人就是帮自己的原则，华商看自己人要吃亏,就蜂拥而上打群架,人多力量大,也能把俄罗斯人打跑,可华商不能吃住都在市场里边,收了工,总要回家的,有些事,也要到市场外面去办,而俄罗斯人好狠斗勇,吃了亏,自然不肯甘心,会在市场外转悠,一不小心冤家路窄,就干上了。

杜沧海忧心忡忡,就奇怪,同样是来做生意,为什么他们就不能卖质量好点的东西呢?丁胜男就说他真是那个"何不食肉糜"的中国皇帝,就算他们想卖品质好的东西,俄罗斯人根本就买不起,做生意,只有走货跑量才能挣钱,总不能运过来一堆质优价高的商品放在市场里供着吧?包括他们的旅游鞋,没错,是质量好,可零售出去的并不多,大多批给俄罗斯商店和商场了,能进大商场买东西的俄罗斯人还是少的,更多的俄罗斯人要靠萨达沃和兰楼市场上的低价劣质商品维持生活。

杜沧海觉得丁胜男说得也有道理,说照这么发展下去,早晚有一天,中国商贩会在俄罗斯待不下去。

一年后,杜沧海发现,他一语成谶了,他所担忧的一切,正悄然发生。

随着越来越多的中国商贩来俄罗斯淘金,产品的良莠不齐,甚至更多的是劣质商品,让中国商贩的口碑,一度在俄罗斯犹如过街老鼠。

尽管如此,底层俄罗斯人还是一边痛恨无良的中国商贩一边不得不使用他们手里仅有的那点卢布购买他们能买得起的中国劣质商品,完全形成了恶性循环。

走在街上,杜沧海都能感受到来自战斗民族的人民眼里的森森敌意,或许是抓着了中国商贩贩卖劣质商品的软肋,市场管理人员和警察也时不时地找碴儿,但不是严格执法,而完全是出于我知道、你自己也知道自己是恶人的定律敲诈。总之,只要想跟你过不去,他们就总能在消防、治安、税务、签证等等方面找出毛病,只要塞钱,就没有解决不了的。其实,华商们也知道,所谓检查、签证过期,都是变相敲诈,次数多了,也都习惯了,一旦发现警察或市场管理人员盯上自己了,马上塞钱,就万事大吉。

杜沧海和丁胜男持的是为期三个月的商务签证,也就是说,每满三个月,就要续签一次,可续签的话,耽误在路上的时间太多,索性就不回去续签,和其他华商一样"黑"在俄罗斯。当地警察也都心知肚明,这里的华商,百分之九十五以上都存在签证过期的问题,他们也乐得这样,因为这为他们随时敲诈华商提供了便利,只要他们缺钱花,随便找个华商查签证就可以了。

杜沧海也被查过,虽然塞钱就能解决,可俄罗斯警察敲诈时的无耻嘴脸,让他憋屈,每被敲诈一次,他都会在心里暗暗发誓,一定按时回去签证,可等签证到期了,一想到来回路途遥远,还要排队等签,就犹豫了,最后不得不一咬牙,和大家一样,"黑"在俄罗斯。

到第三年,来俄罗斯经商的中国人,遍布几大市场,可经商环境,却大不如从前,不单是俄罗斯人会欺负华商,华商之间的竞争也开始不择手段,杜沧海敏锐地感觉到华商在俄罗斯的黄金时代正在成为过去时,不由得,心生退意,就动员丁胜男和他一起回国。

丁胜男不肯,她喜欢俄罗斯,因为在这里,没人在乎她是不是大粪场旁边的挪庄出生的,也没人背后议论她给孙高第打过两次胎,更没人知道她坐过牢、作风不好。在这里,有满地的钱让她挣,有的是男人向她献殷勤,但她只稀罕杜沧海,这种于千万人的献媚里,我只钟情一个人的感觉,让她觉得自己很圣洁。

就在那天晚上,杜沧海正闷闷地坐在床上看杂志。丁胜男洗得香喷喷的,乖巧地挎着一只漂亮的女包,扭着猫步进来,既性感又风骚。杜沧海眼都看直了。丁胜男却欲擒故纵,对他伸来的手,视而不见,远远地扭着身子,拉开包,拿出一沓一沓的人民币,扔到他床上,扔完了二十捆才说:"杜沧海,我借你的钱,还完了。从今往后,再跟我上床你得掏钱了。"

杜沧海让她撩得难受,拿起一沓钱,朝着她一扔:"先睡一万块钱的。"

丁胜男接过来,抽了两张,塞进包里,把剩下的扔回去,说公平收费。跨上床,爬到杜沧海身上,抚摸着他的脸庞,说:"睡吧睡吧,别觉得欠了我的,你是付钱了的。"

原本雄起起的杜沧海,却一下子软了,把丁胜男抱在怀里,紧紧地抱着,脸贴在她的背上,原来,人的一些邪恶,是用来掩藏他们的善良的,比如现在的丁胜男,她爱他喜欢他,却愿意让他用买春的方式睡她,只是为了不让他有心理负担。

他感到心酸,为丁胜男,也觉得她可怜,为了一点点温暖,把自己放得那么低,完全忘记了这是一种容易被践踏的姿态,因为人是自私的,趋利的,欺软怕硬是亘古不变的本性。

在这个刹那,他想娶她。

他想娶她的片刻,却丝毫没有睡她的意思,只想好好地呵护她,给她温暖、爱,让她幸福。他搂着丁胜男睡了一夜,没和她做爱。丁胜男问怎么了,他不说话,摸摸她的头,像慈爱的父亲抚摸着女儿的头发,丁胜男似乎也明了他的心,使劲地往他怀里钻了钻,脸贴在他胸口上,没一会儿,他感觉到了水滴从胸口滑落的冰凉感,就又把她往胸前搂了搂,好像要把她攥进怀里。

三年了,这是他们的心,贴得最近的一次。

早晨,丁胜男醒了,仰着脸看他,说:"杜沧海,你有没有一点爱我?"

睡了一夜的杜沧海已经恢复了理智,就呈"大"字躺在床上,望着天花板咧着嘴笑。丁胜男定定地看了他一会儿,就爬起来,坐到他昂扬的兄弟上,一下一下地动着说:"你昨晚付钱了的。"

杜沧海的心脏又疼了一下,就软了。丁胜男就趴在他胸口说:"别这样,不是每个男人嫖娼都能嫖到初恋梦中情人的。"

杜沧海再也忍不住了,几乎把丁胜男从身上掀了下来,吼道:"丁胜男!你能不能别这么作践自己?"

丁胜男说:"在你心里,我就是那个样子,还用我自己作践吗?"说完,就去亲他,说:"杜沧海,你让我把爱做完,不然我会觉得对不起你。"

杜沧海推开她起床去市场了。

到了市场,正好碰上一群俄罗斯人在砸陶兔子的皮鞋店,陶兔子刚来萨达沃两个月,是南方人,个儿不高,胖,但很白,脑袋秃了,看上去像五花肉做的大肉丸子,因为他话多,大伙就把"秃"字改成了"兔",喊他陶兔子,兔子嘛,三瓣嘴,碎。

见一帮俄罗斯人凶神恶煞地把陶兔子的店砸得不成样子了,而陶兔子胆都吓破了,瑟瑟地在一边发抖,可怜巴巴地看着自己的脚尖。杜沧海就怒火中烧,觉得俄罗斯人也欺人太甚了,从旁边抄了一根棍子就要跟俄罗斯人拼命,却被老苏拉住了,说别怪俄罗斯人,陶兔子纯是自作孽不可活。

杜沧海问怎么了。

老苏说带头来闹事的俄罗斯男人上周刚举行婚礼,婚礼前在陶兔子店里给自己和家里人买了皮鞋,俄罗斯人又喜欢举办露天婚礼,可巧那天下雨,皮鞋沾了水,在泥泞里跋涉了一会儿,鞋子就烂了!他们这才发现,他们买的皮鞋,根本就不是皮鞋,而是牛皮纸上刷了一层油漆!

杜沧海也怒了,陶兔子鞋店开张那天,他还跟丁胜男说呢,卖那么便宜,也不知他怎么搞到的货源,搞了半天学问在这里!再想想最近俄罗斯人针对华商的仇视和打压越来越严重,全都是陶兔子们这些过街老鼠引起的,不由得就怒火中烧,抢着棍子,和俄罗斯人一起砸他的店。

陶兔子虽不敢和俄罗斯人怎么着,可杜沧海竟也敢砸他的店,就不干了,抄起一根棍子冲上来就要和杜沧海拼命。两人从店里打到店外。

陶兔子哪儿是打架出身的杜沧海的对手?

陶兔子棍子一来,就被杜沧海顺势挡了出去,然后自己手里棍子一杵,就顶在了陶兔子胸口上,把他怼到了满是泥泞的地上。杜沧海说:"陶兔子,你给我听好了,我不崇洋媚外,也不是帮俄罗斯人欺负你,可就你做生意这点操行,不仅丢了我们中国人的脸,还给我们中国人脸上抹了黑,以后要再搞这种骗人货,最好别让我看见,要不然我见一次砸一次!"

杜沧海说得铿锵有力,萨达沃市场是华商最早来创业的市场,都是一本正经想把生意做长远了的人,对华商卖假冒伪劣商品这种杀鸡取卵的自断生路行为,深恶痛绝。所以,尽管在俄罗斯人砸陶兔子店的时候,杜沧海非但没出手帮忙,反而把陶兔子揍了,但谁也没意见,纷纷鼓掌叫好。

但,杜沧海也因此和陶兔子结下了梁子,当晚他的批发部就让人纵火了,杜沧海接到消息赶过去,火已经扑灭,鞋虽然从火堆里抢出来一些,但已废了,不是被烧得残缺不全就是熏得面目全非。

丁胜男拿起一只鞋看了看,又扔到了地上,说看见了吧,这就是当英雄的下场,要报警,被杜沧海拦下了。其实,不用报警他也知道是陶兔子,可没证据,一切就是空口白牙,说不准还会被俄罗斯警察趁机勒索好处。幸好他因为深知华商市场是一潭探不到底的深水,从没在批发部囤积过多鞋子的习惯,要不然,损失会更惨重。

如此一来，杜沧海在俄罗斯待得就更是意兴阑珊了，可丁胜男不走，他又不能把她一个人孤零零扔这儿，只好咬着牙陪她继续熬，但华商的生存环境却越来越差了，针对华商的敲诈、勒索、抢劫、绑架越来越多，而且案发原因也复杂，尤其是绑架案，很多不是因为华商有钱才遭到了绑架，而是华商之间的恶性竞争，个别卑劣的华商，为了独霸市场，会勾结俄罗斯的光头党，指定他们绑架自己的竞争对手，如是这种情况，被绑架的华商，不仅会被要求付大笔赎金，还会被恐吓，限定在多少时间内离开俄罗斯。

这种用绑架的方式消灭竞争对手之风，刮遍了俄罗斯的华商市场，人人自危。

2

有一天晚上，丁胜男收工稍微晚点，回家路上就被抢劫了，如果不是她大声喊救命惊动了马路对面公寓里的一对夫妇，说不准还会被强奸，因为劫匪抢到钱后，又往路边的树林里拖她，把她的羽绒服都扯破了。

以前只是听说，从没想过这种事会发生在自己身上，丁胜男真是吓坏了，连滚带爬地回了家，一屁股坐在沙发上就号啕大哭，说为了安全，她也要把鞋店挪到萨达沃市场，这样回家就有杜沧海陪着了。

杜沧海抱了抱她，说还是回国吧。

听杜沧海说要回国，丁胜男就不哭了，说不回！

杜沧海扯了扯丁胜男被撕破的羽绒服，让丁胜男看看。

这会儿的莫斯科才是深秋，还不怎么冷，这件羽绒服，是丁胜男前几天从兰楼市场的华商那儿买的。

丁胜男低头一看，就蒙了，羽绒服里的填充物不应该是白色的羽绒吗？可从她被撕破的羽绒服里露出来的，是淡黄色的植物纤维，没错，是植物纤维！杜沧海抽了一小缕拿到厨房去点着了，放在烟灰缸里，看它烧完，捻了一下，说："稻草！"

是的，丁胜男的羽绒服里填充的是用弹花机弹成细丝的稻草！

杜沧海擎着黑色的手指在丁胜男眼前晃了晃："胜男,你说,我们就拿这些破烂玩意骗人家,人家凭什么不恨我们?!"

然后,杜沧海悲观地说华商在俄罗斯的黄金时代真的结束了,让丁胜男这就结束生意回国。

丁胜男认为他的想法太悲观。杜沧海劝得苦口婆心。丁胜男却突然就火了,哭着冲杜沧海大喊道:"杜沧海! 我回国干什么? 跟你结婚? 你会娶我吗? 就算你会娶,你家里人同意吗? 好,就算这世界对女人来说不只有嫁人一条路可走,我还可以做生意,如果你觉得华商在俄罗斯的黄金时代马上就要结束了,可国内怎么样? 对个体户来说,黄金时代早就随着九十年代的到来而结束了。"

杜沧海承认她说得有道理,回国,能和她结婚吗? 想想父母、孩子,以及舆论,他的心开始摇晃,是啊,虽然在俄罗斯他们和真正的夫妻没有区别,过得很逍遥,但这种逍遥,就相当于一起出去旅行的逍遥,没有生活的琐碎繁杂,避开熟识他们的人文环境,但是,所有的旅游,终究是要回到生活的现实的。顶着压力娶吴莎莎那会儿,他只是上有老,现在又加上了下有小,他不能不顾忌。

思前想后,杜沧海就不劝了,丁胜男擦干眼泪,抄了一个苹果,坐在床沿发狠地啃。他心里也很不是滋味,过去抱了抱她,却发现她还在流泪,低着头,也不看他,好像所有的力气都被她用来对付那只苹果了。知道她心里难受,杜沧海紧紧地抱着她,不知道说什么才能安慰她。后来,丁胜男推开了他,回自己房间睡了。

接下来几天,杜沧海着手处理仓库里的旅游鞋,把萨达沃市场的批发部转到了丁胜男名下,处理得差不多了,就想都出来三年多了,回去得捎点国内没有的东西,就带上钱上街了。

一上街,就感觉身后有人跟着,因为身上带了不少钱,就挺警觉,走几步回头看看,过了一个街角,也没什么异样,还冲天空笑了一下,笑自己神经过敏。

他穿过一个街心花园往地铁站走去,突然,一个麻袋从天而降,罩在了他头上。杜沧海本能地大喝一声干什么就伸手往下扯,却被人按倒了,他拼命拳打脚踢,还是一人难敌众手,被人捆了手脚堵上嘴塞进了一辆面包车。

杜沧海知道,自己被绑架了。

绑架,无非是为了钱,可因为准备回国,他的钱基本都已经汇回了国内,除非

190

绑匪找丁胜男要钱。他挣扎了几下，绑匪捆得很结实，就知道，肯定是惯犯，知道挣不脱，干脆就不挣扎了。

半个小时后，车停下了，杜沧海根据车的速度和时间，推算这个地方离他家大概有三十公里。

几个人把他推搡进屋子，又穿过了几道门，大概到了最里面的一个房间，才停下，把罩在他眼上的布撕下来。房间里拉着窗帘，光线暗淡，他几乎看不清劫匪的模样，但隐约能看出他们很年轻，体格健壮，因为天冷，都戴着帽子，也看不出他们是不是光头党。

四个劫匪中的一个，操着蹩脚的汉语让杜沧海给他们五百万卢布。

杜沧海在心里换算了一下，五百万卢布，差不多是五十万元人民币，因为要回国，他的钱，大部分汇回去了，手里留了几十万卢布给家人买礼物，就说他真没这么多钱。

劫匪踢了他一脚，说杜沧海是骗子，在俄罗斯骗了三年多钱，都要回国了，怎么可能没钱?!

杜沧海一听，心里就咯噔了一下，他要回国，也就平时玩得很好的几个华商知道，俄罗斯人怎么知道的? 就愣愣地看着他们，用拙劣的俄语辩解，他们肯定是被人骗了，自己女朋友还在俄罗斯，怎么可能回国?

几个俄罗斯人面面相觑，叽里呱啦嘀咕了一会儿，好像在探讨他们是不是被骗了，隐约中，杜沧海听他们说了一个"陶"字，就明白了，肯定是陶兔子。

陶兔子被杜沧海打了之后，自觉没面子，从萨达沃市场转到了兰楼市场，转行卖衬衣了，虽然质量也差，但好歹是布料做的，但因为猥琐、鸡贼，又色，在华商中口碑很差，丁胜男没少骂他，可陶兔子都不恼，还是屁颠屁颠地献殷勤。丁胜男就故意问他认不认识杜沧海，陶兔子说那王八蛋啊。问丁胜男什么意思。丁胜男说现在我归他睡啊，你最好离我远点。陶兔子就老实了，可过了一阵，大概他想明白了，一定要恶心恶心杜沧海，还是整天往丁胜男跟前凑，动辄拿话语吃她豆腐什么的，丁胜男是风月场上待惯了的人，也明白自己一腔真情洒在杜沧海那儿，不过是滴水进了大海，没用得很，也很苍凉，所以，尽管烦陶兔子，但闲来无聊，也会接他几句撩骚解闷，权当找回点心理平衡吧，你杜沧海对我无情可用，我

191

也犯不着对你忠贞不渝。

杜沧海要结束生意回国,就是她和陶兔子说的。

因为杜沧海执意要回国,丁胜男整天郁郁的,陶兔子就问她怎么了。丁胜男强打精神说睡我的男人要回国了。陶兔子很开心,还开玩笑说要放一挂鞭炮欢送杜沧海,因为只有杜沧海走了,他才有机会。丁胜男就啐了他一口。问他是不是嫌杜沧海上次揍他揍轻了。

陶兔子就想起了那顿打,心里恨得不行,想杜沧海这一走,就成了鱼游进了大海,一顿痛揍之仇,怕是这辈子都没法报了,想了几个晚上,咽不下这口气,就故意跟他认识的几个俄罗斯光头党说杜沧海结束了生意要回国,手里有大把现钞。

光头党其实就是俄罗斯混混,不务正业,游手好闲。没钱花了,就上街抢;想搞大钱了,就玩绑架。陶兔子这么一说,他们就打听了杜沧海住的地址,把他绑了。

光头党不信杜沧海没钱,认真地写了字条,从门缝里塞进了杜沧海家。可这天晚上丁胜男给一华商朋友过生日去了,喝得醉醺醺的,半夜才回家,一头扎到床上就睡了,字条塞的位置比较偏,第二天早晨起来她都没看见,洗漱完了,就去市场了。

这如果是以往,就算她没在杜沧海床上睡,早晨也会赤着身子钻他被窝里腻歪一会儿,可这几天杜沧海执意要走,把她一个人扔在俄罗斯,她既心寒又生气,就不想搭理杜沧海,所以,往他房间看都没看一眼,就更不知道昨天晚上他没在家。

陶兔子了解光头党的脾气,有钱能捞到手,绝不会忍过夜,见丁胜男没事人一样来了市场,也觉得奇怪,就故意问杜沧海走了没。

丁胜男没好气,说走不走都没你的份!

送出去的勒索信竟然没回应,这是光头党们遇上的头一遭!就又送了一封,言辞更激烈,不外是如果不给钱,我们就撕票的狠话。

但是,丁胜男还是没看见这封信。因为留不住杜沧海让丁胜男觉得特别失败,事已至此,不想回家面对杜沧海,那天她应了一个俄罗斯小伙的约,晚上去他家睡了。

光头党们等了两天,送出去的信都像泥牛沉入了大海,也急了,去问陶兔子,问杜沧海的女朋友为什么还没反应。陶兔子也蒙了。

就这样,杜沧海在劫匪的老巢里度过了第二个度日如年的夜晚。

因为拉着窗帘,白天房间里也光线昏暗,杜沧海一刻也没放弃自救逃生的可能,他先是轻轻地擎着手腕,在墙上一下一下地蹭着绳子,倒不指望墙能把绳子磨断,但他知道,只要他不停地蹭,绳子的结就会松,只要把捆他手腕的绳结弄松了,他就有办法借助墙的力量把绳子从手腕上撸下来。

好在劫匪基本不进这个房间,只偶尔地,把一块黑列巴扔在他面前的桌子上,是怕他万一饿死了,就勒索不着钱了。光头党还是很讲信誉的,只要给钱,他们立马就放人,而且毫发无损地放。当然,光头党这么干,也是为了积累口碑,要是交了赎金,却赎不回活人,或是放出来的人伤痕累累,再绑了人,谁还花钱赎?光头党们的规矩,杜沧海早有耳闻,倒不怎么怕他们。最怕的是如果丁胜男不交赎金,光头党说撕票也真能撕,在江湖上混,也是要立威的嘛。

杜沧海的不安,来自深知丁胜男的脾性:现实。

自己都要扔下她回国了,在她心里,还值不值五百万卢布?杜沧海心里没底。所以,他必须积极自救。

因为没回家睡,第二封勒索信,丁胜男也没看到。

但好在,杜沧海不需要她看到了,因为在第二天午夜,杜沧海终于蹭开了手腕上的绳结。他活动了几下手腕,解开捆在脚腕上的绳结,活动了一下因捆绑太紧而麻木了的脚,爬到窗前,掀开窗帘,发现窗上的玻璃虽然没了,他却钻不出去。窗户是钉死的,推不开,他晃了几下,估计能踹开,但又怕惊动外屋的光头党,就把耳朵贴在门上,听见几个光头党正在喝酒,杜沧海心里一喜,想,就目前的情形,只有他们喝醉了,自己才有机会逃出去,就悄悄地坐回去,佯装还被绑在那儿的样子,等待时机。

可这一等,就睡了过去。

等他睁开眼,从窗帘缝隙里看出去,外面已经是天光大亮,一想光头党定然也睡醒了,光天化日之下八只眼睛盯着他呢,肯定又没法逃了,最要命的是万一光头党发现绳结开了,肯定会重新捆,还会捆得更结实,这么想着,杜沧海就懊恼得恨不能打自己一顿。

他轻手轻脚地爬到门口,贴在门上听外面的动静,奇怪,竟然悄无声息,既没人说话也没有鼾声。

杜沧海想,既已这样,索性豁出去了,就四处趔摸,看见窗帘下面有一根废弃的椅子腿,就想去拿过来当冲锋的武器用,可竟没站起来,脚下软绵绵的,小说里说的软脚蟹,大概就是这样吧,全身上下一点力气也没有,像一团棉花!杜沧海当自己两天没吃饭饿的,就这体力,就算有椅子腿当武器,也打不出去,外面四个光头党呢,就从桌子上摸过大列巴干啃。

竟抬不起手来,他努力地蹭过去,趴在凳子上啃,竟连嚼的力气都没有,一口大列巴差点把他噎死,杜沧海觉得不对,又爬到窗口,把脑袋探到窗帘外,对着窗上的破洞,呼吸了几口新鲜空气,觉得舒服多了。

他懒洋洋地倚在窗台上,贪婪地大口大口地呼吸着新鲜空气,觉得力气又一点点回到了身上。突然,他一个激灵,连手里的大列巴都要扔了!

煤气中毒!对,煤气中毒就这样,吴莎莎上小学五年级的时候,她奶奶晚上睡觉前没把炉子封好,就煤气中毒了,幸亏邻居发现得早。事后,吴莎莎和他说过煤气中毒的感觉,心里很明白,但就是全身没力气,想干什么也干不了。

杜沧海心里一阵狂喜,如果是煤气中毒,外面的几个光头党中毒一定比他深,因为他们离煤气源近;再就是,这是冬天,他们肯定选了密封保温好的房间待着,而他中毒不深,还要归功于窗上的玻璃没了。

这么想着,杜沧海胆子就大了,稍微一用力,推开了一点门,就见壁炉里堆着的硕大煤块还没烧完,看来,罪魁祸首就是它了。再去看四个光头党,坐在椅子上那个,脑袋已经垂到胸口了;三个歪在沙发上的,早已面无人色。杜沧海忙去推开两面的窗户,又试着去搭了搭几个光头党的脉搏,坐在椅子上那个已经没有脉搏了,沙发上的三个脉搏微弱,他的大哥大还在茶几上,忙一把抄起来就往外跑,跑出去五六十米,能看见人了,心里才稍微踏实了点,就放慢了脚步,想想三个尚有脉搏的光头党,于心不忍,就打了报警电话,可又说不明白,就拦了一个过路的俄罗斯人,拉着他进了屋子,指给他看看东倒西歪的几个光头党,就明白了,跟警察说了情况,把大哥大还给杜沧海,并冲他竖了一下大拇指。

杜沧海没等警察来,因为知道,警察来了,不但要问东问西,还得要求他配合调查,现在,他什么心思也没有,只想赶紧回国,离开这个地方。

杜沧海回到家,见劫匪送来的两封勒索信还在地上,突然觉得黯然,就捡起来,一条条地撕了,扔了,又把公寓收拾干净了,尤其是自己的东西,哪怕一只破袜子,也收好丢到垃圾桶里了。好像这个地方,根本就不曾有他这么一个人来过。

或许,这就是他和丁胜男在彼此世界里的样子吧? 深情过,参与过,最终无痕于岁月。

他想过给丁胜男留一封信,说明一下自己这两天的遭遇,又觉得很无谓,就拖起箱子走了。

3

家宝已经上初中了,学习成绩不好,杜建成说管不了了,经常逃学泡网吧打游戏,训他,他振振有词,说杜建成不懂,打游戏将来也是职业,帮人打游戏升级,卖装备,都能挣大钱。杜建成认为这都是不学无术的无稽之谈,恨不能让杜天河发道文件,把街面上的网吧全给关了。

杜沧海痛心疾首,觉得自己很失败,这些年虽然赚到了大多数人想都不敢想的钱,可是,他婚姻破裂,孩子教育失败……

那天晚上,就问家宝,如果他从今往后待在家里陪他,是不是可以把游戏戒了?

家宝说能。

杜沧海说:"好,从今往后爸爸每天都接送你和妹妹上学放学。"

杜沧海丹东路的房子虽然人,可空了好几年,想住进去,怕是要彻底收拾收拾才行,刚回国,杜沧海总觉得疲乏,就先在父母家凑合着,也知道了很多事。

王丽丽判了缓刑,但被单位开除了,受到了很大的打击,整个人变得恍恍惚惚的,李向东很愧疚,觉得自己把她毁了,也没和吴莎莎结婚,好像只有这样,才能表示自己也在接受惩罚,内心才能有少许安慰,吴莎莎理解他,就这么一直和他同居着,听说日子过得很苦。

但杜沧海觉得他们很幸福,两个良心上背负着债务的人,在一起,也算是相依为命了。

当一男一女相依为命的时候,才能真切体验到爱的存在。爱,不过是相互需要。虽然他和丁胜男在俄罗斯,看上去也是相依为命,但他知道,不是,他们只能算是寂寞男女的相互安慰。

所谓安慰,就像肉体不适去做的按摩,都是暂时的抚慰性缓解,一旦肉体过了不适阶段,就可以断然放弃。

他去大狮子家坐了坐,大狮子还那么胖,但剃了光头。

杜沧海觉得他还是留着大狮子头好看,威风。大狮子就笑,说:“要那么威风干什么?我又不是黑社会手下的小弟,靠吆呼人过日子。”

话里似乎还有很多话,杜沧海知道大狮子是在暗示,他,已经不再是过去那个风风火火的大狮子了,更不是那个口口声声喊他老大的大狮子了,他,有了身份,尽管他把一身范思哲春装穿出了地摊仿货的气质,使他看上去很像一心想炫富的烤串摊主,但一点也不妨碍他觉得自己有行业老大的派头。

坐了一会儿,也没多少话说,杜沧海起身告辞,杜溪说她从饭店叫了菜。杜沧海说不了,妈在家准备了。

说起父母,杜溪就嘟哝着说,她想把父母接过来住段时间的,可父母说要帮他带家宝和家欣,离不开。

杜溪说的时候,有怨气,好像在怪杜沧海自己把日子过乱了套,连累着年迈的父母跟着一起受累。让杜沧海一阵愧疚,说这就把丹东路的房子打扫打扫搬回去,让父母安享晚年生活。

回父母家时,在门口遇到了郭俐美,她沉着脸,好像刚和谁吵完架,杜沧海和她打招呼也不理。

回家一问,才知道郭俐美和杜甫刚刚吵完架,到公婆这边告状来了。杜沧海就奇怪,说跟儿子有什么可吵的。赵桂荣说,去年,杜长江从国货下岗了,郭俐美内退,两人工资加起来不到四百块钱,杜甫呢,白白取了这么一好名,学习成绩一塌糊涂,说是喜欢做饭,考不上普高,就进了烹饪学校,为了买上课用的材料和郭俐美不知吵了多少嘴。人说贫贱夫妻百事哀,到他们这儿,就是哀了一家子。刚才就是杜甫学校有西点课,家庭作业是回家烤西点。杜甫想买个烤箱,郭俐美说没钱,不给买。杜甫说这些年爷爷奶奶给的压岁钱,全让郭俐美以代为保管的名义没收了,让郭俐美还给他。郭俐美不给,杜甫摔门走了,郭俐美以为他到公婆这边来了,就过来看看。

赵桂荣叹了口气,说:"什么过来看看,你二嫂这是过来给我和你爸下通知的,你孙子又要烤箱了。"

每当杜甫要什么,他们不给买,郭俐美就会跑过来告状,告状的目的不是为了让公婆帮她收拾杜甫,而是让他们知道杜甫需要什么。然后,杜建成两口子就会一边叹气一边顺应郭俐美的心愿,把杜甫想要的,买回来,让杜天河去送去。

杜沧海怔了一会儿,说:"我给买吧。"

第二天,去商场买了烤箱,给杜长江家送去。

杜甫没烤箱做实践作业,正在家生闷气。杜长江拿着晚报勾勾画画地研究福利彩票,爷俩谁也不搭理谁。杜沧海问二嫂去哪儿了。

杜甫说去教堂做礼拜了,自从内退,郭俐美就皈依了基督教,很虔诚,除了做礼拜,还经常传教,为了哄她高兴,杜长江和杜甫先后受了洗,但没她虔诚,经常找借口不去做礼拜,所以,杜甫说别人家周末是休息日,他们家周末是爆炸日。

郭俐美会因为他和杜长江周末不去教堂而大发雷霆,宛如炸弹。

杜沧海趁杜甫去厨房忙活的时候,悄悄拿出两万块钱,塞给杜长江,杜长江面露尴尬,怕烫似的把钱扔到茶几上,说:"沧海,你这干什么呢? 我不缺钱花。"

杜沧海知道他要面子,就说知道你不缺,可这几年我没在家,父母多亏你照应,你总得让我也表达表达心意吧。说着,拿起钱,又塞到杜长江手里:"你要不拿,我心里也不安。"

杜长江脸很红,好像被逼得没办法了似的,把钱揣口袋里,小声说:"真没想到,时代变化这么快。"

杜沧海说是啊。当初他决定做生意,无非是为了快点把家里的债还上,没想到还成了顺应时代潮流了。杜长江讪讪地说:"当初要不是你嫂子拉着,我也下海了,我们家今天也不会是这个样子。"

杜沧海虽然点头,但知道,就算时光倒退十几年,没郭俐美拦着,杜长江也不会辞职下海做生意。性格即命运,杜长江虽处处表现得很要强,事实却是贪恋眼下的小安逸小繁荣,胆小如鼠。

快十一点了,杜长江去翻腾冰箱,要留他吃饭。杜沧海起身告辞了,说要去看杜天河。杜长江这才如获大赦似的松了口气。看着他翻出来放在灶台上的东西,杜沧海心里一阵阵地难过,那刀鱼,比指头宽不了多少,虾也发黑了,都不知冰多长时间了。

杜天河还是老样子,上班、下班,去墓地陪米小粟看会儿日出、说会儿话,有时间了,也会和米小樱聚聚,一起说说米小粟,就好像,他们一说,米小粟就活过来了,活在他们的回忆里、语言里,以及他们在一起说话的空气里。

4

青岛虽然是故土,可离开了几年,已有些隔膜,杜沧海打算回来蛰伏一段时间看看情况再说,闲来没事,回了一趟即墨路。

十几年来,即墨路几乎是整个山东省零售业批发的集散地,生意好得很,政府觉得这么大一市场,还散在马路上,影响周围交通,也影响了周边居民的正常生活,起意要改造即墨路小商品批发市场,就把即墨路东侧的人防工程改造了,上下三层,有电梯,让大家退路入室,可有的人不看好退路入室的市场前景,就不干了。

新的即墨路小商品地下批发城,杜沧海也去看过,干净整洁,也现代了很多,但不知为什么,总觉得缺少了点什么。转了半天也想不起来这点什么到底是什么,回了家,才想起来,缺少的是原先那种野草一样的勃勃生气,重新规划后的即墨路小商品批发市场,像是把野草给盆栽了,即使野草想蓬勃,也失去了原始的野生环境。

杜沧海心里很萧索,觉得即墨路像破败而回不去的故乡,从此以后,和他的关系,只剩了回味和怀念,再也不会有实质的联系了。

丹东路的家,杜沧海原本想收拾收拾就带着家宝和家欣搬回去,可回去一看,几年没住人,已朽败得不像样,地板都翘起来了,就想重新装修,又怕装修噪音吵着夏敬国,就下楼敲门,想跟他打声招呼。开门的却是个陌生人,杜沧海就愣得很,问他是夏敬国的什么人。

那人说什么人也不是,房子是他从夏敬国手里买的。

杜沧海还记得夏敬国跟他说这房时的满意神情,说打算和女一号在这儿养老送终了,怎么就给卖了? 就问夏敬国为什么要卖房子。那人说好像是炒期货炒得倾家荡产了吧,就把房子卖了。

杜沧海问他知不知道夏敬国搬哪儿去了,那人说不知道。

第二天,杜沧海又去即墨路找几个和夏敬国相熟的老人,才知道夏敬国在期货市场上赚了几笔后,就胃口大开,把公司股份都变现投了进去,结果全赔了。

夏敬国最穷的时候,连买菜的钱都没有。他是个要面子的人,以前日子过那么风光,一下子狼狈成这样,不好意思说,就找即墨路的老朋友,闲聊一会儿,聊到快傍晚了,就突然想起来一样,一拍脑袋,说老婆让买菜,忘带钱包了,跟朋友们借个三百二百的。一开始,大家谁也没当回事,可时间久了,市场上的老朋友们都被他借遍了,从来没还的时候,就有人纳闷,夏敬国,不至于啊? 就打听他怎么了,才把夏敬国破产的事打听出来,念在大家都同在即墨路这条海盗船上风里来浪里去熬过苦的情分,也没人去戳破。夏敬国再来,就会有人招呼个临时牌局,打几把扑克,让他赢个一百二百的,回去和女一号过几天日子,免得他临要借时,还张不开口。夏敬国也是个聪明人,时间一长,就明白是怎么回事了,不消人说,自己都不好意思来了。把丹东路上的房子卖了,卖了五十万,又花十来万在人民路买了个一居室,和女一号搬过去了。

杜沧海听得唏嘘不已,要了地址,第二天买了礼物就去了。

一看是他,夏敬国就笑了,说:"你小子,还知道回来啊,我还当你让俄罗斯姑娘给收了呢。"

几年不见,夏敬国老了很多,灰的黑的白的头发掺杂在一起,格外显老。杜沧海差点没忍住泪。夏敬国故作一副大喇喇的样子,说:"看看你这熊样,我这不好好的嘛。"

说着,把女一号从房间里推出来,和杜沧海打了招呼。

女一号比前几年好点了,手,微微能动了,说话杜沧海勉强也能听懂了,冲他笑,叫他:"小杜,你回来了啊?"

杜沧海叫了声阿姨,和她寒暄了两句,见她说话很费力,怕她累着,就专注地和夏敬国说。

夏敬国泡了一杯茶递给他,说没好茶,让他凑合着喝。杜沧海就笑,说跟在火车上睡过好几年地板的人说什么凑合不凑合,咱都是有福能享,有罪也能遭的人。

夏敬国点点头,但脸上还是有惭愧之色,喃喃地说,当初如果能听杜沧海的劝,也落不到今天。杜沧海不知该怎么安慰他,就抬头看房子。

夏敬国说这房子虽然地段没丹东路的好,但生活方便,过了马路就是小村庄市场,还有利群超市,最关键的是离海慈医院近,他们一年比一年老了,他还好,万一女一号有点风吹草动,他得考虑在不叫救护车的情况下,自己也能把她推到医院。

他说话的时候,女一号一直笑吟吟地看着他,脸红红的,眼里有隐约闪烁的泪光。

其实,杜沧海也很感动,他也想有这么一个人,可以让自己死心塌地地对她好,呵护她,可又一转念,如果女一号不是因为摔瘫痪了,丈夫对她不好,夏敬国对她的那些好,她有机会知道吗?就算有机会知道,她屑于领这份情吗?

命运的刻薄之处,就是你不能换一种环境假设,否则就是稀里哗啦的坍塌,毫不含糊。

杜沧海问夏敬国有没有需要帮忙的。夏敬国说你要有时间,就开车拉我们去看看海吧,人民路离海边远,他也不再年轻,已经没有足够的力气推着女一号走十几公里去看海再走回来了。

杜沧海说好。

第二十八章

过往的光阴里潜伏着未来

1

拉夏敬国和女一号去看海的那天，杜沧海问他钱够不够花，不够花就开口。

夏敬国说买完房子，还剩三十几万，照眼下这物价水平，他和女一号的有生之年，应该够了。

说完，他瞭望着浩渺的大海，说："我和她商量好了，等钱花完了，就不死皮赖脸地活着了，就买点药，一起走了行了。"

杜沧海心下大恸，抓着夏敬国的手说："夏叔，你别这么说，还有我呢。"

夏敬国说知道杜沧海不会不管他们，但是，人活着，多少得有点追求，每个人的追求都不一样，比如他和女一号，虽然在别人眼里，是一对狗男女，可他们自尊心都特别强，要靠别人救济活着的日子，那是精神的凌迟，他受不了，所以，没钱吃饭的时候他宁肯撒谎说忘记带钱买菜了也不会开口借钱。其实，就他在即墨路混了这些年，挨家借下来，一家借万儿八千的不成问题，就他和女一号的年龄，估计也活不到借遍整条即墨路的时候。但他不愿意，所以，他卖房，拿到钱的第一件事就是去把以前借的菜钱还了，然后，永远不再出现在老哥儿们的眼前。没脸。如果杜沧海真想为他做点事，那就等他们俩百年后，找一棵地理位置好的树，在树下刨一坑，把他和女一号的骨灰掺一块儿，埋了。变泥土，也成为一坨泥土;变养分,也要营养同一棵树。

杜沧海只觉得悲怆,扶着栏杆不说话。夏敬国就拍拍他肩,问他听到了没。

杜沧海点点头。

夏敬国问他回来以后有什么打算。

杜沧海说没打算。

夏敬国叹气,问是不是看他折腾了一辈子,落这么一下场,就觉得干什么都没劲。

杜沧海嘴里说不是,但心里,确实是这么想的,看着当年领他走上商路的师傅夏敬国如今的潦倒,就特别想把一场游戏一场梦这几个字刻到心上去,他是亲眼看着的啊,夏敬国的大半生,是莺歌燕舞、风生水起,到头来还不是寂寥收场?

夏敬国转过身,倚着栏杆,打量着沿海的青岛,说:"沧海,听我的,做房地产吧。"

回国之前,杜沧海就有这想法,可又不是十分有把握,再就是房地产业和即墨路小商品市场毕竟不是一回事。

即墨路小商品市场准入门槛低,只要智商正常,手里有几块钱就能起家。房地产业不行,它是一个跟政府政策有密切关系的行业,需要专业和管理水平,准入门槛太高了,所以,想法只是停留在想想的阶段,就没再深入。

夏敬国说事情没他想的那么复杂,当年他能做,现在杜沧海就更能做,方法也和他当年一样,他只负责做金主就行,就是有资质的房地产企业负责拿地,规划、审批之后,需要投入资金建设开发了,杜沧海和房地产企业协商好股份比例,携资金入驻。

杜沧海说行吗?

夏敬国说怎么不行?前几年他干房地产就是这么干的。

杜沧海虽然心动,但不认识相关房地产企业。

夏敬国就笑。

他一笑,仿佛当年那个意气风发的夏敬国又回来了。说他之所以跟他提这茬,就是有人找他了,还是上次和他合作搞房地产开发的公司,老总叫陈克俭,和他很熟,要在青岛东部前海盖一栋地标性建筑,地批下来了,刚开工就遇上了银行银根收缩,资金链断了,工人没事干,天天在工地上打扑克,老总到处找钱,急得满嘴水疱,前天来找夏敬国,想让他帮忙问问最早在即墨路上发家的那批人,有没有人想投资房地产。夏敬国就想到了杜沧海。

杜沧海问了项目位置,把夏敬国老两口送回家就去了,在工地上转了几圈,又看了看周围环境,环海背山,风光没得挑。随着市政府的东迁,毫无疑问,这里还将成为新的行政经济中心,就暗暗地在心里拍了板。

第二天一早,去找了夏敬国,两人一起去见陈克俭。

因为急等资金救急,谈判进行得很顺利,三天后,杜沧海成了陈克俭房地产公司的第二大股东,投资三千万元,风险共担,利润共享。

签完合同回家,杜沧海把手包往桌子上一放,跟杜建成说:"爸,我干房地产了。"

杜建成从鼻子里喷了一口烟,不以为然地说:"去了几天俄罗斯,学会吹牛了。"

杜沧海不想跟他犟,去给家欣检查作业。家欣说:"爸,你以前是不是拉过板车?"

杜沧海笑着说:"是啊,你问这个干什么?"

家欣说:"英语老师问我了。"

杜沧海纳闷,问:"你英语老师叫什么名字?"

家欣说:"薛歌。"

杜沧海想了半天也没想起来薛歌到底是谁,就问她是男是女,多大年纪。家欣说她们英语老师二十多岁,师范毕业的,家里可有钱了,他们学校的老师都说,薛歌能在他们学校当老师,绝对是出于对教育事业的热爱,因为她爸爸开一家很大的物流公司,有好几个集装箱场站。

杜沧海就笑了,说我知道了,是薛春峰的女儿,没想到小黄毛丫头都师范毕业了,跟老师说爸爸问她好。

然后,杜沧海就想起了几年前和薛春峰的最后一次见面,想起了他用不易觉察的姿势,弹废纸一样弹掉了他的名片,心脏位置微微荡了一下,是微微的刺疼,在这世界上,我们可以被陌生的大多数人伤害,哪怕被伤害得遍体鳞伤,都无所谓,但是,我们敬重的或亲近的人,哪怕一个眼神的不屑,语气的怠慢,都会让我们黯然伤神一辈子。

他和薛春峰就是这样的。

时过多年,薛春峰弹掉他名片的动作,像被岁月擦拭的利器,一直在他心里,寒光闪闪,不时割伤一下自己。

因为,除了家人之外,薛春峰是他人生路上的第一个领路人。这几年,薛春峰发迹了,经常上报纸电视,杜建成看见过,当年杜沧海和他一起拉板车起家,没承想人家就做成了青岛私营物流公司的老大,身价上亿,和人说起来,杜建成还炫耀说去过他家,是我们家沧海的领路人呢。别人就啧啧赞叹,说果然名师出高徒哇。

杜建成把这些话学给杜沧海听,杜沧海没接茬儿,只是笑笑,心想,师傅早就混好了,都已经不待见他这没出息的徒弟了。

第二天,杜沧海去看丹东路房子的装修进度,陈克俭来电话,说他都是公司第二大股东了,让工人给腾出了一间办公室,让他过去看看满意不满意,不满意的话,再让工人给调。

房地产公司办公地点在八大关东海国际大厦,也是刚盖了没几年,三十几层,远远望去,在八大关绿树红瓦的德式别墅群里,显得很是威武雄壮,地理位置更是牛得不能再牛,站在楼顶,可以俯瞰整个青岛老城区美景。

二十九楼全是陈克俭的地盘,给杜沧海腾的办公室,是个大套间,进门是四五十平方米的大厅,面海方向摆了一张弧形的老板台,侧面是一间休息室。

杜沧海站在窗前看了一会儿,见窗子两侧各挂了一个工艺相框,各镶嵌了一张照片,一张是从这窗子看出去的海上日出,朝霞映红了波光粼粼的碧海,太阳从橘红色的朝霞中探出半个脸;另一张是从这个窗子看海上日落的照片。

陈克俭说,从这窗户看海上日出日落完全是大片的震撼感,夕照满天,整个海面都像是在燃烧,而天边的霞光就是海面燃烧的火焰,仿佛整个天空也燃烧了起来,甚是壮观。

2

杜沧海对办公室很满意,让工人搬了几棵绿植摆在窗前,整个办公室就生动柔和了很多。

杜沧海坐在老板椅上,窗前大海,辽阔而又安宁,两棵生机盎然的龙血树在窗子的两侧轻柔舞动,如同在抚摸着温润的空气。

杜沧海的手机,就是这时候响起来的,一个甜美清脆的声音说:"请问,是杜叔叔吗?"

杜沧海就咧着嘴笑了,说:"小丫头,行啊,当老师了。"

不知为什么,杜沧海一下子就猜中了电话另一端的是薛歌。

薛歌特兴奋,说:"杜叔叔,都这么多年了,你还能听出我的声音?"

杜沧海得意地说:"不是听出来的,是冥冥之中有直觉。"然后又笑,说:"现在当老师了,体会到当年杜叔辅导你多不容易了吧?"薛歌也笑,说:"完全体会到了,这不,打算来一场迟来的谢师宴。"

薛歌要请杜沧海一起吃饭。

杜沧海觉得虽然薛春峰没把他放在眼里,但这并不影响他和薛歌之间的交往,可单独和薛歌吃饭,难免有点尴尬,就说:"好啊,叫上你爸。"

薛歌声音里的热情,马上跌了下去,说:"我爸呀,我家饭桌上十天半个月看不见他都正常,哪有时间掺和我的饭局。"然后问杜沧海在哪儿,杜沧海知道她学校离这边很近,步行溜达过来也就十来分钟,邀请她来参观新办公室。薛歌爽快地答应了,没一会儿,人就像一阵轻盈的香风飘进来,环顾着他的办公室,感叹说:"怪不得这么不绅士地喊我过来,果然值得炫耀。"说着,背着两手,挺着小胸脯站在杜沧海面前,仰脸看着他顽皮地笑了一会儿,突然张开胳膊说:"杜叔,抱抱。"

虽然薛歌长了一张娃娃脸,可她毕竟是二十多岁的大姑娘了,杜沧海有点局促,但也不好拒绝,就象征性地拥抱了她一下,说一转眼长成大姑娘了,让她坐。问她喝茶还是喝咖啡。薛歌说咖啡。然后就趴在沙发扶手上看窗外的大海,好像还是十几年前的那个小女孩,灿烂而阳光。

可是,因为刚搬过来,房间里还没大桶水,咖啡机里没水,咖啡就喝不成了。杜沧海无奈地摊了摊手,说:"别说咖啡了,我连杯水都没法请你喝。"

薛歌就说:"那就我请你喝。"起身拉着他就走,全然小时候的样子,杜沧海的手被她抓在手里,滚滚地热,像烧红的火炭,莫名地,杜沧海觉得自己无耻,这种滚烫,是情欲蓬勃的征兆。

从办公室出来,薛歌说正好到午饭时间了,拉他去汇泉王朝二十五楼的旋转餐厅。

王朝楼顶是旋转餐厅,薛歌熟门熟路地点了餐,说学校食堂不好吃,中午经常来凑合午饭。

杜沧海虽然已是有几千万身价的人,但是苦孩子出身,所以,在生活上没太多的讲究,穿的只要舒服体面就好,吃的只要喜欢就好,看着薛歌点的几个菜,就想,家里要没个几千万,这媳妇可真不敢娶,就笑着问薛歌,工资够不够午饭钱。薛歌一愣,旋即,知他在调侃自己,就笑,说:"够吃一个礼拜的。"

杜沧海就说:"你啊你啊。"气息吁吁地问,"有男朋友了没?"

薛歌把菜单还给服务生,两手托着下巴,歪头看杜沧海的样子,特别地天真无邪,说:"你猜。"

杜沧海心怦怦的,说:"猜不着。"

薛歌就拖长了腔调说:"不愧是杜叔叔,果然和我爸妈一个腔调。"

杜沧海心里涌上一阵失落,呆呆地看着她,突然无话,想起他去薛春峰家的时候,薛歌才十岁,还是个脑袋才到他腰际的黄毛小丫头,看他的时候,都要努力仰着脸。就自嘲说:"作为长辈,关心关心晚辈的终身大事,是人之常情嘛。"

薛歌就坏坏地笑着说:"小杜叔叔,你再这样我就叫你小杜了啊。"

小杜叔叔,这个称谓,就像一只小手,挠在了杜沧海的心坎上,痒痒的,有点难耐,很想和她小时候那会儿似的,拍拍她的肩,说小东西,又调皮!

但不能,就只能微笑,饭菜上来了,开始吃,餐厅在以慢得令人难以觉察的速度旋转,杜沧海问薛歌她的三个哥哥现在忙什么。薛歌没好气地说正忙着磨刀,抢她爸公司的控制权。

杜沧海说:"那你呢?"

薛歌说:"我跟我爸说了,等他死的时候,遗嘱里给我留两千万元现金,其他的,随便他们抢,我不稀罕。"

"你可够直接的。"杜沧海说。

"直接点多好,少累死点脑细胞去干点有用的,我就看不惯我哥和我嫂子们的德行,那心眼那手段用的,好像笃定他们智商超群,别人全是傻蛋!自作聪明,简直是蠢到家了!"

听薛歌快言快语,如同竹筒倒豆子,杜沧海有一种特别轻松的释放感,说:"你一个小姑娘,说话这么单刀直入,不好。"

"会把男朋友吓跑的啊?"

杜沧海啊了一声,想起关于有没有男朋友这个问题,薛歌还没回答。

薛歌说:"无所谓,我自己也活得挺好。"然后吮了一下沾在食指上的牛排酱,定定地看着杜沧海:"你离婚了?"

杜沧海心里一惊,问她听谁说的。薛歌说:"我是你女儿的英语老师啊,虽然我不是班主任,但我做老师是很负责任的。"

杜沧海就笑着点点头,说:"忘了。"

薛歌说:"像你这么有钱,人也不坏,老婆还能跟人跑了,也真是奇怪,你老婆是不是脑子坏了啊?我听说你们还是青梅竹马?"

提起吴莎莎,杜沧海五味杂陈,说:"不说这话题行吗?"

薛歌说行。埋头继续吃,边吃边头也不抬地说:"以后我就叫你小杜叔叔了啊。"

"为什么要加个'小'字?"

"因为我觉得咱俩说得来啊,我女光棍一个,如果经常跟你吃吃饭聊聊天,叫你杜叔叔,别扭,好像我大叔控似的,叫小杜叔叔感觉就亲切了很多。"

杜沧海就笑了,说:"真有你的,叫小杜叔叔还是叫老杜叔叔,随你便。"

这顿饭吃得很开心。从王朝出来,薛歌就回学校上课了,杜沧海回了办公室,仰坐在椅子上,回味好久没吃过这么轻松惬意的饭了。

觉得这顿饭吃得干净,精神上的干净,像雨水洗刷过的夏季的天空。

3

第二天是周末,杜沧海本想带家宝和家欣看看他的新办公室,但吴莎莎来电话,说想带孩子们出去玩一天。

按照吴莎莎约定的地点,杜沧海把孩子送到森林公园门口。远远地看见吴莎莎背着双肩包,拎着不少水果站在公园门口,见她是一个人,杜沧海就下了车,把两个孩子领过去,什么也没说,转身去给他们三个买门票。

从售票员手里接过票时,杜沧海终于没忍住,眼泪掉了下来,吴莎莎老了很多,一看就知道活得很辛苦,他的心碎碎的,虽然她已不再是他的妻子,可一起成长过的岁月,共同养育的孩子,让他总还觉得她是自己的亲人,那种她在生活汪洋上沉浮,你只能远观却不能伸手的亲人,这种感觉,最是苍凉。

他还在俄罗斯的时候,往回打电话,赵桂荣一说起吴莎莎,就生气,说她没一点当妈的样子,离婚以后,几乎不来看孩子,家宝和家欣想她,就放学后偷偷地去看她,见着了,她还没好脸,嫌孩子去添乱,真不是个好东西,为了男人,连自己的亲生骨肉都不认了。

其实,不是吴莎莎把孩子们忘到脑后了,是日子窘迫。她没有工作,李向东的工资还不够他自己花的。他的摄影工作室只追求艺术品位,根本就不屑于赢利,到年底,连租金都挣不出来,她哪儿有心思接孩子们出来玩?何况一段时间不见,作为母亲,她总要带孩子们吃点好吃的,玩点好玩的,可没钱,就没辙,她总不能把孩子们接过来,坐在家里大眼瞪小眼吧?为这,她在深夜里哭过,她哭的时候,李向东背对着他,睡得很香,呼噜声低沉而均匀。

每当这样的时候,吴莎莎就绝望极了。

李向东是很黏她,对她也很好,当她说和杜沧海离婚一分钱没要时,他看着她,好像不明白她为什么要告诉他这些,要不要钱,跟他有什么关系?

但是,当她和李向东一起出去进货时,当李向东习惯性地挑完了往旁边一站等她付款时,她怔怔地看着他,说我没钱。李向东还是用孩子似的眼神看着她,好像在问,你怎么会没钱?但又不问,也不发火,只是把挑好的东西,一样样地码回去，一步三回头地走。

这让吴莎莎心碎，就像当妈的牵着一步三回头离开蛋糕店的孩子。

后来，为了活下去，她不得不在工作室拓展各种商业摄影，上了彩扩冲洗和证件照。可李向东不领情，嫌她把工作室搞得庸俗不堪，充满铜臭气。吴莎莎就拉开空荡荡的冰箱跟他哭，说："我们可以不庸俗，除非我们现在就去死。"李向东觉得还是活着好，就勉强从了，但有人来拍证件照时，却爱搭不理。好在吴莎莎还聪明，逼得没辙，就看了几本专业书，再加上和李向东好了这么多年，耳濡目染，摄影知识也学了不少，稍微一用心，拍出来的照片，与李向东比竟也不逊色，在业界很受好评，渐渐地，各种写真和婚纱摄影也接了不少，养活她和李向东不成问题。一开始，李向东非常抗拒，甚至预约的客人来了，他故意锁着门不让进，每当此时，吴莎莎就打开他的相机，把他拍了部分或没拍的胶卷抠出来扔掉，说："李向东你不是说艺术要纯粹嘛，请你干干净净地纯粹去，这些胶卷都是我庸俗地挣来的。"几次以后，李向东就老实了。吴莎莎半路出家成了商业摄影师，虽然挣钱不成问题，但拍写真拍艺术照的，大多是年轻人，年轻人平时上班，就周末有时间。所以，吴莎莎的周末要忙着挣钱，没时间接孩子们出来玩。虽然愧疚，但和体面地活命相比，愧疚不过是藏在鞋子里的香港脚，难耐，但不致命。

只有没有预约也不忙的周末，吴莎莎才会接孩子们出去玩一下，不外是去趟公园，吃顿肯德基。但家宝大了，觉得吴莎莎还拿他们当幼儿园宝宝，没劲得很，所以，吴莎莎每次抽空接他们出去玩，他都要找别扭，这让吴莎莎很难过。

当杜沧海把三张票递给吴莎莎时，吴莎莎已准备好了九十块钱。森林公园的门票三十元一张。

杜沧海推回去，说："你这是干什么？"

吴莎莎就把票塞回他手里，说："今天是我带孩子们出来玩的日子，你这算干什么？"

杜沧海只好接过钱，无奈地看着她，轻声问："你还好吗？"

吴莎莎看看他，说："你觉得呢？"

杜沧海想说不好，但又觉得这么说，显得自大，好像只有自己才能给吴莎莎幸福似的，可吴莎莎还是有外遇了，和他离婚了，说明他能给吴莎莎的不是幸福，要不然她就不会走,就微微摇了摇头,说:"没法感觉。"

吴莎莎说:"你希望我过得好还是不好?"

杜沧海说:"希望你过得比我好。"

吴莎莎就笑,好像看穿了杜沧海的虚伪似的,说:"流行歌学得不错,实话实说吧,所有的人都觉得我和你离婚是疯了,是不知好歹,所有的人也都希望我咎由自取,悔青了肠子,但事实是,我现在是很辛苦,也没有钱,但是,杜沧海,你相信吗? 我很快乐。"

杜沧海点点头:"希望你永远快乐。"

吴莎莎说:"和李向东在一起,我很自在,不会觉得自己欠天欠地欠了全世界的,无债一身轻,这种感觉你知道吗?"

杜沧海说:"知道。"

吴莎莎说:"一看见你和你们家人,我就像见了债主,而且一辈子还不完,我觉得累。"

杜沧海说:"其实这都是你自己的感觉。"

吴莎莎说:"可能吧,不怪你,你是个难得的好人,但是我不想做一辈子罪人,在你面前,我就这种感觉。"

杜沧海说:"不早了,你带孩子们去玩吧。"

说完转身走了。

回家,赵桂荣正包饺子,问他:"见着吴莎莎了没?"杜沧海说:"见了。"赵桂荣问:"她没哭?"在赵桂荣的感觉里,离婚三年多了,吴莎莎和李向东也没结婚,肯定是李向东嫌她没钱,她拼了命地忙活着挣钱养活他,才没被他踹了,现在见了杜沧海,还不得感慨万千,声泪俱下? 杜沧海说:"没,看她活得朝气蓬勃的,我也就放心了。"

赵桂荣不相信,撇着嘴说:"什么朝气蓬勃,她那是为了气你,演给你看的!"

人老了就固执,这点,杜沧海知道,在父母身上也验证了无数次,就岔开话题,说等中午吃完饭,拉她和杜建成去看看他的新办公室。

赵桂荣一愣,问:"什么办公室?"

杜沧海说:"我干房地产了啊。"

"你有房地产公司了?"

杜沧海点头。

"你干老总?"

"副总,我是第二大股东。"

关于股东不股东,赵桂荣不懂,但她懂得房地产公司是大买卖,没大本钱的人干不了,就激动得手都抖了,托着一只饺子跑到窗前,打开窗户,喊正在楼下下棋的杜建成上来。

等杜建成上来了,指着杜沧海说:"咱家老三当房地产公司老总了。"

杜建成上下打量着他,突然打了他胸膛一下,虽然杜建成已老得没多大力气了,但杜沧海还是很配合地往后趔趄了一下。杜建成说:"行啊,小子,不是吹牛的?"

杜沧海笑着说:"真没吹牛。"

杜建成又问:"你说了算?"

杜沧海说:"股份制公司,有事得股东之间商量着来,不能一个人说了算。"

杜建成美滋滋地坐下了,点了支烟,边抽边看着他,好像有话要说,又不知从哪里说起的样子。

杜沧海就说:"爸,想说什么你们就直接说吧。"

杜建成这才试探着问:"能不能给杜长江安排个活?"自从下岗,郭俐美就对杜长江没好脸,天天撺他出去找工作。杜长江也四十出头的人了,在国货当了这些年小干部,苦活干不动,技术活干不了,脏活嫌掉面子,上哪儿去找工作?可在家待着,郭俐美的脸又难看,只好整天满街溜达着打扑克,回家跟郭俐美撒谎说找到工作了,可找到工作得有工资啊,月底拿不回工资,郭俐美又是一顿臭骂,嗓门又高,街坊邻居楼上楼下地听着呢,真是难堪啊,简直不让杜长江出门做人了。

杜沧海说:"行,我和老陈商量商量。"

4

虽然杜沧海三千万元资金入股给陈克俭解了围,可这是资金入股,将来是要分享利润的,都真金白银地签在合作合同里了,并不存在谁帮谁这一说,杜长江要学历没学历要技术没技术,连最起码的年纪轻也没有,摆明了就是要塞进来吃白饭的,杜沧海试了几次,觉得开不了口,就这么着,犹豫了好几天,杜长江自己来了。

杜长江也是要面子的人,虽然想来杜沧海的公司上班,可杜沧海不开口,他就张不开嘴问,就每天没事遛弯遛到这儿的样子,上来坐坐,帮杜沧海浇浇花,整理一下桌子,没事了就拿张报纸,歪在沙发上一看半天。一开始,杜沧海还别扭,久了,就习惯了,和杜长江说,以后办公室的事务,就归他负责了,但签不了劳动合同。

杜长江开心得眼泪都差点掉下来,忙说不用签,他虽然下岗了,可劳动关系还在国货,到退休年龄去办退休手续就行了,现在是郭俐美一看他在家闲着,就气不打一处来,他就缺个地方躲骂,不给工资都行。

杜沧海说不给工资哪行,跟杜长江说一月给他一千五百元。

杜长江连忙说太多了太多了,八百就行,那会儿,是九十年代末,普通单位职工,月工资也就八百元左右,像杜长江这种下岗以后再就业的,工作关系还在原单位,不用交劳保,属于临时工,工资一般不会超过五百元钱。杜沧海开口就给一千五,是高工资了。杜长江的不安,来自拿这么高的工资,等于摆明了是杜沧海在接济他,这让他觉得自尊很受损。杜沧海也看出来了,就说房地产是高薪行业,再说工资也不是他定的,公司有章程呢。

既然是公司章程,杜长江就不再争执了,吭哧了半天,有难言之隐的样子,杜沧海就问他怎么了。

杜长江这才说国货的老同事们组织聚会,AA 制,他手里没钱,再就是不管怎么说,当初他大小也是个领导,总得像样点,问杜沧海能不能提前预支他两个月的工资。

杜沧海说行,但又疑惑,他们 AA 制的标准怎么这么高,忍不住问了句:"在哪儿吃? 这么高的标准。"

杜长江说青岛饭店,闷了一会儿,才又说 AA 制花不了多少钱,可听说小叶也去,就想给她买点礼物,当年闹的那些事,一直搁在他心里放不下。

当年郭俐美大闹国货的事,杜沧海也听过几耳朵,但因为事不关己,就没往心里去,只记得母亲说郭俐美太泼了,闹成那样,让人家小叶一姑娘怎么在单位里待啊。

　　过去这么多年了,杜长江还惦记着,杜沧海觉得也正常,男人嘛,在情色这点事上,有良心才有温度,有温度才可爱,就拿了三千块给杜长江,问他够了吗。

　　杜长江说够了,把钱装进口袋,又说:"在你嫂子跟前,别提这茬儿。"

　　杜沧海说:"不提。"

　　看着杜长江揣着三千块钱,就像揣了隐秘的幸福一样,出了门,杜沧海就无声地笑了,突然觉得二哥很可爱。

第二十九章
杜长江的前尘新怨

1

第二天,杜长江没来上班。

杜沧海也没当回事。所谓办公室主任,本就是他安排给杜长江的,和公司没关系,工资也是由他掏腰包,说白了,是为了帮杜长江一把,免得郭俐美整天为了钱对他指责不休,再就是用这个方式,既能在经济上接济他,又不会让他有被施舍的不安。

可是,连着一周,都没见杜长江的影子,杜沧海觉得不对劲,难道杜长江从什么渠道知道了这份工作是自己对他的接济?不可能,他和公司管理层没会上面、递上话的机会,就给杜长江打了个电话。

杜长江这才说,杜沧海那儿,他不能去了。

杜沧海问为什么。

杜长江说有个老同事辞职在南山那儿开了家超市,请他过去做采购部部长,虽然工资不一定有杜沧海给的高,但是商业系统,他驾轻就熟,就答应了,正打算忙过这两天去找杜沧海说呢,从杜沧海那儿提前支的工资,等这边发了工资他慢慢还。

杜沧海说自己家人,还什么还,觉得杜长江的选择也对,在他这里,不管他说得再冠冕堂皇,他都会有被照拂的感觉,会让他不自在,尤其是杜长江这种人穷自尊心很强的人,会更不自在。超市那边,工资或许不高,可心情是舒畅的,因为他是靠以往工作经验积累谋得的一份工作,会更有成就感一些。

所以,杜沧海也替他高兴,说好好干,如果超市那边干不下去了,这边位置还给他留着。

找到工作的杜长江就好像脱了毛的凤凰重新长出了崭新靓丽的羽毛,舒展得很,跟杜沧海说:"你办公室那么大,事也多,没个人替你支应着也不行,该招人你就招吧,别等我。"

杜沧海就说好,但也不想招人。在陈克俭的房地产公司,他的角色,不过是金主,只要资金到位,需要他操心的事不多,他有大把闲暇的时光,坐在窗前看看海,读几页书,并不喜欢有个人在身边晃。

只是,他不知道,杜长江再就业的超市,是小叶开的,虽然法定代表人是小叶的公爹,但实际掌管人是小叶。

那天的老同事聚会,也是小叶发起的。

也是在那天,杜长江明白了一件事,热衷于组织同学、老同事聚会的人,都是混好了的人。老同学也好旧同事也罢,都曾是往日江湖旧人,是江湖,就有恩怨。在这世上,所有恩怨,都是要了结的。如果旧日敌人不曾在岁月里成长壮大,而自己混成功了,发达了,就是有力而无声的炮火,足以在推杯换盏中把他们的尊严轰个灰飞烟灭。

在这烟火缭绕的世界里,只有活好了,才有力气把耳光扇向旧日恩怨。

小叶现在就是。

小叶混好了,上下两层、好几千平方米的超市的总经理呢,终于可以珠光宝气地端坐在主宾的位置,巧笑嫣然地说:"什么 AA 制啊,我请大家。"

然后,奉承就像蜜蜂们嗡嗡地献向蜂王的蜂蜜一样,冲着小叶蜂拥而去,甚至,还有人打趣杜长江,问他后悔了没。

杜长江很清醒,笑着说:"不后悔。"

小叶的脸色就不怎么好看了,不冷不热地瞄了杜长江一眼。杜长江说:"如果小叶跟了我,没有她今天。"

这是实话,如果小叶跟了他,他没有任何的能力和资本让昨天的小叶成为今天的叶总。大家先是不置可否地一愣,然后,纷纷点头,说杜长江不愧是当过干部的人,看事一眼千路。

　　杜长江心里,也一直在感慨命运造化。在场的,除了他,都已改称小叶叫叶总,只有他,还是小叶小叶地叫着,他心里有些碎碎的遗憾和不是滋味,又不想让人看出来,就频频举杯,借酒遮掩,不知不觉,就喝飘了。聚会结束,他悄悄躲在酒店大厅的廊柱一侧,看小叶像豪宴女主人一样,把大家逐一送走,才闪出来,叫了声小叶,要把礼物塞到她手里。一晚上的恭维和酒精,让小叶也头昏脑涨的,见是他,一下子清醒了,看着手里的礼物,警惕地问:"什么?"

　　杜长江说:"小叶,我欠了你的。"

　　小叶说:"莫名其妙。"

　　杜长江黯然地说:"你知道的,人很多时候,是身不由己。"说着,又把礼物往小叶手里塞,说专门为她准备的,二十年前就想送她,但没有勇气,他想让礼物代他说声对不起。

　　小叶好像一下子被唤回了二十年前,眼潮了,接过礼物,打开,就着酒店门口的光,看了一会儿,说:"如果这是二十年前,我豁上闯婚礼现场也得把你抢回来,可惜,我不是当年了。"

　　杜长江点点头。

　　小叶说:"找个地方坐坐吧。"

　　两人去了河南路上的一家咖啡吧。很奇怪,那些原本在黑暗中风起云涌的话语,在咖啡吧的靡靡轻音乐声中,竟悄然地消弭了,只剩了尴尬。

　　小叶胖了,也老了,那么浓的妆也掩藏不住眼角的细碎皱纹,两人相对无语,只是笑笑。

　　小叶说:"你就不想问我过得好不好吗?"

　　杜长江说:"还用问? 你过得很好。"

　　小叶低头哼哼笑了两声,很不置可否的样子,又说:"知道我为什么不问你吗?"

　　杜长江也笑笑,说:"我? 凑合吧。"

小叶就笑:"不是凑合,我觉得你一点也不幸福。"

其实,杜长江也知道,郭俐美的不好,全是让穷逼的,如果他还上班,有一份说得过去的工资拿回家,郭俐美不会这样,他也不会觉得日子难熬,就问:"你怎么会这么觉得?"

小叶说:"幸福的男人不会惦记着给曾经的暧昧女友买礼物。"

杜长江就觉得心里有一堵墙,扑通一声,被小叶推倒了,就冲她竖起了大拇指:"不愧是干商业的,犀利。"

小叶又问他现在干什么。作为要些面子的男人,杜长江就说在一家房地产公司当办公室主任。

小叶说不错,房地产业工资高,只是可惜了杜长江积攒了那么多年的商业经验。

杜长江说:"什么经验不经验的,一文不值。"

小叶说:"到我这里,就值钱。"说话时就看着杜长江,说她那儿缺一个采购部部长,她还记得,当年杜长江最大的理想是当采购科科长。

杜长江往后一仰,说:"理想也实现了,有什么用? 还不照样下岗?"

小叶定定地看了他一会儿,说:"如果你愿意的话,到我这儿干吧。"

杜长江心里一个激灵,愣了半天,才说:"行啊。"想问小叶给多少工资,但又觉得人家随口这么一说,自己就关心上工资了,显得太不上台面,就忍了,说:"我可没当你是开玩笑啊。"

小叶也说:"我当然不是跟你开玩笑。"

就这样,杜长江去了南山超市。

2

发工资的时候,杜长江拿到手一千块,虽然没杜沧海给得多,但杜长江挺开心的,觉得这一千块,是全凭自己能力挣来的。回家,交给郭俐美。郭俐美挺高兴,抽出一百块钱给他做零花,剩下的,都存了起来,说杜甫一天天大了,眼瞅着就要谈女朋友,谈婚论嫁了,等着花钱的地方多着呢。

杜长江也没争执，继续看他的《动物世界》，过了一会儿，郭俐美端给他一杯热茶，他接过来抿了一口，觉得当年的小干部范儿又找回来了，心里很满足。

自从他在南山超市上班，郭俐美就不和他抢电视频道了，他看什么，她跟着看什么，这是很久没有过的待遇了。自从他从国货下岗，都是郭俐美看什么，他看什么，曾经的小干部待遇，犹如秋风扫落叶，被郭俐美咔嚓咔嚓地剥夺了。

郭俐美也问过他是怎么去南山超市的，杜长江没敢说实话，就说一老同事给介绍过去的。郭俐美又问超市谁开的，杜长江说金海涛。金海涛是小叶公爹的名字，郭俐美不认识，超市营业执照上也确实写着法定代表人是金海涛。

在超市，杜长江并没有很多机会见着小叶，除了每周一早晨的例会。

每周一早晨，小叶都召开中层干部会议，回顾上周工作，研究销售策略，很干练的商场女将风度。这让杜长江不时恍惚，莫名其妙地，总会想起那个往他碗里扒拉羊肉泡馍的小姑娘，想得心软软的。

其他时候见着小叶，说的也是工作上的事，小叶一脸公事公办的样子，就好像杜长江是随机招聘来的，和她并没有以往岁月里的那些交集。

这让杜长江觉得自己贸然答应过来，有自作多情的成分，可后来，又看见小叶戴着他送的项链，心里又窃喜，想，像小叶这等身份的人，值钱上档次的金银首饰有的是，却偏偏戴着他送的，想必，也是一种表达吧。

到超市上班以后，杜长江回家话就少了，常常是默默地吃饭，甚至吃饭的时候抱着一张报纸边吃边看，和郭俐美和杜甫不仅没有一句语言的交流，甚至连目光都不对视一下。内退在家的郭俐美憋得慌，想听杜长江说说外面的新鲜事，就去抽他的报纸，有一次，把杜长江的饭碗给抽到地上了，菜和米饭，撒了一地板，碗也摔碎了。

杜长江就愣愣地看着郭俐美，说："你干什么？"

郭俐美也很生气，说："我讨厌你在桌上看报纸。"

杜长江就把报纸抽回来，姿势更夸张地铺在饭桌上看，边看边说："我看报纸是因为懒得听你说那些鸡拉下猫尿下的破事。"

郭俐美气得不行，说："杜长江，我要和你离婚。"

杜长江就懒洋洋地说："都多大年纪了，要离，你早些年干什么去了？"

对婚姻,杜长江有固若金汤的自信,宁相信天会塌下来都不相信郭俐美会和他离婚,因为郭俐美老了、内退了,工资低得都没法养活自己,和他离了婚,怎么活?而他还能跟她同吃一桌同睡一床,容忍她吹毛求疵的指责,全靠当年共甘苦积攒下来的那点感情支撑着。

郭俐美就哭,说杜长江欺负人。杜长江也不辩解,拿起报纸去沙发上看,杜甫看看他们两个,一声不响去了厨房,拿着扫帚和簸箕,收拾地板上的饭菜和碎碗,自从父母下岗的下岗,内退的内退,他已经习惯了他们两个从饭桌打到沙发,从沙发打到床上,只要他们不动手撕巴对方,他就当什么事都没有。所以,每每赵桂荣和杜建成一脸期盼地问他有没有女朋友时,他都面无表情地说没有。赵桂荣就奇怪,说:"这么帅的孙子,怎么会没女孩子喜欢?"杜甫说:"有人喜欢也不谈。"赵桂荣问:"为什么?"杜甫说:"没钱的婚姻是场灾难。"

他这么说,杜长江听见过一次,就很内疚,觉得自己和郭俐美没把日子过好,影响到了儿子的人生观,也想过,努力去改,可郭俐美就像茅坑里的石头,不仅又臭又硬,还定了型,难啊。

笃定了郭俐美不会和自己离婚,杜长江也习惯了,只要吵架,郭俐美就把"离婚"这两个字搬出来当杀手锏,所以,这次郭俐美说要和他离婚,他也没当回事,冷眼看郭俐美进卧室收拾衣服,收拾了一旅行包,背在肩上就走,他也没去拉,想不外是去娘家住几天而已,跑不远。

杜甫不放心,追到门口,说:"妈,你上哪儿?"

郭俐美说:"离你们老杜家远点儿!"

自从杜甫长大了,就被郭俐美归类到了老杜家这个队伍里,而她,是游离在这个队伍之外的。

杜长江抬头看了僵持在门口的娘俩一眼,说:"你要是看我不顺眼,就在娘家多住几天。"

郭俐美砰地就摔上了门。

然后,郭俐美就从杜长江的生活中消失了。一周后,杜长江碍于杜甫的冷脸,去了郭俐美娘家,才知道她并没回来,心里一慌,去派出所报了案,日子一天天过去,寻人启事也发了,郭俐美就像人间蒸发了一样,杳无消息。

看着冷锅冷灶的家,杜长江突然就觉得自己浑。

就这么过了半年,有人说在东部一个高档别墅区看见郭俐美了,跟一个老头在一起,扶着他散步呢,让杜长江去找。

郭俐美虽然四十多岁了,可身材好,在中年妇女里,也还算个模样周正的,傍了一个六七十岁的老头子,不是没可能。据说城市里专门有这么一拨有钱的老不正经,手里有钱,老婆死了,想再婚又怕被人惦记着钱,对儿女不利,就找个身体好、还能伺候他的中年妇女,说是黄昏恋,其实就是管吃管住管零花负责照顾他的陪睡保姆。

一想到郭俐美也堕落到这地步了,杜长江就恨得牙根痒,以为郭俐美离家出走,肯定能和娘家通气,去跟郭俐军说,如果郭俐美往娘家打电话,就跟她说,就她干下的那些不要脸的事,已经让他没脸做人了,要去法院起诉,和她离婚! 被郭俐军骂了一顿。郭俐军说杜长江不是东西,郭俐美都四十多岁的人了,杜长江但凡对她好点,她就不会走到这一步。

杜长江在心里呸了一声,想,这就是素质,遇到事,从不从自身找原因,怨天怨地怨别人,一辈子都长进不了也出息不了。第二天,就去法院起诉和郭俐美离婚,没有郭俐美的具体地址,就登报公示送达,他必须像摆脱奇耻大辱一样摆脱郭俐美,一刻也不能等!

开庭那天,郭俐美没到场,法官缺席判了。

拿着离婚判决书从法院出来,杜长江一点也不难过,甚至很轻松,突然有种人生要重新开始的喜悦感。

3

中午学校没事,薛歌就会来找杜沧海,歪在窗前的沙发上看小说或是跟杜沧海瞎聊,一副全然没把杜沧海当外人的样子。有一次,杜天河到他办公室碰上了,看出了苗头,跟杜沧海说:"这姑娘喜欢你吧?"

杜沧海忙一脸正色:"可不能胡说,我和他爸是朋友。"

杜天河知道薛春峰,就笑着说:"什么朋友? 比你大二十岁,都两代人了,要我说,你俩般配。"

回家,跟赵桂荣他们也这么说。

杜沧海离婚这么多年了,赵桂荣也想让他再结一次,可又觉得杜沧海有点钱,怕姑娘是冲着钱嫁,对杜沧海没真心,何况杜沧海还带着两个孩子,折腾不起,就没给张罗。听杜天河说薛歌知根知底的,也是有钱人家的闺女,又天天黏着杜沧海,就动了心思,让杜沧海改天领薛歌回家吃饭。杜沧海说他们想多了,他和薛歌只是普通朋友关系,领人家回家吃饭,算怎么回事?

说不动杜沧海,赵桂荣就自己想办法,打听出来薛歌都是中午去找杜沧海,就在一个天高云白的上午问杜建成:"这天,合适谈对象吧?"

杜建成抬头看了看天,说:"谈对象又不是种庄稼,还看天气啊?"

赵桂荣说:"那是,天气好,一个人在屋里待不住,就去谈恋爱了。"说完,拽着杜建成,上街打了一辆出租车,直奔杜沧海的办公室,进门说有事路过这儿,上来看一眼,说话的时候,眼睛把整个办公室巡视了一圈,果然看见一个白皙窈窕的姑娘坐在沙发上,拿了本杂志,愣愣地看着他们。

赵桂荣装不认识,笑着说:"哟,这谁家闺女?真俊。"

薛歌大约也感觉到了他们的来意,起身就喊伯父伯母。杜沧海忙唬了她一眼,说:"岔辈了啊岔辈了,得喊爷爷奶奶。"

赵桂荣就打了杜沧海一下,说:"我和你爸有那么老吗?"又拉着薛歌的手夸她漂亮端庄嘴巴也甜,话锋一转,说:"我要有你这么个儿媳妇就好了。"

其实杜沧海也知道薛歌喜欢自己,自己也喜欢薛歌,可总觉得曾和她父亲称兄道弟这道坎儿过不去,就别着一股劲,不敢往这方面想。

薛歌不想装傻,缠着赵桂荣问她说的是不是真心话。赵桂荣说:"这还有假?"说着去看杜沧海。杜沧海低头泡茶,假装没听见。薛歌就亮着甜甜的嗓门说:"杜沧海,伯母的话你听见没有?我就等你的玫瑰和戒指了啊。"

杜沧海被逼得没办法了,只好抬头,笑着说:"小丫头,又拿你叔叔寻开心。"

薛歌抱着赵桂荣的胳膊嘟嘴,说:"伯母,您听见没,这躲着我呢,要再这么下去,可耽误您孙子上学了啊。"

赵桂荣一打眼就喜欢薛歌,觉得这姑娘直肠子,简单,好打交道,可一听她说得这么直白，也有点接受不了，就看看杜建成。

杜建成一副你们老娘们儿的事和我无关的样子，冲着大海抽烟。

等赵桂荣他们走了，杜沧海坐在办公桌前，装模作样地看报纸。薛歌走过来，站在他身后定定地看，俯下身，从后面搂着他，软软的乳房抵在他的背上，说："杜沧海，我爱你。"说着，就拿掉了杜沧海手里的报纸，两手捧着他的脸，深情地吻了下去，杜沧海想挣开，可又不舍得，就轻轻一拢，把她揽到了怀里。

4

因为和郭俐美的离婚官司，是用登报公示的方式送达的，认识杜长江的人，都知道他和郭俐美离婚了。

杜长江想，小叶也该知道了吧？但，今时非昨日了，他已不再是当年那个意气风发的帅小伙杜长江了，而小叶业已是身价千万的叶总，一切的一切，都已不可与往日同日而语，如果他贸然跟小叶说离婚的事，自己都觉得荒唐。

离婚后，在超市他见着小叶几次，小叶并没因为他和郭俐美离婚了而有什么特别的表示，还和以前一样，就工作上的事公事公办地说两句就走，连笑容都没比往日热情。

直到有一天，快下班了，小叶给他打了个电话，让他到她办公室一趟，他当是业务上的事，就去了，毕恭毕敬地，站在小叶的老板台前，但小叶和往日不同，她抿着嘴，微微地笑着，眯着眼睛，说："长江。"

这是他进超市以来，小叶第一次这么叫他。以前都是叫他杜部长。杜长江就觉得自己心中有一片浩浩荡荡的汪洋，被她这么一喊，喊开一道口子，汹涌澎湃地，几乎要化作眼泪滚出来。

小叶却轻描淡写地说："你晚上没事吧？"

杜长江说："没事。"

小叶说："我们一起吃顿饭吧。"

杜长江错愕地啊了一声，有点慌乱的局促，想问为什么，小叶已低下头，整了一下领子，拿起包，做好往外走的准备，好像压根儿就没想过会被他拒绝。

杜长江的自尊像一条濒临死亡的虫子,在内心里挣扎了一下,然后,他看见了小叶脖子上的项链,自尊的虫子,就安静了下来,无声无息地缴了械,亦步亦趋地跟在小叶身后,上了她的车。

她的洒着名牌香水的车。

小叶在东方饭店订了位子,叫了一瓶红酒,杜长江很不安,知道在东方饭店吃饭是很贵的,虽然现在已经没郭俐美约束他的钱包了,但他的勤俭,并没因生活中没了郭俐美而改变,像郭俐美说的,杜甫不小了,他这做爸的,不得不替他打算。

他心里颤颤地想,他是个男人,总不能让小叶买单,就暗暗地算计,钱包里的钱是不是够结账的,所以,尽管菜肴很精致,可他吃得味同嚼蜡。

小叶不时地和他碰杯,没一会儿,脸就红了,看他的目光,柔柔的,仿佛当年的那个小叶又回来了,杜长江的心脏跳得就像有一只袋鼠在逃跑。

迷迷糊糊的,不知过了多久,小叶好像醉了,杜长江起身要去结账,被小叶喊住了,说:"你干什么?"

杜长江指了指吧台,说:"结账。"

小叶就笑,说:"结什么账,我在这里是挂账的。"说着招了招手,让服务生把账单拿来,就手签上字,一摆手,服务生走了,她扶着椅子站起来,晃了好几下,好像娇弱无力,靠自己的力量完全站不稳,就说:"长江,你来扶我一把。"

杜长江当她喝大了,忙过去扶她,小叶顺势一歪,几乎要瘫软在他身上,身上的香水味,幽幽的,直奔杜长江的脑门,杜长江问她家在哪儿,他给送回去。

小叶指了指楼上,说了一个房间号,说:"今晚睡这儿。"

杜长江很诧异,说:"你不回家啊?"

小叶说:"懒得回。"让杜长江把她送上去。杜长江满心纳闷着她为什么不回家,把她连抱带扶地弄上十六楼,开了房间,扶到床上,刚要松手,脖子却被小叶勾住了。

小叶说:"你陪我一会儿再走。"

杜长江只好坐在床沿,有点尴尬地看着自己的脚尖。小叶的手,就摸摸索索地摸了过来,闭着眼,是的,满面潮红的小叶闭着眼,摸索着他的背、他的胸,把他

223

的身体摸得像着了火,然后,他能明显地感觉到小叶拖着自己,往她身上拽,就再也把持不住了,扑上去,把小叶压在身下,吻了她,小叶疯狂地回应了他,解开了他的衬衣。

他们惊天动地地纠缠在了一起,终于补上了二十年前的那一课,做完爱以后,小叶脸上的酒气,就已消了,她抚摸着杜长江的胸脯,说:"杜长江,看来,当年我喜欢对了你。"

说完,很黯然,杜长江不知该如何应对这一句,毕竟,虽然他单身了,可小叶是有夫之妇,况且是他身价千万的上司,这让他无论如何也张不开口说小叶,你回家离婚吧,我娶你。

他摸了摸小叶柔软而丰满的胸,想起二十年前,他和小叶的关系因为郭俐美而尴尬;二十年后的今天,因为小叶是有夫之妇和千万的身价而尴尬。就把头埋在她胸前,一声又一声地叹气。

那天晚上,他没回家,半夜的时候杜甫给他打了个电话,问他怎么还不回家,杜长江说在朋友家打麻将,让杜甫先睡。

小叶也没回去,她老公也没打电话,杜长江觉得奇怪,就说:"你跟家里怎么说的?"小叶一副无所谓的样子,说:"他们管不着我。"

杜长江就想,小叶的生活虽然看起来光鲜,但可能不幸福,要不然,妻子夜不归宿,丈夫哪儿有不问的?

从那以后,小叶经常和杜长江去东方饭店开房,去的次数多了,服务生都认识他们了,每次见了,都微笑着点点头,心照不宣的样子,让杜长江很不舒服。

他也经常想,自己和小叶,到底是什么关系?情侣?除了上床,说些必要的甜言蜜语,他们好像也没多少感情的互动,甚至,在超市见了,说话做事,还是老总和下属的样子,好像在东方饭店床上翻云覆雨的不是他们。

有一天晚上,杜甫说,他看见他妈了,在石老人农贸市场那边,郭俐美在买菜,他没敢叫她,一路悄悄地跟着,跟到了弄海园小区,看她进了一栋别墅,他站在外面看了一会儿,那个家里,人不少,大概是老少三代,郭俐美站在厨房里择菜,不知因为什么,郭俐美还让人凶了一顿,好像还哭了。

杜长江默默地听着,并没吭声。

末了,杜甫说:"爸,你说句话啊!"

杜长江说:"说什么? 婚都离了。"

其实,杜长江想的是,如果他去找了郭俐美,小叶怎么办?虽然小叶没明说,但他感觉得到,小叶的婚姻早已名存实亡,离婚只是早晚的事。年轻那会儿,他和小叶一切相当,因为他已经有了郭俐美,不得不辜负了小叶。现在,他除了一副皮囊,一无所有,而小叶是事业有成的成功女人,还是初心不改地喜欢他,都发展到这程度了,如果他再去把郭俐美找回来,这算怎么回事?

在睡不着的时候,他也想过,如果郭俐美看见报纸上登的离婚诉讼送达公示回来,他也会忍气吞声地给她道个歉,恳求她回家,退一万步讲,就算法院判了离婚了,她在他和小叶有那事之前回来,一切也还有挽回的可能,可现在,真晚了。

他不想再辜负小叶一次,何况小叶无论是气质还是修养以及其他方面,都优于郭俐美。

他不想走回头路。

就算郭俐美没像他以为的那样傍了个老头子,他也不想和她破镜重圆。

人总得活得诚实点,他喜欢小叶,这是铁的事实。小叶也是爱他的。这一点,他非常自信。因为他一无权二无钱三没有甜言蜜语地欺骗小叶的感情,小叶还对他这么好,只能有一个解释:真爱。

杜甫说:"爸,你是不是喜欢上什么人了?"

杜长江看了他一眼,想如果小叶离婚嫁给他的话,这事纸是包不住火的,大白于天下是早晚的事,就没否认。

杜甫说:"那你别在家住了。"

杜长江一愣,说:"干什么? 你想造反啊,你?"

杜甫说:"我找到工作了,我要把我妈接回来。"

杜长江说:"不许接! 这是我的家!"

杜甫就和他拍了桌子:"杜长江! 你还是个男人吗,你?"

杜长江说:"我不是男人,你是从石头缝里蹦出来的?"

杜甫说:"我宁肯是从石头缝里蹦出来的,也不愿意有你这样的父亲!"

"我怎么了?!"杜长江让杜甫给气得脑袋发昏,没想到他会这么顶撞自己。

"离婚让四十多岁的老婆净身出户,你就不是个男人!我妈一月就一百八十块钱的内退退休金,你让她怎么活?"说着,杜甫眼泪就掉下来了,说,"我告诉你吧,自从你俩离婚,我就一直在找我妈,好不容易找到她了,只要我还承认自己是个男人,我就不能让我妈在外面给人当保姆受气!"

杜长江说:"你就记得她是你妈,怎么不记得我是你爸?"

"可你是男人!"

杜长江让杜甫满眼咄咄的火焰逼得蔫了下去,说:"我要不搬出去呢?"

杜甫说:"我搬出去,我租房也要把我妈接回来,从今往后,我没你这爸爸。"

杜长江只好投降了,他可以不要郭俐美,但他做不到不要杜甫这个儿子。第二天,杜长江找房产中介租了一套一居室,和小叶说,以后约会,不用开酒店了,到他租的房子里。

小叶问:"为什么?"

杜长江说:"花那钱干什么?"

小叶就笑,说:"挣钱不花留着干什么?"还是坚持去酒店,说每次房间不一样,有新鲜感,再说酒店有人收拾得干干净净的,什么都不用自己动手,氛围好。杜长江就说:"在家,我也不用你动手,我来。"

小叶说:"不行不行,那样我会觉得欠了你的。"

杜长江说:"我们两个还你的我的,也太见外了。"说着,动情地拉过小叶的手,说年轻时那会儿情非得已,现在,他一定要好好补偿她。

小叶怔怔地看了他一会儿,慢慢地说:"杜长江,你误会我了。"

杜长江一怔,怎么也想不明白自己误会她哪儿了。

小叶说:"现在我们在一起,不是因为感情。"

"那是因为什么?"杜长江问。

"因为生理需要。"小叶顿了一会儿,几乎是斟词酌句地说,"我丈夫生理方面有缺陷,所以他允许我在外面有人,条件是不离婚,我也不想离婚,因为超市是他爸爸的,一旦离婚,我就和你前妻一样了,一无所有。"

杜长江瞠目结舌地看着小叶,好半天,一句话也说不出来,原来,这一切皆是他自作多情,原来小叶根本就不爱他!原来小叶和他在一起,只是为了解决生理需要。

杜长江喃喃地说:"小叶,你怎么这样对我?"

小叶说:"莫名其妙,我怎么你了? 用你一分钱了还是欺骗你感情了?"

杜长江想了想,确实没有,小叶没花过他一分钱,也没说过要离婚嫁给他,一切都是他自作多情的幻想,就兀自摇了摇头,走了。

杜长江去海天找了杜甫,问他什么时候去接郭俐美。杜甫很警惕,问他是不是反悔了。杜长江点点头,说:"回头想想,觉得还是你妈好,以前是我不好。"

杜甫看了他一会儿,说让他等会儿,转身回了酒店,过了十来分钟,他抱着一束鲜花出来,塞到杜长江怀里,说是从酒店花房买的,又给了他一个门牌号,让他自己去找郭俐美。

抱着鲜花,走在街上,杜长江觉得自己是行尸走肉,也觉得,在这大千世界的最底层活着,还要怀揣没有能力实现的理想,就是泼天泼地的屈辱。

一切都很顺利,他抱着鲜花站在正在被主家呵斥的郭俐美面前,是的,那个又瘦又矮的黄脸女人嫌郭俐美洗水果时没用农残降解粉泡,正尖声厉嗓地训她。

杜长江面无表情地说:"你这样的人,心里肮脏,拿什么洗都白搭。"说完,拉起郭俐美的手,雄赳赳地说:"走,跟我回家!"

郭俐美连围裙都没摘,就跟着他回家了,杜长江准备好的那个单膝下跪,也没用上,一路上,不少人看着他们。

一个目光凛凛的中年男人,怀抱鲜花,手里拖着一个哭哭啼啼的中年妇女,这么肃杀的场景里,竟然透着不可名状的幸福。

后来,郭俐美问杜长江为什么不在超市干了。杜长江瞥了她一眼,慢条斯理地说:"我后来才知道,超市是小叶家开的。"

郭俐美一脸鄙夷地说:"她啊?!"

杜长江嗯了一声,说:"懒得鸟他们。"郭俐美应声附和:"就是!"

然后,杜长江看着窗外的天空,成群的麻雀叽叽喳喳地飞过,就想,人真他妈的卑鄙无耻。

第三十章
道义是理想的亲兄弟

1

薛歌跟父母说她有男朋友，想跟他们见个面。

薛春峰问是个什么样的人。薛歌说等你见了就知道了。

于是，在海天大酒店的包间里，薛春峰就看见了几年不见的杜沧海。

薛春峰和老婆进包间的时候，杜沧海已经在了。薛春峰以为是走错了房间，还跟杜沧海说："真巧，几年不见，在这儿碰上了，听说你在俄罗斯贩鞋发财了。"

语气里的不屑杜沧海还是能感觉到的。

杜沧海忙起身和薛春峰握手，说："跟薛总比，我差远了。"

薛春峰中气十足地用鼻音嗯了一声，和他轻轻握了一下手，说约了人，走错房间了，改天有时间约了详细聊。

杜沧海正不知该怎么说才好，薛歌小兔子似的跳了进来，搂了薛春峰的脖子撒了一个娇，说："爸，妈，你们来了啊。"

薛春峰有点云里雾里，说："今天不是让我们见你男朋友吗？"

薛歌嬉皮笑脸地说："是啊，这不，我已经给你们约来了。"说着，往杜沧海方向一指。

薛春峰两口子回头，瞠目结舌地看着杜沧海，就见薛春峰的脸越来越红，突

228

然,他拍了一下桌子,说:"杜沧海!"

杜沧海下意识地叫了声薛总。

薛春峰痛心疾首地指着他怒喝:"杜沧海,你还有没有点良心? 要不要脸? 以前你喊我大哥,薛歌就是你侄女,你怎么好意思,怎么能?!"

男人人到中年,看到女儿被曾和自己称兄道弟的男人泡了,那种痛心疾首的愤恨,杜沧海要十年以后才能体会到,因为只有中年男人才知道中年男人的悲哀,早已不再相信爱情,身体开始节节衰败,内心日渐惶恐,对他们来说,喜欢年轻靓丽的女孩子,或许没有太多爱的成分,是对惶恐的安慰、是青春末路的强心剂、是性欲疲软的春药,没有哪个男人愿意自己的女儿没经历炙热爱情的淬炼就沦落为家庭生活的药渣。

薛春峰的悲愤,像一记响亮的耳光把杜沧海的脸抽得火辣辣的。薛歌无所畏惧,把被薛春峰的愤怒逼得理屈词穷的杜沧海扒拉到身后,说:"爸,要发火您也先问明白了,怎么成他不好意思了? 是我先勾引他的,我看上他了,您和我妈不是整天怕别人是因为看上咱家钱才追我的吗? 那我就去追别人,而且杜沧海有钱,不会为了钱才跟我好。"

薛春峰抓起餐桌上的花瓶就往杜沧海和薛歌身上扔:"我让你们振振有词! 杜沧海,我真没看出来,你是个这么不要脸的人。"

"得了吧,爸,不要脸的人是我。这么说吧,你们反对也没用,我们都睡过了,还是我主动。爸,您别把脸拉那么长,别看您有我妈,可我敢肯定,如果有个年轻漂亮的姑娘上赶着勾引您,您也把持不住,何况沧海早就离婚了。"薛歌说着,拿起菜谱看了看,又看看父母,"妈,说,这饭您和我爸吃还是不吃? 吃,我多点俩菜,不吃,我少点俩,我和沧海没那么大饭量。"

薛春峰老婆忙说:"姑奶奶,你就少说两句吧,真打算把你爸气死?"

薛歌就笑,说:"妈,您放心,我爸身体好着呢,我要真把我爸气死了,我那三个哥哥还不知高兴成什么样儿呢,是吧? 爸,为了不让他们得逞,您也得健健康康地活他个长命百岁,让他们找个小板凳在场外耐心地候着。"

薛歌之所以对父亲的健康这么自信,是因为薛春峰生活非常健康,虽然经常在外应酬,但他喝酒很有数,不管陪什么客人,就几杯葡萄酒,这么多年,别说喝醉,薛歌都没见他喝大过。为了锻炼身体,他还每天雷打不动地骑自行车去公司,周末打高尔夫,每年的体检各项指标比年轻人都健康。为此,他经常拿来炫耀和教训三个花天酒地的儿子。

可是,薛春峰却用铁的事实痛击了薛歌,她太乐观了。

薛春峰让薛歌气得捂着胸口,嘴唇颤抖,嘴里哎哟哎哟地就往地上坐,冷汗几乎是唰的一下从脸上涌了下来。杜沧海怕他出事,忙拉了薛歌一把,让她别说了,自己去扶薛春峰。薛歌不以为然,说:"爸,您连三高都没有,就别装什么心梗啊脑梗啊地吓唬我了,随便您怎么演,杜沧海我是跟定了。"

薛春峰扬手,一记耳光就扇在了杜沧海脸上,但非常无力,软绵绵的,杜沧海就知道坏了,薛春峰不是装的,忙大喝了一声:"薛歌!打120!"

等120到来的时候,薛春峰紧紧抓住杜沧海的手,用近乎乞求的声音说:"杜沧海,你答应我,不……不……不要娶薛歌。"

杜沧海本不想说,可薛春峰握着他的手,越来越紧,呼吸越来越艰难,他只能眼含热泪,向领他走上经商路的第一位师傅隆重点头答应:"好的,我答应你。"

"不要娶薛歌……"薛春峰用乞求的眼神看着他,艰难地重复。

杜沧海再一次隆重点头:"不娶薛歌。"

薛歌还想说什么,被她的母亲一巴掌扇到了一边:"就因为你是老小,就因为咱家就你这么一个女孩,你爸打小宠你,宠到含在嘴里怕化了,托在手上怕摔着,你就这么对待他?"

面对一向身体健康的薛春峰,薛歌还没意识到问题的严重性,又倔强地说了一句:"对我好就要掌控我的人生?你们这不是爱我,是驯养宠物!"

薛春峰无力地看着薛歌,缓缓地闭上了眼睛。120到来时,他的心跳已在十分钟前停止了,医生护士做了一会儿心肺复苏,表示回天乏力。薛歌这才急了,说:"怎么可能,我爸身体那么好,又没三高,怎么会心肌梗死?"

医生说:"凡事没有百分之百,有些病是无规律可循的,就像我们无法解释为什么有些猴子会进化成人,有些猴子只能是猴子。"

薛春峰就像一道急欲消失的闪电,说消失就从薛歌的人生中消失了。

也是因为薛歌气死了父亲,薛歌的哥哥们,终于同仇敌忾,齐刷刷地把矛头都指向了薛歌,认为她不配继承父亲的产业。

薛歌说:"我不要,这个家的一针一线,我都不会要。"

她失魂落魄地找到杜沧海,说:"家里已经容不下我了。"

杜沧海就把丹东路的钥匙给了她。薛歌说:"你不会真的不要我了吧?"

杜沧海说:"你父亲对这个世界最后的一个要求,就是我不能娶你,我答应了他。"

薛歌从沙发的另一端挪过来,搂着他的腰,喃喃地说:"是啊,你答应过我爸了,不能娶我。"

他们就这么坐了半天,薛歌抬起脸说:"杜沧海,我特别相信你。"

杜沧海摸摸她的脸,没说话。

薛歌说:"这辈子我不会和你领结婚证,也不要任何仪式,但我要和你在一起。"

杜沧海望着窗外辽阔的大海,想人的这一生,就像一叶扁舟,两肩风霜,一路颠簸,想要的,不过是找一个温暖安逸的港湾,寄存这具历经风霜的皮囊。杜溪就是这时候冲进来的,她满脸是泪,跌跌撞撞,说:"沧海,你赶紧想办法救救大狮子。"

杜沧海一惊,问怎么了。

杜溪说大狮子因为走私,被抓起来了,警察把他们的家也给封了。说完,杜溪就站在那儿哭,拼上了所有的力气,好像要把天哭破,说她和大狮子的银行账户也被查封了,现在她和杨果果除了身上的衣服,什么也没有了,让杜沧海赶紧帮忙想办法,把大狮子捞出来。

杜沧海最怕的事情,终于还是发生了!可他不知该怎么和绝望的杜溪说,大狮子犯的事太大了,不是他一介草民能插得上手的,就说:"姐,带着果果回家吧,爸妈需要你。"

杜溪说:"沧海,你还恨他?"

杜沧海说:"不是恨,是事太大,我插不上手。"

杜溪哭着说:"他是跟了你十几年的兄弟啊。"

杜沧海点点头,说:"姐,他就是跟了我一辈子,我也无能为力,我唯一能做的,就是他进去了,我帮他照顾你和果果。"

大狮子要去走私汽车的时候,杜沧海就曾说过"希望你将来不会托我照顾我姐和果果",大狮子就是因为这和他翻的脸,如今,却一语成谶了。

是年秋天,大狮子因犯走私罪,情节特别严重,被判无期。因俄罗斯境内中国市场发生重大火灾,丁胜男多年心血化成灰烬,她带着累累的伤痕和俄罗斯小男友回到了青岛,看着杜沧海身边小腹微微隆起的薛歌,哈哈大笑,说:"杜沧海,杜沧海,我原以为你和其他男人不一样。"

薛歌微笑着回击了她:"他和所有的男人一样,喜欢年轻漂亮的女人。"

2

已是青岛商界大鳄的杜沧海决定办一所职业学院,这让全家人很是不解,他觉得不是所有的孩子都适合读大学,一股脑儿都去读大学,也是一种人才浪费,应该像德国和日本似的,对学生,要因材施教,适合读大学的,去读大学,不适合读大学的,去职业学院踏踏实实学技术。掌握一门精湛技艺,将来一样成为社会栋梁,像日本的秋山木工学校,全世界百分之八十的木工大师,都是来自这所学校。

一个人,一旦拥有炉火纯青的专业技术,不仅是个人的骄傲,也是国家的幸运,走到哪里,都会受到大师一样的尊敬,譬如欧美国家的蓝领工人普遍比白领收入高,这是因为在健康的、不互相攀比的社会价值取向下,技术工人专业性强,有不可替代性,反倒比做普通文案工作的白领更具有社会价值。

在商海沉浮多年之后,杜沧海越来越觉得现在的社会价值观出了问题,比如说,杜甫已经是青岛五星级酒店的高级面点师了,薪水也很高,可一旦全家人聚在一起吃饭,郭俐美就会说话给杜沧海听,说杜甫可是你亲侄子,还在饭店后厨一把米一把面地忙活呢,他出去都不敢说杜沧海是自己叔叔,意思是让杜沧海在公司给他安排个职位,让他体体面面的,而不是做个姑娘一听就撇嘴的面点师。

一开始,杜沧海装听不见,可不能总装,就问杜甫什么想法。杜甫对郭俐美的话,向来自动屏蔽,说他就喜欢做西点,看着面粉经过自己的手变成色泽诱人的西点，他的胸膛就会被快乐和幸福填满。

杜沧海就和郭俐美说："嫂子，你听见了？人做什么不重要，重要的是做自己喜欢的，像杜甫这样，把热爱做成了职业，是人生大幸运之一，你为什么要改变他呢？"

郭俐美就气得不行，说杜甫和杜长江一样，是扶不上墙的烂泥。又问杜沧海怎么不让家宝去当面点师。

杜沧海说他现在还不知道家宝喜欢干什么，等家宝找到他喜欢的方向了，他一定尊重他的选择，因为人只有做自己喜欢的事，才会满心欢喜地沉溺其中，也只有这样，才能把一件事做到极致。

郭俐美就哼哼地用鼻子大喘气表达她的嗤之以鼻。

杜长江怕杜沧海下不来台，就在桌子底下踢郭俐美。

当年为到底是让杜甫上技校还是上大学，杜长江和郭俐美干了不下十架。依着郭俐美的意思，杜甫得上大学，哪怕是民营野鸡大学。不图别的，就图大学生这名儿好听。杜长江不让，说有一次吃饭他和朋友聊为什么大学毕业生找不到工作，被在企业干人事的朋友一语道破天机：大学毕业生找不到工作，那也得看是什么大学毕业的，985、211大学毕业的学生，毕业前在学校投投简历，就让企业抢光了，沦落到人才交流市场也找不到工作的，基本是末流或是野鸡大学毕业的学生，这些学生，虽然也号称是大学生，上大学的四年实际是拿着父母的血汗钱疯玩了四年，除了自以为是，什么本事也没学到，进了单位也是业务小白，又自恃是大学生，动辄还瞧不上别人，所以，这拨人莫说工作难找，找到工作也是单位里的刺儿头，干人事干久了，就摸着门道了，每次招聘看简历，都先看是什么学校毕业的。最后，朋友说就这批人，真不如老老实实地去读职业学院，踏踏实实地学点技术傍身。

和杜长江做了这么多年兄弟，这是第一次，能和杜长江心神合一，杜沧海很高兴，说起他办职业学院的初衷，就是出去开会的时候，常听企业老总们怨声载道，有钱请不到有技术的工人，对企业发展，也是个制约。

杜沧海凡事爱钻牛角尖，回家就琢磨：中国人口这么多，有技术的人都哪儿去了？

就问薛歌。薛歌是做老师的,对中国家长的心理,摸得很透彻。就说现在的家长,就算不把人生下半辈子的希望押在孩子身上,攀比心也很重,都难以接受自己的孩子在十几岁时,就人生定型,长大后做吃技术饭的工人或者工匠,过着平庸得不能再平庸的人生。几乎所有的家长,都梦想着孩子出人头地,做龙中龙、凤中凤,可现实又是残酷的,人生平庸是经常,精英毕竟是少数。

杜沧海说这不浪费生命嘛。就飞德国,飞日本,考察人家的职业教育,回来就向教育部打报告,申请创办职业学院,折腾了大半年,光北京跑了不下十几趟,职业学院审批下来了,又跟市里申请地,盖教学楼,几个亿投进去,自有资金不够,又贷了不少款,钱把杜沧海逼得紧手紧脚的,甚至把薛歌母亲替薛歌争取过来的两千万元遗产也给投了进去。

薛歌妈妈知道后,很不高兴。觉得杜沧海和薛歌,虽然有了孩子,也生活在一起,表面上看是一家人,可毕竟没领结婚证也没办婚礼。生怕薛歌头脑简单,被老谋深算的杜沧海诓了,就跑到办公室跟杜沧海吵,气不过,把杜沧海的手机摔了,晚上回家,薛歌见他手机屏碎了,问怎么了。杜沧海说不小心摔地上了。

薛歌不信,因为她了解杜沧海,做事谨慎,从不毛手毛脚,不管拿盘子拿碗,从来没失手的时候,怎么可能把手机掉地上? 就打电话问杜长江,才知道她妈去办公室闹过了,就回家把她妈凶了一顿。

这一顿凶,让薛歌妈更加铁定地认为,杜沧海是表面一套背后一套的老谋深算的人,她去吵的时候,他不哼不哈地装好人,却指挥薛歌回家跟她闹! 就跟三个儿子说了,不管他们的父亲是不是薛歌气死的,可他们要眼睁睁地看着薛歌往坑里掉,就不是男人!

虽然父亲活着的时候谁都想把父亲企业的控制权抓在手里,可这并不等于盼着父亲挂了,虽然在母亲一哭二闹的威逼下,他们不得不从父亲的遗产里拿出了两千万元给了薛歌,可薛歌竟一转手给了杜沧海,这让他们不能接受。

在他们眼里,杜沧海对他们家犯下的罪恶,几乎是杀父之仇! 弟兄三个,决定给杜沧海好看,让他把这沾着他们父亲血的两千万元吐出来!

职业学院已破土动工,杜沧海每天上午去工地转一圈,傍晚收工,再去看一趟。每当站在高处,俯瞰工地时,杜沧海就觉得胸腔里,有一股凝重的气息,起起伏伏地拱啊拱的,莫名就会激动,莫名地眼睛就会潮湿。

他也不知这是为什么,回家和薛歌说,薛歌说是家国一身的使命感吧。

杜沧海想了想,觉得也是,他的理想是把学院办成百年老校,让每一个从学院走出去的学生,以自己是从这所学院走出的为骄傲,让相关行业的企业以能从这所学院里招到需要的人才而兴奋。当他在媒体上公布办学原则时,所有的人都说杜沧海疯了,因为杜沧海的职业学院,不收学费,每一个来学习的学生,只要生活费自理就可。

家里人也不干了,说:"杜沧海,你是不是想沽名钓誉出风头?"

杜沧海想了想,点头,说:"是的。"因为他想在很多年很多年以后,让很多人一说起这所职业学院,就想起有个疯子一样的杜沧海,他投入了巨资办职业学院,目的只有一个,让国人重拾工匠精神,敬畏工匠精神!

薛歌说:"那你学校靠什么运转?国家又不给你拨款。"

杜沧海说用集团其他公司的利润贴补,拼搏了半生,钱对他来说,已只是个数字游戏。而他又是苦孩子出身,不管玩什么游戏,都要追究一个意义。

运营中的沧海集团,就是一盘布局庞大、日进斗金的数字游戏,那么,玩这个游戏的意义是什么?他想起了当年在栈桥办英语角的修老师,长年累月地在栈桥教年轻人英语,并不是为了赚钱,而是把自己拥有的知识拱手送给更多的人,建设更多人的美好人生。

那么,他做生意,就是从这滚滚红尘里挣到钱,然后用这钱去建设好更多人的人生,让这些被建设好的人生,服务于社会。

他和薛歌说完这些的第二天就被人打了。

那天,他和往常一样,从学院工地出来,上了学院东侧的一座小山,拍了几张建筑工地的全景,自打学院破土动工,他每天都会在这山头的同一位置拍几张照片,把这些照片,按日期做了相册,看着建筑群一天天地长大,他会有母亲看着孩子一天天成长的欣喜。

从山上往下走,听到身后有脚步声,他也没在意,这座荒山并不高,但植被茂密,盛产各种野果和蘑菇,常有村民上来采。他以为是村民,因为心情好,就想回头搭讪两句,看看村民采了什么。

一回头，就觉得不对，几个壮硕的年轻人手里拿着木棍，虎视眈眈地盯着他。杜沧海心里一紧，但还是没怕，想是不是征地的时候，伤害了当地农民的利益，觉得这都好说，所谓利益，钱基本上就能摆平，就笑笑站住了，等对方开口。

谁知对方一句话没说，上来劈头盖脸就打。

尽管杜沧海也是打架高手，可猛虎不敌群狼，何况已人到中年，对方四五个全是精壮的小伙子。

没一会儿杜沧海就被打倒在地，他没叫，也没喊救命，因为知道没用，只会让对方觉得更加刺激，打得更来劲。

杜沧海抱着脑袋，躺在地上，说："死你们也要让我死个明白，到底是为什么?"

没人理他，打够了，其中的一个说："把从薛歌手里骗的钱吐出来，否则，还有下次。"

杜沧海就明白了，爬起来坐了一会儿，目送他们下山走远了，才起来，掸掸身上的土，开车去医院把伤口处理好了才回家。

见他鼻青脸肿的，薛歌吓了一跳，问怎么了。

杜沧海笑着说管闲事管的，今天才知道，自己老了，抱不平不能随便打了。

薛歌心疼得泪在眼里打转，但一点也没怀疑，跟了杜沧海这几年，也算了解他了，最瞧不上恃强凌弱，哪怕正开着车，路边有人仗势欺人，他也会停车打抱不平。一开始，她挺害怕的，时间长了，就习惯了，觉得杜沧海就像金庸小说里的侠客，路见不平，必要拔刀相助。

没敢说实情，是因为杜沧海了解薛歌，开朗活泼，从不记仇，不是豁达，而是有仇当场就报，如果知道是哥哥们把他打成这样，她保准能去把他们办公室砸了，他爱她，不想让她身陷亲人反目的泥沼。

过了几天，杜沧海抵押了一处物业，从银行贷了两千万元，打到薛歌账上，怕薛歌刨根问底，就说公司进了一笔账，他大男子主义，花女人钱心理上过不去，赶紧还给她才心里踏实。

薛歌把他数落了一顿，让杜沧海很怅然，就想起了吴莎莎，突然觉得，天下的好女人，都差不多，在她们爱的男人面前，都有一颗娘心，不在于年龄大小。

尽管吴莎莎后来出轨了，不爱他了，可他还是时常想起她的好，一点也不恨她，甚至觉得，年轻那会儿，因为自己一门心思喜欢丁胜男，对她太薄情了，很对不起她。

转年秋天，在职业学院建成典礼上，听操场上的几百名学生齐刷刷地喊杜校长好，杜沧海突然落下了泪水。

他从没像那天似的，觉得做生意赚钱是如此有意义，觉得自己是个好人，如假包换。

3

2006 年的春天，十九岁的杜家宝已经长成了一个帅气的大小伙子。长大后的家宝，已经渐渐理解了吴莎莎。

李向东已是个颇有些名气的摄影师，吴莎莎凭着一腔热血把他的摄影工作室搞成了青岛一流的婚纱影楼，这让他耿耿于怀，虽然他一年中的大部分时间都背着摄影器材在世界各地奔走，但在青岛有限的时间里，却拒绝踏进影楼，说影楼炮制美的虚假，是对摄影艺术的践踏，在距离影楼一条街的地方，他租了一间光线阴暗的老楼，做了新的摄影工作室，没事的时候，躺在放在门口的椅子上看看街边的树，看看灰蒙蒙的天空，也会去影楼，站在楼下给吴莎莎打个电话，说："姐姐，你打开窗户，看我一眼。"

吴莎莎就在百忙中抽身，打开窗户，探出脑袋，问："看够了没有？"

李向东端详了一会儿，说："姐姐，你太好看了。"然后摆摆手，让她关窗，自己转身回摄影工作室。

他喜欢叫吴莎莎姐姐，包括做爱，也叫她姐姐，说只有叫她姐姐的时候，他的内心，才会被巨大的安全感包围，才会有种温暖的爱宠溺在掌心里的感觉，这就是他梦寐以求的爱。

王丽丽依然经常来找他，来了，就拿个小凳子坐在身边，认真地看他一会儿，问："李向东，你为什么不要我？"

李向东会一边忙手里的事，一边说："因为我不能叫你姐姐。"

王丽丽就说："你不是男人。"

李向东就咧着嘴笑。

王丽丽说："男人都喜欢年轻漂亮的女人。"

李向东说："是啊，我是个不愿意长大的小男孩。"

王丽丽每周来看他，有时候问些莫名其妙的话，有时候一句话不说，站在黑洞洞的暗室角落里，看他冲印照片，当李向东擎着照片看时，她也会凑过来，说："一看你镜头里的世界，我就不恨你了。"

李向东问："为什么？"

王丽丽就认真地指着照片说："美得那么干净明亮，我就知道你不是个坏人。"

李向东就说："王丽丽拜托你要幸福，好不好？"

王丽丽问："我为什么要幸福？"

李向东说："因为你不幸福，我就会觉得自己像个罪人。"

王丽丽茫然地摇了摇头："你就是我的幸福，可你的幸福就是吴莎莎，我又有什么办法呢？"说着，她就哭了，眼泪滚下来，却还在笑，说："我来看你的时候，你不凶我，我就很幸福了。"

所以，李向东和吴莎莎同居了这么多年也没结婚，他们为情所困，却又觉得自己是罪人，毁了王丽丽的一生，王丽丽不幸福，他们就没资格让自己幸福得完美无缺。这是杜家宝问吴莎莎为什么和李向东同居了这么多年不结婚时，吴莎莎跟杜家宝说的。

这天，是吴莎莎的生日，帅气的杜家宝抱了一大捧鲜花走在春风恣意的大街上，正要过马路进影楼时，身后有人大喊："高第！高第！"

杜家宝全然不知道"高第"这两个字和自己的关系，就充耳不闻地过了马路，一个老太太跟跟跄跄地追上来，一把拉住他的上衣，几乎是号啕大哭着说："高第呀……"

杜家宝就愣了，回头，看着这个干瘦仓皇的老太太说："奶奶您认错人了。"

这个人就是孙高第的母亲，这是孙高第进监狱的第二十个年头，她在街头遇见了酷似孙高第的杜家宝。是啊，孙高第年轻的时候，就喜欢偷她小花园里盛开

238

的月季去找他喜欢的女孩子。眼前的这个年轻人,从长相到精气神和他像极了。

她呆呆地看着他,说:"你不是我的高第?"

家宝说:"不是,我叫杜家宝。"

她恍恍惚惚地松了手,喃喃地说:"真像啊……"

家宝笑笑,抱着花进了影楼。孙高第的妈,一直站在那儿,想:"怎么会这么像呢?"就想等他出来,再多看他一眼,就仿佛看见了年轻的儿子在眼前。

过了十几分钟,吴莎莎送家宝出来,她并没看见孙高第的母亲,就算看见了也无法一眼认出,因为她的容颜早已为世事的沧桑所蹂躏,很少有人能一眼认出她是当年的那个从容得近乎雍容的孙家儿媳妇了。

但孙高第的母亲却一眼认出了吴莎莎,她怔怔地看着这个当年被自己轰出门去的女人,再看看酷似孙高第的家宝,大大地张着嘴巴,悲喜交加的眼泪,一把一把地往下掉。家宝看见了,本想跟吴莎莎说一声,可又怕孙高第他妈听见,就忍住了,等到了停车场,才给吴莎莎打了个电话,把刚才的事说了一遍。

吴莎莎大吃一惊,猛然想起,二十年过去了,孙高第即将出狱,忙推窗往外看,街上已空无一人。

虽然慌乱,但吴莎莎还是努力镇定,告诉家宝,肯定是认错人了。她也曾被人认错过,何况那是个老人,记忆力和眼神都恍惚了,难免认错。

家宝说:"看老人挺可怜的。"

吴莎莎果断地说:"这天底下,可怜的人多了去了,你总不能因为她可怜就承认自己是她说的那个什么人吧?"

家宝说知道了,挂了手机,突然觉得心里空空落落的,就回了趟爷爷奶奶家,一进门赵桂荣就问他吃饭了没。

家宝说没吃,赵桂荣从冰箱里拿出事先冰好的荠菜馄饨,给他煮了一碗,然后坐在餐桌对面笑呵呵地看他吃,家宝边吃边笑,说:"奶奶,您看什么?"

赵桂荣说:"看我孙子帅啊。"

杜建成也在旁边咬着一根烟笑,说:"你就是痴巴奶奶看孙子,怎么看怎么帅。"

赵桂荣说:"那是,我还能看我孙子不帅看你帅啊?"说着,又上下打量着家宝嘟哝道:"也是,你这帅,和你爸不是一路帅法。"

家宝边吃馄饨边说:"是不是当年在医院出生的时候抱错了?"赵桂荣慈爱地拍了他胳膊两下,说:"又说傻话,我孙子,怎么会抱错?"

家宝就说:"今天我还当街被人喊成孙高第呢。"

赵桂荣说:"谁?"

家宝一脸无所谓地说:"孙高第。"

赵桂荣愣愣地看了他一会儿,又问在街上怎么回事,家宝就把当时的情形说了一遍,说:"真可怜人,看样子是她儿子叫孙高第,不在她身边很多年了,她肯定很想念他,都精神恍惚了才把我当成他。"

赵桂荣和杜建成面面相觑,末了把围裙一摘,说:"家宝你吃完把碗放洗碗池行了,我出去一趟。"

家宝问她上哪儿,赵桂荣说老街坊托她点事,差点给忘了。

出了门,赵桂荣就直奔杜沧海办公室。

4

赵桂荣闯进来的时候,杜沧海正在给杜牧检查作业,告诉他,别相信读书无用那一说,那些说读书没用的人,都有一个失败的人生,才散布这样的言论,为自己当年曾经的不努力开脱。

杜牧说:"那比尔·盖茨也没上过大学。"

杜沧海说:"比尔·盖茨是考上哈佛再退学的,你想以比尔·盖茨为榜样,首先你要考上哈佛。"

已经荣升为杜沧海商业帝国行政总监的杜长江很不服气,说:"北大毕业的还有卖猪肉的呢。"

杜沧海说:"是啊,这世界上千千万万个卖猪肉的,为什么红了的只有他?就因为他读过北大,如果他没读过北大,他不过是这世上千千万万个屠夫之一。"说完,又对杜牧说道:"读大学最大的用处不是让你找一份好工作,而是让你学会寻找你自己,知道那些没读几年书却成功了的人为什么会上新闻吗?"

杜牧摇摇头。

杜沧海说:"就是因为大家都觉得,他没读多少书,就应该和平庸大众一样拥有一个平庸得不能再平庸的人生,这才是正常的,但他偏偏就成功了,出乎了所有人的预料,所以,才成了新闻,而那些读过很多年书也成功了的人为什么新闻不报?因为大家都知道,一个人读了那么多年书,他成功是理所当然的,沦落街头才会成为新闻,你明白了吗?"

赵桂荣就是在杜牧点头的时候冲进来的,她看看杜牧又看看杜长江,一把拉起他,把他和杜牧一起往门外推:"我问沧海点事。"

杜长江有点好奇也有点不悦,不管怎么说自己也是集团行政总监,被推出办公室,这算怎么回事?就说:"妈,有事您问就行了,撵我们出去干什么?"

赵桂荣说:"就因为我是你妈,杜长江,你妈让你出去待会儿!"

杜牧见赵桂荣一脸严肃地把话说得这么逗,笑得不行,拉着杜长江出去了。赵桂荣把门关上,倚在门上,一脸严肃地看着杜沧海,看着看着,眼泪就下来了:"沧海,我今天来,就是要你一句实话的。"

杜沧海过来拉赵桂荣坐下,说:"妈,什么事,您直接打电话问就行了,难不成我还能跟您撒谎?"

赵桂荣一把攥住他的手,紧紧盯着他的眼睛说:"沧海,你跟我说实话,家宝到底是谁的孩子?"

杜沧海目瞪口呆地看着母亲,一晃这么多年,如果不是母亲如此咄咄逼人地问起,他几乎都要忘记了家宝是孙高第的孩子。杜沧海喃喃地说:"妈,您不觉得这话问得像抓一把泥抹在我脸上吗?"

赵桂荣就哭了,说:"我胸口还被人捅了把刀子呢。"就把家宝在街上被人当成孙高第的事说了,说:"怪不得家宝打小就和你不像,我还当像他妈,也没多想,可今天这事我越想越不对。"

杜沧海说:"我小时候还被人叫成马六子呢,那您能说马六子他爸是我爸吗?"

赵桂荣打了他一下:"我跟你说正经的。"

杜沧海说:"我也没跟您开玩笑,千真万确,家宝就是我的孩子,我也怕串种,都偷偷去做过 DNA,科学也说家宝是我的,您就放心吧。"

赵桂荣将信将疑地看着他:"真的?"

杜沧海比画了一下办公室:"妈,好歹我也是吃过苦的人,走到今天,您觉得我能拿这么大的家业开玩笑?"

赵桂荣想了想,觉得也是,就没再追问。等她走了,杜长江和杜牧进来,问:"什么事这么神秘?"杜沧海说:"能有什么事? 就问我到底有多少钱。"

杜沧海的商业帝国横跨房地产、电器、旅游、商业几大板块,所以,每当听人说这儿是杜沧海的地盘,那儿也是,赵桂荣就会困惑,她这个小儿子,到底有多少钱? 他花得完吗? 要那么多这辈子花不着的钱有什么意义?

杜牧的作业还没检查完,但杜沧海已彻底没了心思,出门直奔影楼去找吴莎莎。

离婚这么多年,他和吴莎莎见面次数也不少,都是因为孩子或其他乱七八糟的事。一开始,吴莎莎和李向东过得窘迫,很抗拒杜沧海,后来日子渐渐有了起色,就坦然了,看吴莎莎和李向东忙来忙去的很和谐,杜沧海也发自内心地替她高兴,吃了那么多苦,是该过上好日子了。

听杜沧海说完,吴莎莎说她也正想为这事找他,问杜沧海怎么办。

杜沧海沉吟半晌,说无论如何,不能让别人知道家宝是孙高第的孩子,其一是家宝感情上接受不了,其二是父母也受不了这一打击。

吴莎莎忧心忡忡地说再有几个月,孙高第就该出狱了,愿老天保佑,他妈别跟他提这茬儿,要不然,单是从家宝的出生日期,也能推算出是他的孩子。

尾声

落花无声

可是,一切的防御,还是随着孙高第的出狱而土崩瓦解了。

出狱后的孙高第完全不能适应这个世界的巨变,甚至有被扔到了另外一个星球上的惊慌失措感。没有工作,没有钱,只有垂垂老矣的父母和对他避之不及的姐姐姐夫们。对二十年来发生了翻天覆地变化的世界,曾经风流倜傥的孙高第手足无措,宁肯被重新扔回监狱。

失意重重的孙高第就像抱住最后一棵稻草一样抱住了酒精,每天喝得醉醺醺的,去找当年坑他坐牢的人算账,去质问吴莎莎为什么不等他。

一开始,吴莎莎以为他是来追问家宝身世的,小心翼翼地躲着,唯恐激怒他,见他来了几次,只字不提家宝,就以为那天家宝在街上遇见的,未必是他妈。原先绷在心里的那根弦,一下子松了。他再来,就不怕了,让保安往外轰。有一次他酒后撒泼,把影楼门口摆的易拉宝广告撕了,保安一怒之下,推搡了他几下,因为喝了酒,孙高第脚下不稳,扑在路边的不锈钢栏杆上了,嘴唇撞破了,牙也磕掉了半颗,满嘴是血,他胡乱抹了两把,弄得满脸都是。回家,他妈问怎么了。他骂骂咧咧地说女人太狠了,亏他当年对吴莎莎那么好,时隔二十年相见,她不仅连一滴眼泪都没有,还让手下保安赶他!

孙高第他妈也生气,拿热毛巾边给孙高第擦洗脸边说:"现在才知道她不是个好东西? 晚啦! 你早干什么去了?"

见孙高第满脸不服气,又怕他再跑去惹祸,就劝他说:"都知道她不是东西了，就别去折腾了，好歹她还给你生了个儿子，折腾大了对孩子不好。"

孙高第愣得不行，一把抓住她攥毛巾的手，问怎么回事。

其实，话一说出来，孙高第他妈就后悔了，是的，她托人打听了，孙高第进去以后，吴莎莎生了一个儿子，但人家说孩子是早产儿，因为婚礼上新郎官那帮混即墨路的伙伴太能闹腾了，硬生生地把孩子给闹早产了，但是，作为见过家宝的人，孙高第他妈坚信，家宝不是早产，而是就应该在那天出生！

孙高第出狱后，她曾想告诉他，可看他恍恍惚惚的，就没敢说，毕竟家宝现在是大名鼎鼎的上市公司沧海集团老总的大公子，戳破真相，怕是会毁了家宝的前程，因为杜沧海还有两个孩子，他要一旦知道家宝不是亲生的，气还气不过来呢，沧海集团怕是就没家宝的份了，想明白这些，她就没敢在孙高第跟前提家宝半个字。可今天不小心说漏了，孙高第就蒙了，一把抓住她的手，问到底是怎么回事。

孙高第他妈悔得要命，左右躲闪，说没有的事，她信口瞎说的。

孙高第不信，第二天就去找吴莎莎，保安拦着不让进，他就在楼下喊："吴莎莎，你要再不见我，我就直接去问家宝了！"

吴莎莎大惊失色，虽吃不透他要问什么，但又怕万一是牵扯到家宝的身世，就不想让员工们听见，让保安把他放进来，看他是不是想讹点钱完事。

孙高第带着一身酒气，跟跟跄跄地进了吴莎莎在二楼的办公室，保安不放心，一直跟在他身后，吴莎莎知道保安是担心自己的安全，就说没事，孙高第和她就是有些陈年旧怨没了，聊聊就没事了，让保安下去了。

保安下去了，可又不放心，想起刚才孙高第似乎喊了家宝的名字，就到前台问谁知道家宝的电话，知道的话，打电话把他叫过来。

吴莎莎的助理有家宝的手机号，就给他打了，家宝就在附近，马上过来了。

孙高第见吴莎莎关上了门，就坐在她的大班椅上转了一圈，说："吴莎莎，行啊，当大老板了就不认老情人了？"

吴莎莎冷着脸，站在老板台前，说："孙高第，想干什么你直说，最好别像一只癞皮狗似的围着我转。"

吴莎莎虽不卑不亢，但隐藏在眼梢里的怯意，孙高第还是看见了，就得意地歪着头看着她，摸出一盒烟，抽出一根，点上后深深地吸了一口，缓缓地喷出来，问:"为什么?"

吴莎莎厌恶地扇了扇飘过眼前的烟:"因为你围着我转,让我想起了自己像一泡屎一样的日子,你想要多少钱?"

听她这么说,孙高第也挺难过的,说:"你就一点儿也没喜欢过我?"

吴莎莎面无表情地说:"孙高第,你去照照镜子,你身上有哪一点配得上我的喜欢。"

原本就失意重重的孙高第恼羞成怒,猛地把手里的烟头扔向吴莎莎,声泪俱下地说:"吴莎莎,一点也不喜欢我,你和我睡了两年,你这算什么?"

吴莎莎说:"为了让你帮我救杜沧海。"

被从根上否定了的痛,让孙高第觉得自己就像一棵悲哀的禾苗,被连根拔起,扔在炽热的烈日下,任其煎熬至死。是的,他早就知道吴莎莎不爱他,可他一直天真地以为,自己可以通过占有吴莎莎的身体,然后用爱统治她的精神,可时过境迁,他才知道,这一切不过是他自以为是的徒劳,如果说吴莎莎的心是一片广袤的沃土,他连指甲大小的地方都不曾占有过。

孙高第绝望地看着她,说:"莎莎,你知道吗? 这二十年我过着暗无天日的生活,可我没有一天不想你。虽然你嫁给了杜沧海,我也原谅你,因为我知道,任何一个女人,都不会等我二十年。可我以为,看在往日的情分上,我出来了,你至少会去看我一眼,你不仅没有,我来找你,你还让保安轰我。莎莎,在你心里,我就那么不堪吗?"

吴莎莎不想和他对质,只想赶紧把他打发了,让各自的人生,就此一别两宽,就没接他的茬儿,只是继续面无表情地说:"说吧,你想要多少钱? 或者说我给你多少钱才能让你不来打扰我了?"

孙高第也没接她的茬儿,只是满脸是泪地笑着说:"莎莎,你知不知道我骗了你?"

吴莎莎看着他没说话,仿佛在猜他葫芦里卖的到底是什么药。

孙高第说:"我真的去找我姐夫了,可他根本就不帮我,我又不想失去你,就只能撒谎骗你,杜沧海没去坐牢,是工商所的梁所长把他捞出来的,跟我姐夫半点关系都没有,我进去以后,就跟杜沧海实话实说了,怎么? 他没告诉你?"

吴莎莎万万没想到真相竟是这样，更没想到杜沧海竟能把这个秘密在心里埋了二十年！那一定是怕她得知自己被骗的真相后肝胆俱裂吧？所以，他宁愿让她误以为当年是她救了他，他永远领她这情。

往日的泥沙呼啸而来，吴莎莎只觉得痛，心脏的位置，剧烈地痛，为当年自己的幼稚，她失声痛哭，哭杜沧海的担当，哭自己竟然把这样一份厚重的爱当成了怜悯。

哭够了，她厉声说："够了！孙高第，你到底要多少钱？"喊完，泪水滚滚而下，"孙高第，你毁了我的一生！我恨不能亲手杀了你，我还怎么可能爱你？！"

孙高第说："今天我来找你，不是为了钱，我就想知道，家宝是不是我的儿子？"

吴莎莎喊道："我不许你提家宝的名字！你不配！"

"我就想知道，家宝到底是不是我的儿子？"说着，孙高第从她办公桌上的水果盘里，拿起水果刀，一步步逼到吴莎莎眼跟前，"家宝是不是我的儿子？"

"我说了，你不配！"

孙高第的刀逼到了她的胸口，甚至，通过刀尖的碰触，他再一次感觉到了当年那个柔软而富有弹性的乳房，他轻轻往里捅了一下，吴莎莎的真丝衬衣就破了，殷红的血在雪白的真丝衬衣上洇成了一朵小小的梅，又变成了一大朵花瓣累累下垂的菊花……

家宝就是这时闯进来的，他目瞪口呆地看着眼前的一幕，叫了声妈。

孙高第回头看了他一眼，眼里的泪花，一下子涌了出来："我的儿子，家宝，你是我的儿子。"

吴莎莎大喊："家宝，你别听他瞎说，你爸爸是杜沧海！"

孙高第恼羞成怒地说："吴莎莎，你到底说不说……"

话音未落，家宝就扑了上来，一手从背后搂住孙高第，一手去夺他的刀，冲吴莎莎大喊："妈，你先出去！"

孙高第用力一蹬，家宝往后一个趔趄，就跌倒在地，孙高第试图挣脱他站起来去抓要下楼的吴莎莎，家宝一边死死地抱着他不放，一边让吴莎莎打110报警，吴莎莎见两人为了夺一把刀在地上滚来滚去，已经吓傻了，忙冲楼下喊："打110。"

水果刀就是在这时扎进孙高第的心脏的。

其实,家宝没想扎他,但在争斗中,孙高第不小心把刀尖冲自己了,家宝用力翻身试图把他压在身下的时候,水果刀深深地扎进了他的心脏。

孙高第就一动不动了。家宝还有点纳闷,就坐了起来,才看见水果刀只剩了刀柄。孙高第张大了嘴巴,一张一合地看着他。

吴莎莎被眼前的一幕吓呆了,她颤抖着,跪下来,想去拔孙高第胸前的水果刀,却被孙高第无力地挡了回来,他指着家宝,目光直直地看着吴莎莎。吴莎莎哽咽着点了点头,跟家宝说:“家宝,你叫声爸爸吧,他是你的亲生父亲。”

家宝错愕地看着孙高第。孙高第大张着的嘴,无力地笑了一下,就闭上了眼睛。家宝眼睛通红,问吴莎莎:“妈,这怎么回事?”

吴莎莎只剩了哭。

家宝站起来,看着自己的手,再看看死去的孙高第,突然仰天大喊:“妈——你告诉我! 这到底是怎么回事?!”

吴莎莎说不出话。

后来,警车嘹亮,一些沉重有力的脚步砰砰地跑上楼,越来越多的人冲进来,有人说:“不许动!”有人问:“人是谁杀的?”

呆若木鸡的家宝指了指自己的胸口,锃亮的手铐就扣在了他手腕上,有人拍照,有人做笔录,吴莎莎一直坐在地板上,一声不吭,呆呆地。后来,警察把孙高第的尸体运走了,吴莎莎站在楼梯口,声泪俱下地大喊:“你们谁叫家宝来的?!”

这天夜里,吴莎莎跳楼自杀了,遗书只有一行字:我这血淋淋的一生啊,请把我和家宝葬在一起。

一个月后,杜沧海坐在吴莎莎坟前,说:“家宝虽然过失致人死亡,他属于正当防卫,法院没判他有罪,已经放出来了,你这是何苦呢?”

春天的山上,漫山遍野拱动着崭新的生命,它们急急地挣出泥土,崭露出新绿,要开始这热热闹闹的一生。夕照从天的西边,如火如荼地来了。杜沧海眯起眼,想,他该怎么跟家宝解释这一切呢?

就从1978年的12月开始讲起吧,那会儿,他还是个朝气蓬勃的少年,想给他亲爱的母亲买一条拉毛围巾……

图书在版编目(CIP)数据

你好,1978:全二册 / 连谏著.—杭州:浙江文艺出版社,2019.1

ISBN 978-7-5339-5482-6

Ⅰ.①你… Ⅱ.①连… Ⅲ.①长篇小说—中国—当代 Ⅳ.①I247.5

中国版本图书馆CIP数据核字(2018)第 271220 号

责任编辑　关俊红
装帧设计　荆棘设计
责任校对　陈　玲
责任印制　朱毅平

你好,1978(全二册)
连谏　著

出版　浙江文艺出版社
网址　www.zjwycbs.cn
经销　浙江省新华书店集团有限公司
印刷　杭州富春印务有限公司
制版　浙江新华图文制作有限公司
开本　710 毫米×1000 毫米　1/16
字数　472 千字
印张　31
插页　2
版次　2019 年 1 月第 1 版　2019 年 1 月第 1 次印刷
书号　ISBN 978-7-5339-5482-6
定价　78.00 元